JN282044

開国

津本　陽

幻冬舎文庫

開国

目次

遠雷

一

真昼の陽の照りわたる海面は、眼を洗われるような藍碧《らんぺき》の色をたたえ、おだやかに上下していた。

鷗《かもめ》が流木にとまり羽根を休めては、ものうげに翼を煽《あお》って飛び去ってゆく。

上総富津《かずさふっつ》の海沿いの集落は、つつじの紅にいろどられていた。

天保十四年（一八四三）三月も末に近い凪日和《なぎびより》の昼さがりであった。浦賀水道をへだて、観音崎がかすんで見える。浦賀辺りであろうか、民家の屋根が陽射しを反射し鈍く光っていた。

富津から海辺を南へ十数人の騎馬の侍がむかっていた。

からすのえんどう、月見草などの茂った野原から、老松の生い茂った集落のあいだの道にはいり、馬を歩ませてゆく。

先頭に三葉葵の紋を染めた小旗を立てた侍がゆく。つづいて竹網代黒漆《たけあじろ》の陣笠《じんがさ》をかぶり、巧みに手綱《たづな》をとっているのは、武州忍《おし》十万石の藩主、松平忠国であった。

黒縮緬《ちりめん》上着に黒羽二重羽織、仙台平襠高袴《ひらまちだかばかま》のいでたちで、悠然と胸を張っている。

彼は八代忠翼《ただすけ》の三男として生れ、兄の九代忠尭《ただたか》、十代忠彦《ただきと》のあとを継ぎ、天保十二年五月、二十八歳で家督を相続していた。

集落を過ぎると、海沿いに断崖をつらねる高処《たかみ》が見えてくる。

緑樹に覆われた丘の頂きに、幾旒《いくりゅう》もの旗がひるがえっている。赤、黒、黄、白などの四半《しはん》の指図旗であった。

「支度をおえておるようじゃ」

忠国はふりかえっていう。

「仰せの如くにござりまする」

あとにつづく用人杉浦八右衛門が応じた。

陽射しは汗ばむほどにつよかった。

忠国は松林を通りすぎると、新芽をむしって青くさいにおいをかいだ。

忠国一行は丘のうえの御備え場へむかっている。御備え場とは、大筒をそなえた海岸砲台であった。

忠国が幕府から上総海岸の守備を命ぜられたのは、天保十三年八月三日であった。

幕府は川越藩主松平周防守《すおうのかみ》に、三浦半島の大津、走水《はしりみず》、観音崎から三浦の郷、三崎に至る沿岸、忍藩には上総富津（千葉県富津市）から竹岡（千葉県富津市竹岡）に至る沿岸の警固を下命した。

忠国はただちに三百余人の藩士を出張させ、御備え場の築造をはじめた。

富津の陣屋は、四千五百人の将兵が宿泊できる規模のものを建築した。

いったん外夷《がいい》が上陸してきたときは、総兵力をあげて撃退しなければならないので、陣屋の兵具蔵には四百挺の鉄砲が納められる。

陣屋から十町（千九十メートル）ほどはなれた御備え場には、鉄製二貫目玉筒一挺、一貫目玉筒一挺、百目玉筒一挺、二百目玉筒二挺が置かれていた。

忠国が江戸から富津陣屋にきて、十日あまりが過ぎていた。

彼はその間に、家老、用人、物頭、番頭、勘定頭らの藩重職をともない、富津から竹岡陣屋までの十里に及ぶ海岸線を視察した。

竹岡陣屋の後方にある城山には、異国船を見張る眼鏡番所が設けられていた。竹岡の番所で異国船の接近を知ると、早馬で富津陣屋に報告が届く。

富津御備え場では砲撃の支度をととのえ、眼下の浦賀水道を通過する異国船に鉛弾を浴びせるのである。

忠国はこの日、二貫目玉筒、一貫目玉筒の試射をおこなうことにしていた。

これらの大筒は延宝年間（一六七三—一六八〇）に購入したもので、およそ百五、六十年のあいだに、数回の射撃を試みたのみであった。

いずれも撃発の性能はたしかであるとの記録はある。

もっともあたらしい記録は、天明四年（一七八四）藩中で大筒撃ちの名人として聞えていた国枝某が、一貫目玉筒を膝上で発射し、弾丸は三十町を飛んで地面に九尺余りも喰いいったというものである。

見物の群衆はひたすら驚嘆し、国枝は主君より百石の加増を得たという。藩中の故老のうちには、そのときの砲発のさまを実見した者もいて、大筒の威力を褒《ほ》めたたえた。

「上総海辺の警固をいたすには、お兵具蔵の大筒をお用いなされるが、最上と存じまする。私が若年の時分、一貫目玉筒を撃ち放すのを見たことがござりまするが、それはもうおそろしきばかりで、異国の船がいかに頑丈といえども、当ればたちまち舷《ふなばた》を砕くは必定と存じまする」

忠国は大筒をはじめて見たとき、武器方の侍どもが毎日油布巾で拭いをかけている砲身は艶《つや》を帯び、頼もしげな外見であったが、はたして使いものになるかと不安になった。

「練兵場へ曳《ひ》きだし、試してみよ」

「かしこまってござりまする」

一貫目玉筒の口径は三寸、二貫目玉筒のそれは四寸である。

砲身の重量は、それぞれ三十貫、四十二貫で、とても抱え撃ちできるような重量ではない。

忠国は一見して、大砲方に命じた。

「これは土台仕掛けで撃つものであろう。早速に土台をこしらえよ」

大砲方は眉宇《びう》を曇らせ、答えた。

「あいにく、弾丸を切らせておりまするので、早速に注文をいたしますゆえ、お待ち願いまする」

「なに、弾丸がないとは緩怠《かんたい》ではないか」

「おそれいってござりますが、桑名表よりお国替えの節、重きものゆえ売り払うて参りしものにござりまする」

忠国は口をつぐんだ。

松平家は、三代忠雅が宝永七年（一七一〇）に備後福山十万石から伊勢桑名十万石へ移封され、以来、九代忠尭に至るまで国替えの沙汰がなかった。

徳川家親藩であるため、東海道の要地を固めさせようとの幕府の施策であったが、文政六年（一八二三）に至って、突然武州忍への転封を命じられたのであった。

同年三月二十六日に、江戸からの急使が来着し、桑名城下は士分、百姓町人もともに、うろたえ騒いだ。

百十三年間も住みなれた桑名から、はるか関東の忍への国替えの沙汰に、家督相続して二年を経たばかりの藩主忠尭はおどろく。ただちに江戸家老を通じ、国替え停止《ちょうじ》の運動を公儀、奥向きにはたらきかけさせた。

だが、突然の国替えの理由が判明した。

奥州白河藩主松平楽翁定信が、六十六歳の晩年を迎え、父祖の地である桑名で余生を送りたいとの切願を、幕府に聞きとどけられたのである。

松平定信は天明大飢饉の危機を乗りこえ、老中として寛政の大改革を断行した、「幕府宝庫の名刀」といわれる政治家であったが、寛政五年（一七九三）七月、老中を免職させられた。

彼は乱れていた大奥の綱紀をただし、大奥の女中と高野山金剛院真隆の醜聞をあばいて、遠島追放などの処分をしたため、幕閣にとどまれなくなった。

将軍家斉《いえなり》は定信に反感を抱く大奥の意向を無視できず、彼を罷免するかわりに、桑名への国替えの希望をうけいれざるを得なかった。

　このため白河城主松平越中守定永は伊勢桑名城。桑名城主松平下総守忠尭は武蔵国忍城。忍城主阿部鉄丸正権《まさのり》は白河城へ遷移させられることとなったわけであった。

「徳川実紀」には、つぎの記載がある。

「国替えにより落首あり。住みなれし忍をたちのきあべこべに、お国替えとはほんに白河。白川にふるふんどしの役おとし、こんど桑名でしめる長尺。蛤《はまぐり》のからまで置けと越中が、おし桑名にもくれて下総」

　江戸の巷間にはつぎのような落首もあった。

「忍さまは押し流されて白川へ、あとの始末はなんと下総」

　阿部は閣老、松平は御連枝である。

　阿部家も九代百五十五年にわたり忍城主であったので、突然の国替えに狼狽《ろうばい》する内情は、松平家と変らなかった。

　松平家家来である歌人黒沢翁満《おきなまろ》は、二十九歳で国替えを経験した。

　彼は「吾妻下り」という国替えの記録で、つぎのように、藩内の状況を記している。

「文政六年三月二十六日、麗日をさいわい翁満は朋友六人に従者を召し連れ、近郊へ藤の花を見にでかけた。一日の行楽を終え、帰ってみると、藩侯が忍へ国替えだという。去る二十四日の発令であった旨の回章なので、家人は皆呆然としたまま、夕餉《ゆうげ》もとろうとしない。さながら遠国へ流されるような思いである。

藩中の騒ぎはいうまでもなく、風説乱れ飛んだ。このたびのことは白河殿の宿望が叶《かな》えられたので、一朝一夕のものではない。国替え停止の願いをたてたところで、効験《こうげ》はない。ちょうど武州の人が桑名を過ぎるのをとらえ、様子を聞いたり、ある人は家来をひそかに忍へつかわし、実地を探らせる。

一喜一憂のうちに国替えの支度をし、調度の品を二束三文で売りたて諸費にあてた。（中略）転封は多人数のことゆえ、幾組にも分け、日をかえて出立することとなった。藩士は一応屋敷を引きはらい、民家に仮寓して出立の日を待つ」

翁満は九月十九日、矢田町の竹内孫兵衛の宅に移った。

転封の支度の最中に、領内に百姓一揆がおこり、諸郡にひろまって藩士は出動しなければならなかった。

ようやく鎮圧すると、国替えがはじまった。

交通機関のまったくない時代に、千数家、二千数百人が遠路を引越しするのである。

家中からは家老山田大隅以下二十二人を「忍表請取方」として先発させ、忍城下、街道筋の調査をさせる一方、引越し荷物の数をたしかめ、路銀の予算をたてた。

翁満の記録はつづく。

「九月にはいると白河から城請取りの者が続々と入りこんできて民家に泊し、市内は雑踏した。二十八日に藩公出立。

十月十日翁満引越しの番となり、父をひとり桑名に残し、母、妻、二弟一妹及び幼女とともに名残りも尽きない桑名をあとにした。

道中つつがなく、二十二日忍に着く。城外谷郷の紺屋惣助の宅に宿し、翌二十三日矢場の賜邸《してい》に移った。桑名では百七畳もある家であったが、ここは三十八畳しかなく、随分と住み荒された陋屋《ろうおく》であった。これはただ翁満一家のみではなく、藩中はおよそこれとおなじ事情であった。なにしろ藩士の屋敷がすくなく、半数は宿無しの有様であった」

阿部家は士分三百九十一人であったが、松平家の家来はその三倍をこえる人数である。東海道、中仙道を十二泊、百十里の旅をかさねてきた藩士たちに野宿をさせるわけにはゆかない。

屋敷をあてがわれない者は、いったん民家を宿とさせ、侍屋敷の大増築にとりかかった。城下には東照宮、別当金剛寺、天祥寺、桃林寺、大蔵寺を建立する。

これらの大規模な建築工事費をふくめての、国替えに要した費用は十万両にのぼった。

平時は不要とされる大筒の鉛弾を売り払ったのは、当然の措置であった。

忠国は富津御備え場に常備する大筒は、一挺につきすくなくとも百発の砲弾を用意しなければならないと考え、鉛弾と煙硝、口火に用いるドンドロ硫黄を調達させるため、武器支配役を江戸へ走らせた。

ところが砲弾、硝薬が容易にととのわない。硝石などは長崎まで注文しなければならないという事情が分った。

忠国はやむなく、弾丸火薬を添えず五挺の大筒を将兵とともに富津へ送った。送付のまえに彼は蘭医河津省庵《せいあん》を城中に招き、大筒をあらためさせた。

河津省庵は相模相原（相模原市）の人である。寛政十二年（一八〇〇）生れで、天保十三年（一八四二）には不惑をこえた年頃であった。

彼は長崎でシーボルトから洋方医学を学んでいた。忍城下へきたのは、彼の漢学の師であった芳川波山が、藩校修脩館の館長となっていたためである。

波山は十九歳のとき伊豆下田で塾をひらいてのち学名たかく、忍修脩館に招かれたのは、文政八年（一八二五）であった。

省庵は忍城下をおとずれると、仲町の漢方薬種問屋で町若年寄をつとめる大島屋喜兵衛の店に立ち寄り、幾種かの薬剤を買いもとめておいて尋ねた。

「お城下に芳川波山という漢学の師匠がおられると聞いたが、主殿《あるじどの》には存じておられようか」

「波山先生なら、修脩館におられる名高いお方でいらっしゃいます。お客さまは先生の知る辺でいらっしゃいましょうか」

「うむ、儂《わし》は波山殿が伊豆におられしときの弟子じゃ」

省庵は波山をたずね、その縁で忍城下に住むこととなった。

省庵に住居、医療器、生活のすべてにわたる世話をしたのは、大島屋喜兵衛である。

省庵は喜兵衛の見込んだ通り、患者の治療に洋方医学の神技をあらわし、たちまち門前市をなす流行医となった。

芳川波山は藩主忠尭に呼ばれ、省庵の来歴を聞かれた。

「省庵ははじめ江戸にて漢方薬餌につき勉学いたしおりましたが、のちに悟るところあって西洋の医術に志し、蘭医宇田川榛斎《しんさい》、緒方洪庵などの名流に教えをうけました。さらには長崎におもむき、蘭医シーボルトに就き刻苦勉励の日をかさね、全国を漫遊して医術百家の諸説を聴聞し、洋方治療の蘊奥《うんおう》をきわめしものにござりまする」

忠尭は省庵を侍医として招聘《しょうへい》した。

従来の藩医は、草根木皮の薬剤調合のみを事とするのにくらべ、省庵の医術の効果は、眼をみはるばかりである。

シーボルトがもたらしたオランダ医学は、内科、外科ともに病源鑑別、診断、治療を人体病理に従いおこなう。

外科の技法も発達しており、産科手術も驚くばかりに進歩していた。

舶来の貴重な薬品も数多くもたらした。

醋酸《さくさん》モルヒネ、硝酸ストリキニン、ウェラトリン、シンコニン、草寧、琥珀酸、硼酸《ほうさん》、クレオソート、亜砒酸、硝酸銀、第一沃汞《よくこう》、第二沃汞などである。

シーボルトが文政九年（一八二六）に江戸へ来たとき、江戸城西丸奥医師として将軍の身辺に侍していた土生玄碩《はぶげんせき》が面会し、眼科学につき種々質問した。

そのときシーボルトは莨菪《はしりどころ》という植物から製した瞳孔散大薬を白内障患者にもちい、効果を示した。

玄碩はおどろくべき効能に、口もきけない有様であったが、製薬の伝授を乞うとシーボルトは明かさなかった。

玄碩がなおも嘆願すると、シーボルトは彼が着ていた三葉葵の紋服がほしいという。

将軍から拝領の紋服を洋人に与えた事が判明すれば、死罪を免れない。

「やむをえぬ。同胞病者の苦を救うためには、なんぞ一身の犠牲を惜しまんや」

玄碩は紋服をシーボルトに与え、薬品の学名を教わったが、蘭語を解しない彼には分らない。

「しからば、この薬は日本にござろうか」

重ねて問うと、シーボルトは答えた。

「宮、宮」

玄碩はその意味を考える。

宮とは尾張国にある東海道宮（熱田）の宿場のことであろうと思いついた。推測はあたっていた。

シーボルトは江戸へむかう途中、尾張の宮で地元の名高い本草《ほんぞう》学者水谷豊文《とよぶみ》らに逢い、提示された標本類をあらためたが、そのなかに莨菪があったのを思いだし、「宮」と告げたのであった。

玄碩はただちに人を名古屋へつかわし薬草を入手し、奇薬を製して眼病の治療に大きな進歩をなさしめた。

彼は文政十一年（一八二八）シーボルトの獄がおこったとき、紋服贈与の件が露顕して投獄されたが、日本の眼科医学を発展させた功績は大きかった。

忍城下での河津省庵は、長崎で高野長英、小関三英《さんえい》らとともに、オランダの一流学者シーボルトから医学のほか、植物、天文、地理などの諸学を伝授された俊秀である。

彼の忍での事蹟で名高いのは、種痘を実施したことであった。

種痘は一七九六年（寛政八年）五月十四日、イギリスのジェンナーが八歳の男児に試みたのが最初であった。

日本へはシーボルトによって伝えられた。江戸で試みられたのが天保十二、三年（一八四一―四二）頃である。

洋方医大槻俊斎が浅草蔵前の伊勢屋某の子幾次郎に施し、さいわいに効あったとしたのが、最初とされている。

天保から安政年間に種痘で名をなした医者は、大村の長与俊達、芳陵英伯、秋月の緒方春《しゅん》朔《さく》、水戸の本間玄調、佐賀の井上宗端、忍の河津省庵、江戸の桑田玄真らとされている。

天保十二年（一八四一）五月、長崎から高島秋帆《しゅうはん》が江戸にきて、荒川沿岸の徳丸ヶ原でオランダ式のマスケット銃、迫撃砲、速射砲の演習をおこない、幕閣要路をおどろかせた。

忠国は長崎の町年寄から西洋流砲術家となった高島秋帆の、西洋銃陣の調練を実見して強い印象をうけた。

秋帆は五月九日、徳丸ヶ原で長崎から伴った地役人、門人らのほか、江戸での入門者もふくめ、八十五人を二隊に編成し、調練を公開した。

まず秋帆父子が迫撃砲、速射砲、二十ドイム（一ドイムは約三センチ）モルチール臼砲、ホイッツル砲を用い、射撃をおこなう。

臼砲を三発、つづいてブラントコーゲル（焼夷弾《しょうい》）二発。さらに八町と四町の距離に置かれた標的に、榴散弾二発、ドロフィーコーゲル一発が発射された。

砲撃のあとは調練である。

まず騎兵の馬上射撃をおこない野戦砲三門を部隊の両端と中央に置き、横隊行進、左右への行進をする。

後方への射撃、方形陣をつくっての射撃。着剣二重陣形での突貫。敏速に部隊行動を展開する兵士は、紺筒袖筒袴の軽装で脇差のみを帯び、オランダ語の号令で進退する。

野戦砲を放ち、剣付鉄砲を構えての突撃から一挙に後退し輪型陣をつくる調練を、幕府目付鳥居耀蔵《ようぞう》ら洋式兵法に反感を持つ者は形ばかりで実効なしと無視した。

だが、一発の不発弾もなく、めまぐるしく変化する部隊行動を見た諸侯と家中の侍たちは、西洋銃陣の威力を正しく理解した。

忠国は調練観閲ののち、忍城に帰って河津省庵を呼び、高島秋帆について知るところを聞いた。

「秋帆殿とは、長崎にいるうちに幾度か面識がござります。高島家は天正の頃より長崎町年寄にて、秋帆殿は父御《てて ご》四郎兵衛殿が出島の砲台を預かるようになってのち、砲術の荻野新流、オランダ語を学ばれたのでござります。ボンベン（破裂弾）、グレナーデン（柘榴弾《ざくろだま》）、照明弾、焼夷弾などをオランダ、ジャバより買い求め、仕掛けをたしかめるうちに、モルチール臼砲、砲弾をこしらえるようになられました」

「ほう、秋帆はなにゆえ町人の身にて異国の火砲をこしらえようなどといたしたのか」

「それは西洋の大艦が押し寄せて参りしとき、長崎台場の大筒では追い払えぬことを、存じておりしゆえにござりまする。秋帆殿十一歳のみぎり、長崎ではエゲレス船フェートン号が入津《にゅうしん》いたし乱暴をはたらきしことがあり、長崎奉行は港警固の役目を果せず切腹いたしました。秋帆殿はこのときより西洋砲術を学ぶべく心を決められしと、聞き及んでおりまする」

河津省庵は膝をすすめた。

彼の口調はしだいに熱を帯びてくる。

「秋帆殿は、自らオランダのヘーグ文書館に蘭文書籍を注文いたし、西洋銃陣をつまびらかに調べなされたのでござります」

「いかなる書籍を買いもとめたのか」

「歩兵操典、射撃用剣付銃教範、海上砲術書、主要火工品製造指南書などにござります」

忠国はいちいちふかくうなずいて聞く。

「省庵はただの医者坊主ではないと思うていたが、オランダ兵法にも詳しいのであろう」

忠国は諸事に鷹揚《おうよう》な大名であったが、物事を公平に理解する明晰《めいせき》な頭脳の持主であった。

彼は省庵の返答が無駄なく、質問に的確に応じるのをこころよく感じていた。

省庵は一揖《いちゆう》した。

「仰せのごとく、手前は長崎にてシーボルト殿より内科、外科の医術を伝授していただきしゆえ、オランダ原書を読解いたすことはできまする。されば鉄砲、大砲などの製法の本なども、いささか持っております」

「ならばその知識を生かし、当家の鉄砲を改良して、西洋の火砲に劣らぬものをこしらえてくれぬか」

「手前の砲術は本業にござりませぬゆえ、なにほどの知識も持ちあわせておりませぬが、なしうるかぎりのことは、試みさせていただきましょう」

省庵はそののち余暇をみて城外練兵場に出て、兵具蔵から持ちだした種子島筒を試射する。鍛冶屋《かじ》を呼んで鉄砲の見取図を渡し、しきりに打ちあわせる日もあった。

半年ほどのあいだに、省庵はドンドロを用いる雷管銃を試作した。

ドンドロを発火薬に使えば、火縄式発火機を使うよりも確実かつ迅速に銃を撃発させることができるのである。

火縄銃の火縄式発火機の欠点は、雨天の際に使用が困難になることである。

雨火縄を用い、火皿に革製の雨覆いをかけても、はげしく吹きつけてくる向い雨のときには、射撃性能がはなはだしく落ちる。

また夜闇のなかでは火縄の火光が敵の眼につきやすい。燃える火縄のこげくさい臭気、煙なども、接近した敵には気づかれる。

また、強風、豪雨のなかでも常に火種を保存していなければ、銃を使用できない。

これらの欠点を改良するため、天保中期の蘭学者が製造したものが、ドンドロ付木《つけぎ》を用いた発火機であった。

ドンドロ付木は、オランダ名を「リュスヘルス」という黄燐マッチであった。

緑礬《りょくばん》、馬骨、硫黄を原料として黄燐をつくる製法は、さほど複雑なものではなかった。

ドンドロ付木を使えば、火縄よりはるかに効率のよい発火機がつくれる。

だが省庵の用いたドンドロは、黄燐ではない。オランダ名をドンドロシルフルという、黄燐よりはるかに猛烈な爆発力をそなえる発火薬であった。

日本で雷汞《らいこう》と呼ばれるこの爆薬は、雷酸第二水銀 $Hg(ONC)_2$ であった。

水銀を硝酸に溶かした液とエチルアルコールを反応させて製造した灰色の結晶である。

乾燥した雷汞は、火炎、衝撃、摩擦により瞬間に爆発する。

省庵の銃は雷汞の粒が銃身にとりつけた管内より、一粒ずつ火皿に落ちると同時に、撃鉄がセットされる仕掛けになっていた。

彼はこの改良銃を用い、雨中に立って迅速な連射をすることに成功した。

このの ち忠国は、銃砲については常に省庵の意見を聞くようになった。

富津陣屋に大筒を輸送するまえに、忠国は省庵にあらためさせた。二貫目玉筒には信州高遠藩砲術家坂本天山の発明した、砲架が附属していた。

周発台という砲架を動かしてみた省庵は、嘆声を放った。

「これは見事なものでござりますな」

旋回は百八十度、仰角は七十五度から八十度まで利く。

測距儀は、元禄時代から伝えられた「くあとろあん」と称するものである。

省庵は大砲方の藩士から射法を聞いたのち、忠国に言上した。

「異国の軍艦が攻め寄せてきたとき、脅すほどの用には立つと存じまするが、いずれにしても試し撃ちをいたさねばなりますまい」

忠国は富津御備え場で大筒の試射をするとき、省庵をともなうことにした。

汗ばむほどの陽射しを浴び、富津御備え場にむかう忠国一行のしんがりに、省庵が葦毛《あしげ》の馬を歩ませていたのは、そんな経緯があったためである。

御備え場に着いた忠国は、馬丁に手綱をあずけ、一段高い砲台に登り、海上を見渡す。

「いい天気だな。この辺りの景色は、桑名に似ておるではないか」

彼は所々に暗礁《あんしょう》の形をくろぐろと透かせている、澄んだ海面を見下し、弾んだ声をあげた。

忠国は天気のいい日に戸外へ出るのが、好きであった。富津陣屋にいるあいだ晴天がつづいており、彼は連日海岸巡視を楽しんでいた。

江戸の広大な馬場先門屋敷での日常は、波瀾のない退屈なものであった。江戸城でおこなわれるさまざまな式典に参向するときも、儀礼に縛られ目新しいことには何ひとつ出くわさない。

外出は輿《こし》を用い、馬に乗るのは屋敷うちの馬場で稽古するときだけである。

屋敷に戻ってくれば、門番がいつも番所の衝立《ついたて》のうしろから首を出していて、「お帰りい」と玄関へ知らせに走る。

式台には大勢の家来が立って待ち、玄関前の砂利敷きには中間《ちゅうげん》が土下座して額をすりつけている。

大名はみだりに身分の低い家来に、声をかけてはならない慣例があるので、身近にいる者を気軽に呼び、「あれをいたせ」「これを取って参れ」などと命じることはできなかった。

たとえば入浴の際、風呂焚《た》きに声をかけてはならないため、「熱い」「ぬるい」と大声でひとりごとをいわねばならなかった。

考えてみれば、大名は幼時から親きょうだいとの睦《むつ》みあいもすくなく、孤独で単調な暮らしを強《し》いられるものであった。

昼間は奥向きで多数の女中にかしずかれ、夜は武骨な家来たちに囲まれ寝所に入らねばならない。

大名の変化に乏しく堅苦しい生活には慣れている忠国であるが、富津陣屋にくると気兼ねなく家来たちと言葉を交し、酒食を共にするのが楽しかった。

忠国は砲台の周発台に据えられ、磨きあげられ充分に油を塗りこまれ、陽を弾いてかがやいている二貫目玉筒の傍に寄る。

陣笠の顎紐《あごひも》をしっかりとむすんでいる大砲方五人が、緊張した顔つきで地面に手をついた。

「挨拶はいらぬ。支度はととのうておるのか」

「御意《ぎよい》にござります」

大砲方が答えた。

忠国は砲台の下にひかえている省庵を、ながし眼に見た。省庵は大砲方に遠慮して、御備え場の一隅に控えていた。

「この仰角ならば、どれほど沖を撃てるのじゃ」

「まず二十四、五町を狙っておりまするが」

「よかろう、試してみよ」

大砲方の藩士たちは、敏捷《びんしょう》に動いた。

あらかじめ配合しておいた火薬四十匁《もんめ》ほどを筒口より入れ、二貫目鉛弾を装塡《そうてん》する。

測距儀を使い、弾道を定めると、頭役《かしらやく》が忠国に告げる。

「ただいま、撃ちまするゆえ、耳栓をなされ、お下り下されませ」

忠国は砲台を下り、石造りの掩壕《えんごう》のなかにはいった。

万一砲身のうちで鉛弾が詰り腟発すれば、破片が飛散し危険である。

忠国は省庵が外に立っているのを見て呼ぶ。

「ここへ入れ。危ないぞ」

省庵は小走りに掩壕に入ってきた。

「どうじゃ、大きな音がいたすであろうか」

忠国は徳丸ヶ原での高島秋帆がおこなった砲撃の、野外でありながら腹にひびく轟音を思いだした。

「さようでござりましょう」

省庵は笑ってうなずいた。

秋帆が撃った弾丸は、ボンベン、リクトコーゲル（照明弾）、ブラントコーゲル（焼夷弾）で、いずれも定められた時間に破裂する信管の仕掛けがなされており、破裂力を比較すれば、鉛弾など児戯に類するものであった。

――それでも、弾丸が飛べばもうけものじゃ――

省庵は古式の大筒が満足に発砲できるであろうかと危ぶむ。

装薬量と仰角の関係、火薬原料の選定、配合の仕方、弾丸と筒の口径のなじみぐあいなど、実射してみないと分らないことが多い。

「それ、撃つぞ」

掩壕ののぞき窓から顔を出している忠国がいう。

傍の重役たちも、耳に指をいれていた。

省庵は、大砲方の藩士たちが緊張のあまり、ひきつったような表情になっているのを見た。無理もない。何十年も用いたことのない大筒は、発射の衝撃で壊れてしまうかも知れなかった。壊れたとき、砲側にいる者は死なないまでも大怪我をするにちがいなかった。

頭役が長い竹竿の先に火縄をつけ、火穴に近づけてゆく。大砲操練に慣れていないので怯《おび》え、顔をそむけたので、火縄はドンドロ火薬を積みあげた火穴のうえを通りすぎ、また戻ってきた。

掩壕から眺めていた忠国たちの顔を、撲《なぐ》りつけるような衝迫が走り、地震のように足もとが揺れた。

獅子の咆哮《ほうこう》のような砲声がとどろき、黒い硝煙と焔が筒口から延び、空中に飛びだした砲弾の形がはっきりと見えた。

「やったぞ」

忠国たちは壕から飛びだす。

沖合にむかい空中を弧をえがいて飛ぶ鉛弾の影を、皆は眼で追う。

だが晴れわたった空には、鳥影もない。

「どうじゃ、見えぬほど速いのか」

忠国が上機嫌で笑った。

「水しぶきが立ちませぬが」

家老のひとりがけげんそうにいう。

「うむ、面妖《めんよう》じゃ」

忠国も首をかしげた。

海上にはしわばみさえ立たないままである。

「こりゃ、弾丸はいずれへ飛びうせたのじゃ」

忠国に問われた砲手たちは、砲台から駆け下りてきた。

彼らは断崖から下をのぞき、声をあげる。

「あそこの枝が折れておりまする。この下へ落ちたのかも知れませぬ」

「なんと、飛ばなんだか」

忠国は眉宇《びう》をひそめた。

「なかなかに、一度ではうまく参りますまい。私も見て参じまする」

省庵は馬乗り袴の股立ちをとり、樹木の繁茂した崖を伝い降りてゆく。

海辺に出ると、砲手たちが小者を督励して附近を探させていた。

「ここの枝が折れておるぞ。このあたりのくさむらをかきわけてみよ」

やがて小者が奇声をあげた。

「ありましたぞ。あの木の股じゃ」

鉛弾は太い椎《しい》の木の股にはさまっていた。

忠国は大砲方頭役に問う。

「弾丸はなにゆえ飛ばなんだのじゃ」

「申しわけもござりませぬ。今一度撃ちまするゆえ、失策をお見逃し下されませ」

「さようなことを申しておるのではない。なにゆえ飛ばなんだかと聞いておるのだ」

「しかとあい分りかねまするが」

忠国は舌打ちをして、省庵に聞く。

「そのほうには分るか」

「しばらくお待ち下されませ」

省庵は崖下から拾ってきた鉛弾を抱え、二貫目玉筒の筒口から押しこんでみる。

「なるほど、これは玉割りが合わぬと見ましたが、いかがでござりましょう」

玉割りとは、砲術の極秘とされている弾丸の直径と口径との割合いであった。

「これは弾丸と筒との隙間が空《あ》きすぎております る」

「ならば新たな弾丸を使うて、そのほうが撃ってみよ」

「それまでいたさずとも、この弾丸に晒《さらし》一枚を巻いてやれば、おおかた火薬の力は洩れますまい」

省庵は小者に命じ、みょうばん糊を煮させ晒を鉛弾のうえに一重に巻きつけた。

「これをしばらく陽に乾かしたうえ、撃ってみるといたしましょう」

半刻《はんとき》（一時間）のち、鉛弾はふたたび装塡された。

二貫目玉筒はさきほどと同様に、大気を震動させ咆哮した。

「あっ、飛んでゆくぞ」

こんどは鉛弾が空の高みへ飛び去ってゆくのを、忠国ははっきりと見た。

やがてはるかな沖合いに、白々と水煙があがった。

「飛んだぞ、省庵。さすがじゃ、褒めてとらす」

忠国が歓声をあげた。

省庵はきびしい眼差しを主君にむけた。

「おそれながら、あのようなる鉛弾は、飛び玉筋はいたって狭く、玉筋に立つもののみにしか当ることができませぬゆえ、異国の船がきたとて、二十発、三十発と撃たねば命中いたしませぬ。それに、あのようなる弾丸は、ただいま清国に押し寄せておりまするエゲレス軍艦などには、はねかえされるでござりましょう。お殿さまには、まことの海防をお考えならば、また別のなされようがあるものと存じまする」

忠国は省庵の言葉に、黙って耳をかたむけていた。

二

松平忠国は富津《ふっつ》御陣屋へ帰ると、その夜から小姓どもの本読みをやめさせた。

「そのほうども、今夜からは黙っておれ。ちと考えごとをいたすゆえにのう」

忠国の陣屋での日常は、すべて戦場における仕立てで規律されていた。

寝所の枕もとの床上には、具足《ぐそく》、采配《さいはい》、懐鉄砲などの兵具が、所せましと並んでいる。

忠国の大小は寝ていて手のとどくところに置かれている。武将たるものは、戦場では夜間安眠するような惰弱なふるまいをしてはいけないとされているので、世間には終夜起きていると思わせねばならない。

そのため忠国の枕もとに小姓が二人坐り、終夜声をはりあげて本を読む。「太平記」とか「源平盛衰記」など、忠国もおおかたそらんじている軍記ものを、読みたてるのである。

小姓たちも睡《ねむ》いので、おなじところを幾度もくりかえして読む。忠国は笑いをかみころして聞く。

読書の声を聞きつつ眠ろうとするのだが、やはり容易に寝つかれず、きれぎれに夢を見る程度で夜があけてしまう。

忠国は寝不足を昼間の海岸巡視の際に、おぎなうことにしていた。途中の茶屋に立ち寄り休息するついでに、一刻（二時間）ほど熟睡するのである。

近臣たちは主君の寝不足を知っているので、休息の時間を充分にとった。

小姓の終夜の本読みは、考えてみればばからしいが、大名家の当主は、そのような先祖の守ってきた慣例を、批判することなく守らねばならない。

富津へきてからは、野外に出る用向きが多く、気分も晴れ晴れとしている。食事も新鮮な魚に、酒徳利がつく。

大名の食事が豪勢なものであったのは、元禄の頃のことである。

朝食は焼味噌と豆腐ぐらいで、昼夜は一汁二菜がふつうである。

台所番が翌日の膳立てを板に書いて持ってくると、ろくに見もせず「よかろう」と返事をしてやる。好みの料理を注文することは、まったくない。

大名がそのような注文をするのは、行儀に反するのである。

また腹が減ったからといって、たくさん食べたり、腹ぐあいがよくないのでふだんより少食であったりするのもいけない。

もし食事がすすまないと、台所奉行が調進に手落ちがなかったかと調べる。

食物はすべて台所奉行が味をみたのち、近習が毒味をする。

忠国は味加減がわるいときも、黙って食べる。ふだん二膳の飯を食べるのなら、いつも二膳で、菜の量もそれに応じただけのものをとる。

髪をとかすのも、顔を剃《そ》るのも、頭取、御小納戸《おこなんど》、平といった小姓衆の二、三人が毎朝おこなう。

不手際な小姓に、涙の出るほど髪毛を引っ張られることもある。剃刀《かみそり》をつかうのに、顔にまったく手を当てないので、さすがに傷はつけないが、髯《ひげ》を剃りのこされるのは毎度のことである。

厠《かわや》へゆくときさえ、小姓が外にひかえているので、気楽に放屁もできない。

気楽な暮らしに馴れた町人であれば、気が変になりそうな窮屈な生活を、当然のこととして受けいれている忠国であるが、二貫目玉筒の試射をおこなった夜から、小姓の本読みを敢然とやめさせた。

彼は閨《ねや》のうちで、昼間の砲撃のさまを頭にえがき、考えこむ。前の晩までは、江戸馬場先門屋敷に置いている側室八重園の顔を思いうかべるのみであったが、大筒の性能を眼前にしたあと、河津省庵から西洋の大砲の構造についての説明を聞くと、江戸の海防の最重要な拠点である浦賀水道の防衛を任されている、自分の立場をあらためてかえりみた。

松平家は、家康の息女亀姫をめとった奥平十三代信昌の四男松平忠明以来、徳川家親藩として連綿と血脈をつたえてきた。

いま忠国は忍《おし》十万石の当主であるが、忍藩は内福で聞え、実高《じつだか》は二十三万石に達している。

上総《かずさ》沿岸防衛を仰せつけられたとき、忠国はいまこそ松平家の伝統を発揮して、邦家のために尽すべきときであると奮起した。

忍藩校修脩館学頭芳川波山の門人黒沢鼎斎《ていさい》の日記「祭礼鑑」には、忠国の富津、竹岡防備のはたらきが、つぎのように記されている。

「天保十四年相州浦賀表へ北アメリカ蒸気船渡来。然《しか》るところ海岸諸方御固め、それぞれ御台場御固め。五万石、二十万石ぐらいの大名それぞれ御固め仰せつけられ、わが忍大守様（忠国）も、総州富津御台場御固め、竹ヶ岡壱ヶ所、洲之先遠見番所都合三ヶ所御固め、人数およそ六百人。主人名代家老のうち山田此面、軍将奥平惣右衛門なり」

忠国は天保十四年から弘化四年（一八四七）まで四年間、富津、竹岡の防衛を担当することになったわけである。

海防をおこなううえで、必要なものは大砲である。軍艦は、幕府が大船建造を禁止しているため、外国船に対抗できるようなものは、一隻もない。

忠国は、二貫目玉筒の試射を終え、富津陣屋へ戻ると、家老山田此面と河津省庵を奥書院へ呼んだ。

山田は儀礼に従い、敷居のそとに手をつく。省庵はさらに次の間の敷居のそとに平伏していた。

「両人とも、傍へ寄れ」

忠国は省庵から西洋の砲術についての意見を聞きたいのだが、山田家老をも呼んだのは、身分の低い省庵だけを膝下に呼び寄せ、懇談すれば、依怙《えこ》の沙汰をしたなどと、家来のあいだで問題になるからであった。

忠国は身近に寄った二人のうち、まず山田家老に話しかける。

「そのほうも、省庵が昼間のはたらきを珍重と存ずるであろうが」

「仰せのごとくに存じまする」

山田は畳に手をつく。

大砲方が失敗した射撃を、省庵が成功させた実績は、山田も認めている。一挺ずつしかない二貫目玉筒、一貫目玉筒が発砲できなければ、異国船が浦賀水道に侵入してきても、坐視するのみである。

試射のあと、ひと騒動があった。大砲方頭役、下役がその場で切腹しようとしたからである。

忠国はあわてて彼らを慰留した。

平常であれば、藩主は大砲方に直接言葉をかけないが、御備え場では自由に話しかけても、家老からは苦情が出ない。

「そのほうどもが撃ち損じたるは、ながらく用いざる大筒ゆえじゃ。いつ壊れるとも知れぬ筒を使うてみて、玉が飛んだだけでもよかったと思わねばならぬ。省庵は医者坊主。そのほうども大砲方は、こののちも台場にてはたらいてもらわねばならぬ。これまでとかわらず、あいつとめよ。腹を切るなどの短慮は不忠と思え」

顔色蒼白となり、脇差を抜きはなち、大勢の朋輩に押えられ、もがいていた大砲方の藩士たちは、忠国の言葉を聞くと号泣しつつ平伏した。

忠国がとめなければ、彼らは死なねばならない。そのような場合、主君はかならずとめるものであり、騒動は一種の狂言のようなものであったが、一応の緊迫感はある。

忠国が省庵と話をするのに、いろいろと配慮しなければならないのは、うるさい家中の秩序を乱すわけにはゆかなかったからである。

　忠国は山田に命じた。

「これより省庵に、大筒につきちと下問いたしたいゆえ、そのほうもここにて聞いておれ」

　山田は一揖《いちゆう》してかしこまる。

「省庵、そのほうは鉛の二貫目玉ごときは、清国に押し寄せしエゲレス軍艦などには、はねかえさるると申したが、まことか」

「さようにござりまする。甲板のうえにおる人に当らば、死ぬでござりましょう。また、帆柱、煙突なども、捻《ね》じまげるほどのはたらきは、あるやも知れませぬが、そのうえのはたらきは望めませせぬ。蒸気船の舷《ふなばた》に用いておる鉄板はなかなかに厚く、高島秋帆が徳丸ヶ原にて撃ちたるボンベン（破裂弾）などでは、野戦に役立ちますけれども、海戦にはとても使えぬ児戯に類するものにござりまする。軍艦が撃ちあう大筒は、あれよりもはるかに大なるものにござりまする」

徳丸ヶ原では、秋帆父子の撃った砲弾は、着弾と同時に破裂し、白煙の尾を引く破片が大輪の菊の花弁を見るように八方に飛散した。

忠国は鮮烈な印象をうけた光景を、まなうらに想起する。

「おそれながら、お殿さまには天保八年（一八三七）アメリカ国モリソン号が、江戸より薩摩にあらわれしときの騒動を、ご存知でござりまするか」

「うむ、覚えておるぞ」

モリソン号事件は、天保五年、日本人漂流者三人が、アメリカ西海岸に漂着したことにはじまる。

彼らはイギリスのハドソン湾毛皮会社の保護をうけ、ロンドンを経由して、天保六年にマカオに着いた。

イギリスのマカオ貿易監督官チャールズ・エリオットは、この漂流者を日本に送還し、その機会を利用して日本との通商をはじめようと思いついた。

当時、西洋諸国の日本近海での捕鯨操業がさかんになりつつあり、日本沿岸を捕鯨基地として利用する必要が生じていた。

エリオットの計画は、本国政府の許可が得られず、実現しなかった。

ついで、アメリカの在清商社オリファント会社の支配人チャールズ・キングが、その計画を実行しようとした。

彼はマカオにいた三人の漂流者のほかに、マニラから到着した日本人漂流者四人をくわえ、七人を自社のモリソン号に乗せ、日本へむかった。

モリソン号は那覇に寄港したのち、天保八年六月二十七日夜、江戸湾に入った。翌日、異国船の接近を知った平根山御備え場から、砲撃がはじまった。モリソン号はやむなく相模国三浦郡野比村沖に避難するが、野比海岸からも砲撃をうけ、江戸湾から去った。モリソン号は薩摩で漂流者を上陸させようとしたが、そこでも砲撃されたので、やむなくマカオへ引きあげていった。

幕府は文政八年（一八二五）に、二念なき異国船打払令という布告を発している。文化五年にイギリスのフェートン号が長崎港に入り、乱暴をはたらいたため、日本は外国の船舶を寄せつけまいとしたのである。

砲三十八門を装備したフェートン号は、長崎湾内に入るまではオランダ国旗を掲げ、迎えに出たオランダ人を捕え、港内にオランダ船がひそんでいないか巡検したのち、水と食料を強要した。

長崎奉行松平図書頭《ずしよのかみ》は、事を穏便にすますため、要求をのみ、オランダ人を返還してもらったのち、フェートン号を焼打ちしようとしたが、逃げられた。幕府にとっては威信を傷つけられた、苦い経験である。

省庵は問いをかさねた。

「モリソン号は三カ所にて砲撃を受けてござりまするが、どれほどの損傷を受けしかご存知にござりまするか」

「いや、聞き及んでおらぬが」

「モリソン号は、何の傷をも受けてはおりませなんだ。手前が長崎にて聞き及びしところでは、天保八年七月十日にモリソン号が薩摩山川港に入津《にゅうしん》いたせしとき、薩藩にてはこれを打ちはらわんがため、家老島津久風が指図いたし、荻野流砲術師範鳥居平八、同平七と一門の大砲方を率い、山川港へつかわしてござりまする」

「ほう、荻野流と申さば、われらとかわらぬ大筒を使うたのであろうな」

「さようにござりまする。山川港はごく小さき港であるうえに、モリソン号は岸辺よりわずか数町の間近に錨《いかり》をおろしておりしゆえ、撃つに易しき的にござりました。鳥居らは七月十二日早朝より砲撃をはじめしところ、まったくの朝凪《あさなぎ》ゆえ、モリソン号は錨をあげたとて動くことができませぬ。進退きわまり、砲撃の的となるのみにござりましたが、薩藩大砲方は数百発を放ったにもかかわらず、船に命中いたせしはただの一発にて、その弾丸も甲板に転がりしのみにて、何の損傷を与うることもできなんだのでござりまする。モリソン号は風を待って、ようやく虎口を脱することができました」

「そのようなものか」

忠国は長大息をした。

「薩藩ではその後、鳥居兄弟を長崎の高島秋帆のもとへつかわし、西洋砲術を修得させてござりまする。兄平八は遊学中に病死いたし、平七が奥伝を得て帰り、伝え聞くところによれば藩中において、モルチール、ホイッツル及び野戦筒を鋳造いたし、砲発、銃陣の調練をおこないつつあるとのことにござりまする」

省庵の伝聞は正しかった。

薩藩では天保十三年三月十八日、城外中村浜の騎射場で、藩内において鋳造した大砲の射撃演習をおこなっている。

藩主斉興《なりおき》は家老島津久風をともない、演習を検閲した。使用した大砲は、つぎの通りである。

二十拇《ドイム》臼砲　一門（一ドイムは約三センチ）

十三拇臼砲　一門
十五拇ホイッツル　一門

五百銭（匁）野戦重砲（攻城砲）　一門
百五十銭野戦砲　二門
射撃は臼砲二門。おのおのボンベン弾六発。焼夷弾三発。照明弾三発。烟弾三発ずつ。ホイッツル砲はボンベン弾三発。ガラナート（榴散弾）三発。ブリッキドウス（箱弾）五発。野戦砲三門はおのおのブリッキドウス三発、実弾十発を標的にむかい射撃した。

歩兵と野戦砲によって構成した銃陣の演習もおこなわれた。

四十八人で編成した銃隊は、野戦砲を左右両翼にそなえ、前進して銃撃、砲発をおこなった。

演習中、野戦砲の薬嚢《やくのう》に引火爆発する事故があったが、演習は手落ちなく遂行され、天保十二年五月、江戸徳丸ヶ原でおこなわれた高島秋帆の演習に、まさるとも劣らぬ成績をおさめた。

銃隊兵士の服装は、ペレトン笠《がさ》と呼ばれる象頭形陣笠をかぶり、筒袖半天に股引《ももひき》、たっつけ袴《ばかま》をつけ、脇差のみを差していた。

あきらかに西洋式の軍装である。

「さようか、薩藩はそれほどまでに進んでおるのか」

「肥後、佐賀の家中にても、薩摩に劣らず西洋砲術がおこなわれておりまする。東国にても、江川坦庵《たんあん》殿をはじめ、数多くの高島の流れを汲む砲術家がおりまする」

高島秋帆は、徳丸ヶ原の調練ののち、高名が全国に知れ渡った。

幕府は閣老水野忠邦の名をもって秋帆に賞詞を与え、銀子二百枚を下賜《かし》した。

また、徳丸ヶ原で使用した臼砲、ホイッツル砲各二門は、幕府が五百両で買いあげた。

つづいて幕府は秋帆に命じた。

「そのほう伝来罷《まか》りあり候火術伝来の秘事まで、のこらず当地御直参《ごじきさん》のうち執心の者壱人へ伝授いたすべし。（中略）右のほか諸家へ相伝候儀は、つかまつるまじく候」

秋帆は江川坦庵への伝授を希望したが、果さず、幕臣下曾根金三郎へ伝授した。

その裏面には、江戸町奉行、勘定奉行兼帯の鳥居耀蔵《ようぞう》の妨害があったといわれている。

鳥居耀蔵は名を忠耀《ただあき》といい、大学頭《だいがくのかみ》林述斎の四男であった。彼は二千石の旗本鳥居一学の養子となり、目付に任ぜられ、老中水野忠邦の信任を得て才腕を発揮した。

彼は官学の林家出身であるため、洋学を嫌い、一貫して弾圧をつづけた人物であった。

坦庵江川太郎左衛門は、相模、伊豆、甲斐の天領七万二千余石を預かる代官である。

享和元年（一八〇一）の生れで、天保十三年（一八四二）には四十一歳である。

彼は文政元年（一八一八）正月、満十七歳で神田猿楽町の神道無念流岡田十松の撃剣館に入門し、才能を伸ばした。

撃剣館門人の総数は四千人といわれたが、文政三年には免許皆伝となり、撃剣館四天王の一人といわれた。斎藤弥九郎は兄弟子で、のちに坦庵の補佐役としてはたらくようになる。弥九郎の道場練兵館は、終始坦庵の庇護をうけ、千葉周作の玄武館、桃井春蔵の士学館とともに、江戸三大道場のひとつに数えられるほどになった。

坦庵は難解な蘭書を読解する語学力は持たなかったが、幡崎鼎《はたさきかなえ》ら優秀な翻訳家を側近に登用し、外国の正確な知識を吸収し、政治行動に役立てようとした。

彼は洋式軍船、大砲の必要を早くから説いていた。

坦庵は渡辺崋山とも深く交誼《こうぎ》を重ねるが、崋山は洋学を嫌う鳥居耀蔵の策謀により、天保十年（一八三九）五月、蛮社の獄で捕縛された。

坦庵は秋帆からの砲術伝授を渇望していたのに、耀蔵に邪魔されたと知ると、老中水野忠邦に願い出た。

洋式砲術の必要性を痛感していた水野は、鳥居の横車をおさえ、坦庵に高島流伝授を許した。

さらに天保十三年六月になると、幕府は高島流砲術の教授についての制限を、すべて撤廃した。

高島門下に集まる門人は、幕臣川路聖謨《としあきら》のほか、大槻磐渓《おおつきばんけい》、佐久間象山《しょうざん》ら四千余人にのぼった。

だが、まもなく高島秋帆は鳥居耀蔵によって、罪に落された。耀蔵はもと唐・商買オランダ方取締りをつとめ、罪を犯し長崎を出奔していた本庄茂平次をはたらかせ、秋帆を讒訴《ざんそ》させたのである。

秋帆の罪状は、左の五点である。

㈠秋帆は年来私財をなげうち西洋銃砲を買いもとめ、銃陣調練をおこなっているが、下心は謀叛《むほん》の企てと見られる。

㈡その証拠として、長崎小島郷の秋帆の住居は城郭のようで、大小の銃砲を支度し、籠城の用意をしている。

㈢秋帆は会所の資金により、肥後米を買いいれ、貯蔵している。

㈣軍用金を得る目的で、抜け荷を扱っている。

㈤抜け荷商いの目的で、数隻の早船を建造した。

松平忠国は、秋帆下獄ののち、西洋砲術がどのような人々によって研究されているのか、知らなかった。

幕閣の役人たち、老中屋敷の用人どもは、忠国のような世事にうとい大名に、西洋砲術について語るとき、かならずけなした。

「西洋流の鉄砲は、和流にくらべなかなかに当らぬものにござりまするそうな。大勢にて撃つゆえ音ばかりやかましくとも、戦での使い勝手は、和流のほうがはるかにようござりまするのじゃ」

彼らは法螺《ほら》をふいているのではない。

日本の火縄銃の命中精度が、西洋の燧石銃《ひうちいし》をはるかに超えているのは事実であった。

ただ、生火を用いる火縄銃は、安全性、簡易性、装塡《そうてん》速度において、燧石銃に遅れをとる。

高島秋帆の用いた洋銃は、ゲベール（小銃）、カラベイン（騎兵銃）、ピストル（拳銃）の三種の滑腔銃のほかに、ライフルの刻まれた狙撃《そげき》用のヤーゲル銃があった。

これらは銃身の長さが違うだけで同口径であるため、共通の弾丸を使うことができる。

また装薬量は、一発ずつ弾丸と火薬を紙に包みパトロン（弾薬包）としているので、弾の到達距離は一定している。

命中精度は、点火機が燧石で、強いスプリングで燧石を綱鉄片に打ちつけ発火させねばならないので、銃が動揺するため火縄銃よりも劣る。

一斉射撃の弾幕効果を狙う西欧の戦術と、一発必中の精度を目標とする和式戦術とのちがいが、命中精度にあらわれているわけであったが、和銃の価値を認める側にも一応の理由はある。

　大砲においては、和式大砲は洋砲に遅れをとることははなはだしいので、幕臣たちはそれを話題にするのを避けた。

　忠国は省庵に聞いた。

「いま関東で西洋砲術を修めておるのは、公儀大砲方のほかには、誰がおるのじゃ」

「江川坦庵殿にござりまする」

　省庵は即座に答えた。

「さようか、坦庵がいたしおるのか」

「坦庵殿は、高島秋帆より御公儀が買いあげしモルチール、ホイッツル砲各二門を、五年間を限って借用なされ、韮山《にらやま》にて実射の稽古をなされておりまする」

「ほう、公儀より借りうけしか。なかなかにやるものじゃ。さだめし鳥居らの妨げがあったであろうが」

「さようにござりまする。御老中水野さまのお力を借り、お貸下げを願い出《い》でられしところ、大砲の諸カラクリなど取りそろえ、無事に受け渡しを終えるのに、およそ一年をかけし模様にござりまする」

「なにかと邪魔をいたしたことであろうのう」

「はい、引渡しのかけひきより、韮山までの運送にいたるまで、すべて斎藤弥九郎殿が表に立たれ、なされしとのことにござりまする」

「斎藤が相手ならば、腕ずくにて邪魔いたそうとしても、歯が立つまい。坦庵もよき味方を持ちしものじゃ」

坦庵が韮山へ四門の大砲を運搬するのを、裏面で激しく妨害したのは、鳥居耀蔵、幕府鉄砲方井上左太夫らであった。

江戸城内竹橋鉄砲蔵にある、ホイッツル、モルチール砲の部品は、ひとつが紛失しても砲を使用できないため、隠匿されたときは目的を達成できない。

斎藤はそれらを運送の途中、大勢の剣士に道筋の護衛をさせ、鳥居らが卑劣な手段で奪いとろうとしても不可能な態勢をとったのである。

「坦庵は、韮山で門人に教えておるのか」

「さようにござりまする。江戸では砲術稽古をおこなうとき、実弾を撃つには日を限り、場所をえらばねばならぬ不便がありまする。それにひきかえ、韮山では大砲を撃つにも、長崎より取り寄せたる剣付洋銃を撃つにも、遠慮がいりませぬ。それゆえ、門人どもが上達はめざましいと、世間にて噂いたしておりまする。それに、はや韮山にてカノーン、モルチールなどの大砲を張り立ていたしおるとか」

「なに、大砲をも張り立ておると申すか」

忠国は腕を組んだ。

「さようなることを、坦庵がいたしおるとは知らなんだ。これは不覚じゃ。そのほう、坦庵と面識があるのだな」

「手前は蘭学をいたすうえに、伊豆におりしこともあり、坦庵殿とは旧知にござりまする」

「それはよい。省庵、そのほう当家の家来どものうちより、砲術修業に向きし者を幾人なりともえらび、坦庵のもとへ同道のうえ、入門させてやってくれ」

省庵は平伏した。

「時勢御明察のほど、おそれいってござりまする。省庵、つつしんで適材をえらび、韮山塾入門の儀を早速にとりおこないまする」

「うむ、砲術を学ばせし者に、大砲張り立てをいたさせ、当家中にて洋砲を備えねばならぬ。一日も早う事を進めねばなるまい」

省庵は、翌日からさっそく人選にとりかかった。

砲術を学ぶには、機械修理にくわしく、弾道学などを修めねばならないため、算学に明るい者でなければ不適当である。

省庵は忠国の許しを得て忍に戻ると、藩校修脩館の算学教授田中算翁に会い、推薦すべき人材の名を聞いた。

算翁は享和二年（一八〇二）伊勢桑名で生れた。

黒沢翁満《おきなまろ》の門に入り、和歌をよくして「万葉集」に通じていたが、もっとも得意とするところは、算学であった。

天文、暦数、地理、測量の術において世に知られた人物である。藩校修脩館、培根堂、国学館につとめ、算術教授として教鞭《きょうべん》をとっている。

「さよう、砲術修業に出す者は、さきざき家中の命運を担わねばならぬ。いいかげんな奴を出すわけには参らぬ。ひと晩考えさせてくれ」

翌朝、省庵がたずねると、算翁は三人の藩士の名を紙に列記して示した。

「寺崎嘉兵衛、井狩作蔵、斎藤元五郎」

なるほど、と省庵はうなずく。

寺崎は五石二斗二人扶持《ぶち》。斎藤は四石二人扶持。井狩は十八両三人扶持といずれも軽格の者であるが、算翁のいう通り、明敏な資質の持主であった。

「かたじけない。さっそくこの三人をお殿さまに推薦申しあげよう」

省庵は富津陣屋に帰り、忠国に三人の名を報告した。

忠国は軽格の彼らを知らなかったが、即座に許可を与えた。

「よかろう、その者どもには御武器支配方の役を授け、韮山塾へ入門させるよう取りはからうがよい。当家にても、数年のうちには洋砲を張り立つるつもりゆえ、寝食を忘れ勉学いたすよう、申し伝えよ」

省庵が三人の藩士をともない、韮山の江川屋敷をおとずれたのは、四月はじめであった。山野につつじの紅が映え、鶯《うぐいす》が啼《な》きかわすのどかな昼さがり、省庵たちは代官屋敷の門前に立った。

手代が応対に出てきたので、省庵は刺《し》を通じた。

「坦庵殿はご在宅でいらせられるか。蘭学の省庵が武州より訪ねて参ったと、お通じ下されい」

蘭医と聞いて、手代は笑みを返した。

「主人は折りよく、朝がたより帳面をあらためておりまするゆえ、ご対面いたすと存じます。しばらくお待ち下されませ」

黒光りのする廊下を奥へ去ってゆく手代を見送り、省庵はほっとした。

役屋敷が別にあるためか、本宅のなかはひっそりとしていた。

およそ百畳も敷けそうな広い土間をかこむように、いくつもの部屋が引戸の桟を光らせている。

屋敷の奥で、食器を洗っているような音が聞えていた。

待つうちに、カルサン袴をはいた坦庵が、足早に姿をあらわした。彼は玄関の式台に立つと、省庵を手招きした。

「これは珍客じゃ。ようおわせられたぞ」

彼は下男を声高に呼ぶ。

「これ、誰かお客人がたにすすぎを持って参れ」

省庵たちはすすぎをとったのち、坦庵に案内され、奥まった十八畳の座敷に通された。

南向きの広縁が奥庭にむいており、明るい陽射しが庭木の緑を浮きたたせている。

「ここは、時計の間と呼んでおってのう。あそこに時計がござろうが」

坦庵は、座敷の隅にギヤマン張りの大時計が時を刻んでいるのを指さす。

省庵は挨拶を終えたのち、坦庵に聞いた。

「さきほどよりお屋敷うちが、いたくお静かであると思うてござったが、御辺《ごへん》が砲術教授をなさるる韮山塾は、別棟になってござるのか」

坦庵は笑みをうかべた。

「いや、この本棟のうちに、門人どもの塾の間がござってな。さきほど御辺がたがあがられし玄関の左手の十八畳が、塾となっておるのじゃ」

「ほう、それでは内弟子がたは幾人ほどおられる」

「多いときは十一人ほどいたが、いまは八人でござるよ。今日は山手へ薪《まき》取りに出ておるゆえ、静かなのでござろう」

省庵は形をあらため、坦庵に来意を述べた。

「坦庵殿、今日はここに伴いし両三人を、御辺の門人にさせていただきとうて、お伺いいたしたのじゃ。拙者主人の強《た》っての懇望ゆえ、何卒叶《かな》えてやって下され。お願い申す」

省庵が畳に手をつくと、三人の男たちも畳に額をすりつけた。

三

江川坦庵は、寺崎ら三人の忍藩士の入門願いを、意外なほどたやすく受けいれてくれた。

河津省庵は懐中より手巾をとりだし、額の汗を拭《ぬぐ》う。

「このたびお頼みの筋を、坦庵殿にお聞きいれなくば、房州陣屋に立ち帰り、われらが主人に復命いたす面目もなしと、さきほどより思い悩んでござったが、これにて重荷を下せし心地がいたしまする。まことにかたじけのうござった。ご厚情のほど、ただただありがたきのみでござるよ」

　坦庵はおだやかな眼差しを、省庵たちにむける。

「いや、同学の士がひとりにてもふえるなら、すなわち日本国の力となるわけじゃ。ただ拙者の塾では、かなりきびしき躾《しつけ》をいたすゆえ、儂について参れぬ者もあるので、入門の際にはちと人をえらぶこともござるが。なんと申しても、砲術教授、大小砲の鋳造《ちゅうぞう》をいたすとなれば、まず御公儀への聞《きこ》えをはばからねばならず、はじめは当家家来のみに指南いたすにとどめし次第にござった。しかし、いまはさような気遣いはいたさずともよき形勢となってござる。それゆえ、ほかならぬ貴殿のご推薦召さるる士ならば、よろこんでお引受けいたそうよ」

「かたじけなきご高配のほど、肝に銘じて忘却いたしませぬわい。かの真田家にて知られし佐久間象山が入門も、なかなかにむずかしかりしと伝え聞いておりしゆえ、この者どもも門前払いを受けるのではないかと、ひそかにおそれておりし次第でござったのじゃ」

「さよう、象山入門ののち、去年には秋帆殿が下獄いたされた。なにかとあたらしきものには風当りのつよきことだが、近頃では幕閣にてもようやく、洋式砲方を育てようとの考えが、あらわれしゆえ、韮山塾にても先月より大砲射撃調練を再開いたせし次第にござる」

　大砲射撃と聞き、省庵は寺崎らをふりかえる。

「貴殿らは運がよかった。坦庵殿のもとで、洋砲調練を受けられるのじゃ。勉励のうえ新知識をわがものとして立ちかえり、家中の溟濛《めいもう》をきりひらいてやってくれ」

高島秋帆の一族一門が長崎で検挙されたのは、天保十三年（一八四二）十月二日であった。翌年正月十九日、秋帆は江戸に護送され、二月に伝馬《てんま》町揚屋《あがりや》に投檻された。

秋帆が逮捕されると、門人横川喜野右衛門、西田堅吾が、事情を坦庵に急報した。

十一月七日付の、「乍恐《おそれながら》極内密奉歎願候口上覚」という両人からの書簡には、幕府目付鳥居耀蔵《ようぞう》の姻戚《いんせき》で、長崎奉行に着任して間のない伊沢政義の秋帆吟味の内容から、本庄茂平次の素姓に至るまで詳細にわたって記し、秋帆救解を依頼していた。

坦庵はかねて鳥居耀蔵が、幕府徒目付《かちめつけ》、小人《こびと》目付をはたらかせ、秋帆捕縛の端緒をつかもうとしている動向を、警戒していた。

坦庵は幕閣における情報網のほか、消息通として知られる平戸藩主松浦《まつら》静山ら文人界との交際範囲を通じ、鳥居の活動を探った。神道無念流同門の斎藤弥九郎も、坦庵の耳目《じもく》となって密偵のはたらきをしていた。

坦庵が天保十三年六月から九月の頃、高島流砲術伝授を求めてくる者を、一人として門人にしなかったのは、鳥居が遠からず反撃してくると予想していたからである。

当時、幕府老中水野忠邦は、世界列強が植民地獲得に爪牙《そうが》をみがいている状況を、熟知していた。

彼がアヘン戦争の勃発により、極東情勢が緊迫したとみて天保改革を断行し、幕政強化をはかったのは、時宜にかなった措置であった。

水野は以前から高島流砲術に興味を持っており、徳丸ヶ原調練ののち、幕府に洋式陸軍を創設する構想を抱くようになる。

鳥居は洋式砲術採用には、徹底して反対する方針をつらぬいている人物であった。徳丸ヶ原で威力を見せた高島の新式銃砲は、幕府鉄砲方の扱いとするが、坦庵などが砲術を勝手にひろめるのを、よろこばなかった。

だが水野忠邦は家来の秋元宰介を秋帆門下に送った。老中堀田正睦《まさよし》も兼松繁蔵を入門させ、両人は秋帆の高弟になっていた。

このような時勢のなかで、天保十三年六月には、「高島流砲術の教授は勝手次第」と、幕府より布令が出た。

十月になって、坦庵が「高島流鉄砲鋳立之儀ニ付伺書」を差しだすと、即座に許可された。

十一月に坦庵が幕府へ提出した「鉄砲鋳造御届書」には、水野忠邦、土井利位《としつら》、真田幸貫《ゆきつら》、堀田正睦四老中の依頼による大砲製作が記されている。

幕府の洋式砲術採用の機運が、しだいにつよまってきたのである。

十二月に坦庵は布衣《ほい》（六位）に昇進し、さらに幕府鉄砲方に就任することが内定していた。

坦庵は鳥居耀蔵が、そのような情勢をよろこばないのを知っている。

水野のとる海防政策は、諸藩の軍事力を増大し、旧来の幕藩体制を維持しようとする鳥居の、もっとも嫌悪するところであった。

坦庵が鉄砲方に就任すれば、与力五十騎、同心五十騎が配下となるため、代官所の家来をこれに加えると、洋式軍隊を編成することも可能になる。それまでは慎重に行動しなければならない。

彼が、老中真田幸貫の臣佐久間象山の入門を容易に許さなかったのは、もちろん鳥居の反撃を警戒してのことである。

真田幸貫は高島流砲術の理解者で、一日坦庵を藩邸に招き、彼と家来たちの高島流調練を観覧している。

象山は主君の内意に従い坦庵のもとをおとずれ、入門を懇願したが、坦庵は許さない。彼はあらためて幕府に、「高島流砲術指南之儀ニ付伺書」を提出し、裁可されてのちにようやく象山を門人とした。

「佐久間が当流を学びたしと参りし時分は、よほど用心いたさねば、公儀お咎《とが》めのあるやも知れぬ世情であったゆえ、うかつには返答もできぬ始末でのう。秋帆先生はいまだ獄におられるが、砲術指南についてはその後よほど自由になった。これも御老中水野さまのご采配《さいはい》によることじゃ」

坦庵は、この数年来における洋式砲術への幕府の対応の変化につき、省庵たちに手みじかに洩らした。

奥庭につがいの鶯がきて、にぎやかに啼きかわす。

「佐久間と申す仁《じん》は、世間に聞えしがようなる大物にござろうか」

省庵が聞くと、坦庵は一言で象山を評した。

「あれはさほどの者ではござらぬよ」

坦庵は寺崎たち三人に聞く。

「御《ご》辺《へん》らは、算学には長《た》けておられるか」

寺崎が畳に手をついた。

「おそれながら、お殿さまには遠く及びませぬが、和算のひと通りは心得ておりまする」

「それでよい。窮理《きゆうり》（物理）、舎密《しやみ》（化学）を学びしうえに、弾道学をもひと通りは修めねば、砲術の理をあきらかにできぬ。そのためには算学が要るのじゃ。まずはここで半年も勉学いたせば、洋式砲術のあらましは会得《えとく》して帰れよう」

「なにとぞよろしくご教示のほど、お頼み申しあげまする」

坦庵は思いついたように三人に聞く。

「ところで、撃剣はご堪能かな」

年長の寺崎が頰を赤らめた。

「手前は、真之真石川流という古流を遣いますが、道場稽古はいたって不器用にござります。井狩、斎藤の両人はなかなかに遣い、とりわけ井狩は江戸詰めのときは北辰《ほくしん》一刀流千葉道場へ通い、かなりの腕にござります」

「ほう、免許皆伝の腕前か」

井狩はうろたえたように返答した。

「さようにはござりまするが、さほど人目に立つほどの技前《わざまえ》ではなく、ちと遣うと申すほどにござりまする」

「うむ、ちと遣うか」

当時いくらかなりとも剣術を心得ていると、他人にいえる者は、一万回以上の稽古をつんでいなければならなかった。

それほどの稽古をつんだ者は、両腕の肘《ひじ》が、竹刀《しない》を持っていないときも、蟹《かに》の足のように、まっすぐ伸びなくなっているものであった。

坦庵は井狩の面摺《めんず》れのくっきりと残っている面体《めんてい》と、肘のかたちを見て、かなり遣う男であろうと想像していたのが、的中した。

「さて、今日は日暮れまえより屋敷の道場で撃剣稽古をいたす。御辺らも門人どもにまじり、一手お遣いなされ。さいわい今日は左馬助もきておるゆえ、稽古を願うがよかろう」

井狩たちは平伏した。

左馬助とは斎藤弥九郎のことである。

「門人どもが戻って参るまで、裏の鍛冶《かじ》小屋へなどご案内いたそう」

「ほう、こなたにては大小砲張り立てをいたしておらるると聞き及びしが、まことでござったか」

「さよう、さほど大なる筒ではないが、十三拇《ドイム》青銅モルチール砲がほぼヤスリ仕立てを終えておるところじゃ」

省庵たちは坦庵に導かれ、本宅を出て裏手の城郭のように石垣をつらねた役屋敷のまえに出た。

道の片側に木柵がつらなっており、内部に作事小屋のような板屋根の長屋が、幾棟も並んでいた。

柵門の脇に門番小屋があり、坦庵が近づいてゆくと、小者が出てきて門扉をあけた。

「これへ通られよ」

内部は広い。

「これは忍の練兵場ほどもござりましょうか。まことに広大にござりますな」

寺崎嘉兵衛が辺りを見まわし、眼を見張る。

「異なにおいがいたすでござろうが。門番所の裏手の小屋で、タールをこしらえておるのじゃ」

「いかさま、さようか」

省庵がうなずくが、寺崎らにはタールが何であるか分らない。

鍛冶小屋では、鋳物師《いもじ》が四人で、まっかに焼いた青銅の筒を芯金に通し、掛け声を投げあいつつ、槌《つち》で叩き、砲身らしいものをこしらえている最中であった。

コシキ炉では勢いよく炎があがっている。褌《ふんどし》ひとつの職人が汗を流してタタラを踏んでいた。

「いまおなじ形のモルチールを、五挺張り立てござってのう。いずれもご老中がたのご注文の品じゃ。ちょうどヤスリ掛けをいたしおるものが二挺、あそこに置いてござろう」

鍛冶小屋の奥で、金気《かなけ》くさいにおいをふりまきつつ、手拭いで鼻を覆った職人が、臼砲の砲身にヤスリをかけていた。

「ほう、大筒らしき形ができあがっておるではないか」

省庵たちが歓声をあげる。

「まだこれからの仕上げが、手間でござるよ」

省庵が聞く。

「ここではたらく鋳物師は、いずれから参ったのでござろうか」

「江戸浅草、小伝馬町、それに川口辺りより来てござる」

「大筒張り立ての諸掛りは、一挺につきいかほどでござろうか」

「さよう、筒の目方一貫目当り一両でござるよ」

「これはまことに値高きものじゃ」

省庵は息を呑む。

米一升が八十文から百文の時代である。

「西洋にては、かようなる青銅砲にかわり、鋳鉄にてこしらえしモルチール、ホイッツル、カロナーデなどの巨砲が出来ておるとのことでござるが、われらにはできぬ。タタラ炉にては、さような砲をこしらえるほど鉄を溶かせぬのじゃ。それに、巨砲をこしらえるには、芯金を使うた鋳型に鉄の沸き湯を入れたなら、湯が芯金の側と、外側から固まって、自然に大砲の肉中にスが出来る。また沸き湯が外型にもしみこむので鋳損じやすうござってのう。このため芯金を使わず砲身を鋳造したのちに、水車動力をもちい砲腔を抜くようにせねば、よき大砲はつくれぬ。ここで製するごとき砲は、野戦に歩兵の助けをするほどのもので、とても攻城、海防に用いるものではござらぬ」

「ならば海防に役立つほどのものは、いまだこしらえられませぬか」

「青銅ならばできぬでもないが、銅は無尽蔵にあるわけではない。銅にかわり鉄を用いるときは、筒の厚みをふやさねばならぬのじゃ。ために重量がはなはだしく、持ち運びもかなわぬこととなる。もし青銅砲とおなじ厚みの鋳鉄砲を張り立てたなら、射撃のとき爆発に耐えられず破裂いたす」

「西洋ではいかにして鋳鉄砲をこしらえるのでござろう」

「それは、反射炉というものを用い、優良な鉄を得て、それによってこしらえるのじゃ。この鍛冶小屋にても、蘭書をもとに反射炉なるものの模型をこしらえてござるが、いまだ小銃を製するほどの鉄をも得ておりませぬ」

坦庵が水野ら四老中の依頼をうけ、製砲をはじめると、たちまち諸大名家からの依頼が殺到した。

青銅砲を製造するには、上質の銅を大量に必要とするため、江戸の銅屋にある鳴物銅《なりものどう》と呼ばれる純度の高い銅が、坦庵の注文によって払底することとなった。

「いずれは韮山にも反射炉を築き、鋳鉄砲をこしらえねばなるまいが、そのまえに小銃のほうは、なんとか西洋に劣らぬものを張り立てられるめどが、ついてござるのじゃ。まもなくこの仕事場にて小銃をこしらえはじめる段取りをいたしてござる」

坦庵は、省庵が松平忠国の命によってこしらえたのとおなじ、雷汞《らいこう》（ドンドロシルフル）を用いる雷管銃の製造に、成功していた。

彼は雷汞の発火が瞬間であるため、装薬への点火が不能になることが多いので、これに精製硝石を混ぜ、完全な雷管を製造したのである。

鍛冶小屋から本宅に戻ると、表の台所がざわめいていた。筒袖山袴《つつそでやまばかま》の質素な身なりの侍が十四、五人、表の井戸端で足を洗い、下駄をはいて台所の囲炉裏ばたへ集まってくる。

彼らから離れ、ひとり土間脇の控えの間に入ってゆく四十五、六の壮漢を、省庵は眼にとめた。

身長五尺六寸前後で、肥満してはいないが筋骨の逞《たくま》しさが、上着のうえからうかがわれる。細面で鼻筋が通り、刺すような眼光のするどさが尋常ではない。

――あれが練兵館の主人斎藤弥九郎であろう――

省庵は男が姿を消した襖《ふすま》の辺りに、しばらく眼をやる。

坦庵は、彼を見て居ずまいを正した囲炉裏ばたの男たちに、声をかけた。

「そのままで聞くがよい。今日ここへ参られたのは、武州忍の家中の方々じゃ。この三人は今日より在塾して、塾生となるによって、塾法に従い洋式砲術を学ぶ同志としてあい親しむがよい」

坦庵は三人をうながす。

「ご挨拶召されよ」

寺崎がまず進み出た。

「拙者は忍松平家家来、寺崎嘉兵衛三十一歳にござります。以後よろしくお頼み申す」

「おなじく拙者は井狩作蔵、二十四歳」

「おなじく斎藤元五郎、二十一歳」

塾生八人と、江川家家来五人が、挨拶を返した。

松代《まつしろ》藩、佐野藩、壬生《みぶ》藩、上田藩、松前藩、川越藩、佐倉藩から塾生がきていた。

「いまから撃剣稽古じゃ、茶を呑んだあとは道場へ出よ。ぐずつくでないぞ」

坦庵は大声で命じる。

塾生と坦庵の家来たちは、茶を呑み、茶受けの漬物を頬張ると、塾の間、男部屋へ引きとった。

「さあ、道場へ参られよ。ごいっしょに稽古をいたそう。省庵殿もなかなかの手利《き》きではないか。一手教示下され」

「いや、坦庵殿には敵《かな》わぬ」

省庵は頭をかきつつ、坦庵に従った。

道場は本宅の横手にある、五間に六間の別棟であった。

「これは立派な構えじゃ。さすがは江川の殿様だけのことはあるわい」

省庵が感心するほどに、木口《きぐち》も見事な道場である。

なかにはいると、磨きこんだ床板が鏡のように光っていた。

省庵は床板を踏んでみて、うなずく。

「よき撓《しな》いぐあいではないか。これならば、こころよく稽古ができよう」

坦庵は控え部屋へ省庵たちを案内する。

そこには新品の防具が十組ほど置かれていた。

「どれでも身にあうものを、お使い下され」

省庵は身支度をしつつ、寺崎に聞いた。

「おのし、さきほど斎藤弥九郎らしき男がいたのを、見たか」

「あの背丈のある、いかつい侍でござりましょう。われらも先刻より、あれが斎藤殿ではなかったかと、噂しあっておりましたのじゃ」

「天下の弥九郎とあらば、一手の稽古を願いたき気もするが、ちと気後れもいたすのは、無理もないか」

省庵も念流の遣い手であった。

四人が道場へ出ると、塾生、家来衆が道場下手《しもて》の壁を背に並んでいる。

上手《かみて》の神棚の下には、稽古支度をととのえた坦庵とさきほどの武士が、端座していた。

「省庵殿はここへおいでなされ。お引きあわせ致そう。ここなるは斎藤弥九郎、別名左馬助にござる」

「これははじめてご面晤《めんご》をつかまつる。拙者は武州忍松平家の臣、河津省庵にござります」

「ご丁重なるご挨拶いたみいってござる。拙者は斎藤弥九郎。以後お見知り置きのほど、お願い申しあげまする」

「さて、今日は稽古のまえに、省庵殿と斎藤が三本勝負をなされてはいかがかな」

省庵はよろこんで応じた。

「剣名天下にかくれもなき斎藤先生とお手あわせできるとは、またとなきよき日じゃ。お願いつかまつる」

「つぎは井狩が立ちあうといたせ。よいか」

坦庵はさきほどまでとは言葉つきを変え、井狩作蔵を塾生として扱う。

河津省庵は竹刀を提げ、立ちあがった。

斎藤弥九郎は上手に立たず、神棚を左手に見て省庵と向いあう。見分役は坦庵である。

「勝負三本」

坦庵の声で、蹲踞《そんきょ》した二人は立ちあがり、間合をひらく。

弥九郎は下段青眼《せいがん》にとった。

省庵は腰をうしろに引き、竹刀を顔のまえに斜めにすえる、念流独得の上段の構えであった。

頭をまえにつきだした奇妙な姿勢で、省庵は前に出る。相手が隙だらけの面を狙って飛びこめば、かならず「そくい付け」の必殺技の虜《とりこ》となる。

そくい付けとは、面を狙って打ちこんできた相手の竹刀をうけとめ、わが竹刀で押し伏せる技である。

相手がたとえば必死に右へ押しもどそうとすれば、機を見て鍔元《つばもと》のひと捻《ひね》りで竹刀の位置を組みかえられ、こんどは右へ押し伏せられる。

あわてて左へ押し戻そうとすれば、また竹刀を組みかえられ、左へ押し伏せられる。

引っ外そうとしても、おそろしい力で前へ押してくるため、どうしても外せない。力を抜けばそのまま押し切りに額を切られるのである。

試合では天下に敵なしといわれた千葉周作でも、念流のそくい付けの技に陥ったときは、なすすべもなく敗北した。

弥九郎は下段のまま、まっすぐ前へ出た。

彼は一足一刀の間合にはいると、いきなり右片手横面を見舞った。省庵が受けると左片手横面が飛ぶ。払いのけた瞬間に、息のとまるほどつよく胴を抜かれた。

「参った、これは手を出す間もない」

省庵は、たとえ弥九郎を相手にしても、これほど脆《もろ》く打ちこまれるとは思っていなかったので、茫然とした。

――これは力の相違じゃ。いたしかたもない――

省庵は気持ちが萎《な》えるのを、どうするすべもない。

「二本め」

坦庵が冴えた声でいうのを聞き、やむをえぬ、と省庵は竹刀をとりなおした。

弥九郎は二本めも下段青眼であった。

省庵は左上段にとり、念流の哭《な》くような長く尾をひく気合を放った。

――さあ、どこからでもこい――

省庵は相手が天下の剣客であることを一瞬忘れた。

左上段からの小手打ちは、省庵自慢の得意技であった。

――こんどこそ一本見舞ってやろう――

と思ったとき、弥九郎が間合を詰めてきた。

いまだ、と打ちこんだが、喉元《のどもと》に激しい衝撃を受け、体重を失ったかのように体が軽々と宙に舞った。

足を天井にはねあげた自分の姿を、無様だと思いつつ、省庵はあおのけに床に叩きつけられた。下段からの二段突きをまともにくらったのである。

「参った」

「ご無礼つかまつった」

省庵はひきさがり、面をはずした。

はずさなければ、額じゅうに流れる汗で、眼をあけていられなかった。

省庵にかわり、井狩作蔵が弥九郎とむかいあった。

「千葉門のお方でござるか」

「さようにござりまする。よろしくお願いいたしまする」

「いかさま」

弥九郎と井狩は双方下段青眼となった。

しばらくは気合をかけあい、間合をとりあう。やがて弥九郎が前へ出た。井狩はどうすることもできず、じりじりと退いた。

井狩は打ちこむ隙を見出せない。じっとしていれば、打たれると感じて退かざるを得ない。勇気をふるいおこし、仕懸けようとするが、弥九郎の姿は鉄壁のように堅固で、隙がどこにもなかった。

羽目板を背負い、動けなくなった井狩が懸命に摺《す》りあげ面を打とうと竹刀をふりあげかけたとき、省庵と同様に猛烈な突きをくらい、羽目板に後頭部を打ちつけ尻餅をついた。

――これはいかん。とても戦える相手ではない――

井狩は坦庵が「二本め」と声をかけたとき、夢中で面を打ちこんでいった。弥九郎は身を沈め、あざやかに胴を抜いた。


寺崎、井狩、斎藤の三人は、翌日から塾頭の指図に従い、勉学をはじめた。

塾の日課は毎朝夜明けまえに起床、朝食を終え、六つ（午前六時）より素読《そどく》をおこない、つづいて講義をうける。
一、六の日は夜に詩会をおこなう。二、七の日は夜に小学廻講、三、八の日は午後に復読、四、九の日は午後に論語廻講、五、十の日は夜に講義。剣術稽古はこの間に適宜おこなうのである。

休日は五節句、八朔《はっさく》、歳末十二月二十六日から正月七日までの間とする。

講義は歩騎砲操典、築城学、戦場医学などであった。

韮山塾でもっとも重要な砲術稽古は、小銃操法、銃隊調練、大砲打方、馬上砲、船打稽古、火薬製方等、多岐にわたっている。

稽古に用いる小銃は、燧発《すいはつ》式ゲベール銃、ドンドル銃（傍装雷管銃）である。ほかに狙撃《そげき》用のヤーゲル銃、ヤーゲルビュッス銃、カービン銃をも使った。

大砲は幕府から借用したホイッツル、モルチール、野戦砲と、韮山製のカノーン、モルチールを用いる。

砲弾は破裂弾の「ボンベン」「ガラナート」、照明弾の「リクトコーゲル」、焼夷弾《しょういだん》の「ブラントコーゲル」「ホルレブラントコーゲル」、散弾の「ドロフィーコーゲル」などであった。

小銃、大砲の弾丸は、標的に射撃したのち人足に地面を掘らせ、回収している。

門人が入門してのちの諸経費は、入門料一分《ぶ》のほか、弾丸、火薬、資材の入費を、その都《つ》度《ど》実費で納めることになっていた。

寺崎たちは、はじめは小銃操法を習った。

塾頭の金児忠兵衛という松代藩士は、寺崎たちに教えた。

「小銃操法などは、一日で覚えるものだから、使い馴らすことが肝要じゃ。毎日角場《かくば》（射撃場）へ出て、できるだけ数多く射撃をするがいい。大砲稽古は物入りだから、度々はできぬものだ。五百目カノーンを一発射つごとに、七百二十文ほどかかるゆえ、まず半年在塾するうちに、十発も撃てばいいほうだ」

小銃射撃が巧みになると、銃猟に出るのが楽しみだと金児はいう。

「この辺りの山手には、いろいろと獣の数が多い。猪や熊のような大獣もたまには射留めることもある。皆で出掛け、獲物を競いあうのは楽しいものだ。貴公たちも射撃に馴れ、角場での的撃ちにかなり上達すれば、先生はかならず猟に連れていって下さろう」

三人は金児の言葉にはげまされ、小銃射撃の稽古にはげんだ。

春の陽射しの下で、射撃の稽古をつづけるのは楽しかったが、硝石造りの作業は苦痛であった。

寺崎たちははじめ金児塾頭から硝石造りを命じられたとき、それがどれほど面倒な作業であるか、知らなかった。

韮山塾では、人造硝石場を設置し、火薬を自給しようと努力していた。刈草や牛馬犬猫の肉をまぜあわせ、地面に埋めて人造硝石をつくる製法所を設け、塾生が交替で所内に詰めているが、新参の塾生がくると、当分のあいだは、彼らが任務を受け持たされる。

ほかに領内農家へも達示を出し、焔硝《えんしょう》の製造に努めていた。原料になるのは、建築後三、四十年を経た、古い民家の床下の土である。

無闇《むやみ》に採掘すると、家屋倒壊の危険があるため、一定の採土しかできない。古い家の床下の土には、鼠、いたち、とかげ、蛇などの小動物の屍体が埋まっており、長年月のあいだに天然硝石となっているのである。

硝石は乾いた地面の、深さ三寸から八寸までのところにある。硝石の有無を調べるには、床下の土を舌にのせてみる。

甘い味で舌の裏まで刺し通すような感覚がすると、そこを掘れば硝石が出てくる。塩気の多い土であれば、なめると辛いばかりで刺し通すような感じはない。

掘りだした土や人造硝石から焔硝をつくるには、面倒な作業が必要であった。

まず土を桶《おけ》に盛るように入れ、土が隠れるほどに水を入れる。

一晩置いて、桶の下にある栓を抜くと、濁った水が出る。これをこしきに入れ、一日ゆっくりと煮立てると、焔硝を多く含んだ水ができるのである。

種々わずらわしい手順を経なければならない陰気な作業にくらべ、大小砲の射撃練習は胸がすく。

だが、寺崎たちは焔硝の製法をも熱心に学ぼうとした。忍藩に帰れば韮山塾で学んだどのような知識も、貴重なものとして価値を発揮する。

一日をかけ、ゆっくりと煮立てた焔硝の水を冷やし、それを竹で編んだ「いかき」という籠に布を置いてこす。

いかきには塩が残る。こした水はそのまま放置しておくと、釜のなかに土のようなものが溜る。これが粗製焔硝であり、その状態のものを鼠土《そど》という。

鼠土が上質の焔硝になるためには、さらに二度も煮詰めてはこす作業をくりかえすのである。

寺崎たちは算学の心得があり、頭脳明敏であるので、砲術講義は乾いた土が水を吸うように迅速に理解した。

講義を聴講したうえで射撃稽古をすれば、照準のつけかたも、弾道の知識で裏付けることができる。

彼らの射撃の伎倆《ぎりょう》は、短期間のうちに長足の進歩をみせた。剣術では塾生中随一の強みを示す井狩作蔵が、射撃においてももっとも巧みであった。

小銃の的撃ちは、江川本宅裏山の平坦な角場でおこなう。射距離に応じ一丁場、二丁場、三丁場と分れて標的が立っていた。

「貴公、なかなかの腕だな。よし、つぎの山猟には貴公を連れていこう。他の二人はいましばらく稽古いたせ。無駄弾を射撃する者は不経済ゆえ、先生は山猟を禁じておられるのだ」

塾頭の金児は、まず井狩を猟に伴うことにした。

井狩がはじめて猟に参加するとき、寺崎と斎藤は愚痴をもらした。

「儂らが留守居とは情ない。藤の花の咲き乱れるさわやかな時候に、ヤーゲル銃をひっさげ鳥獣を追えるとは、まことにうらやましい限りだな」

猟の行程は、三日間であった。

前夜、古参の塾生たちが、井狩に教えた。

「狩場ではもっぱら先生のいわれる実用専務を心がけるのだ。山猟は短かい日数で二十里を歩き、獲物を得なければならぬ。こんどの猟では鹿を撃つ。三日のあいだ、着替え、弁当を持ち、銃を担いで険しい山坂を走りまわれば、しだいに体が疲れてくる。そうなれば弾丸が的に当らなくなってくるものだ。先生はご自身でわれらの先頭に立たれ、心身練磨の修業とはどのようなものかを、教えて下さる。武士たらん者は、治に乱を忘却いたさず常に山猟などをして筋骨を練るべしとは、先生のご教訓だ。貴公もはじめて猟に出てみて、それがいかにきびしい稽古であるかが分るだろう」

金児のいう通り、坦庵は実戦に役に立つ人材の養成を、心がけていた。

彼は若い塾生たちとともに山野をかけめぐり、夜は狩小屋で炉をかこみ、皆と食事をともにする。

夜は衣服をつけたまま、草鞋《わらじ》を解くだけで炉辺に寝るのである。

彼は狩小屋で夜を過ごすとき、塾生たちに「実用専務」の趣旨を説いた。

「世間には値高い洋書であれば、有益このうえなしと考える学者が多い。かような学者は、ただ論議をいたすばかりだ。実地の稽古はなにもできぬ。実戦となったとき、さような者が口先のみでなにほどのはたらきができようぞ」

また砲術の急速な発達についても、説き聞かせた。

「西洋では海陸戦とともに、実戦によってあらたな工夫をし、それらの砲術兵書が年々渡来して参る。儂は大金をなげうち、これらを求め、新たな兵器を模索しておるが、兵器の道は日進月歩じゃ。この道に免許皆伝などというものがあれば、気休めに過ぎぬ。おのしや儂が用いておる兵器が、あと五年も経てば使いものにもならぬ、旧式になりさがるにちがいない。それゆえ、おのしどもは郷里へ戻ってのちも、気を弛《ゆる》めることなく勉学いたせ」

坦庵が、論議ばかりで実地のはたらきのない学者と指摘するのは、佐久間象山のような人物であった。

象山は体軀長大で、健脚を誇っていたのに、天城山の山猟に参加すると、一日で音《ね》をあげ、江戸へ逃げ帰ろうとした。

彼が携行した食料は握り飯三包で、それが三日分であったが、一日ですべて食いつくし、坦庵から、そのようなことでは実戦には勝てぬと、たしなめられた人物であった。

井狩は山猟に出るとき、携行する食料として、乾パンを与えられ、おどろく。

坦庵は秋帆門下の作太郎という製パン業者から、パンの製法を教わっていた。

塾頭は井狩に教えた。

「これは兵粮《ひょうろう》としては、このうえなく便利なものだ。乾パンは半年分ぐらいを一度に焼き、箱に納めておる。たまに天日《てんぴ》で乾かしてやるだけで、何年でも保《も》つ。貴公もパンの製法を学んで帰るがいい」

井狩は乾パンをかじりつつ山野を駆けまわる。

猟に出て二日めに、彼は巨大な牡鹿を射留める手柄をたてた。

黒　船

一

弘化《こうか》元年（一八四四）から嘉永《かえい》六年（一八五三）にかけて、忍藩《おし》の安房《あわ》沿岸海防に要した労力は、莫大なものであった。

天保十四年（一八四三）以来、藩兵三百余人が常駐し警備してきた富津《ふっつ》陣屋は、弘化四年四月になって、会津藩に引き継ぐ。

忍藩はその後、房州洲崎と大房岬の警備を、幕府から命ぜられた。

松平忠国は、長期にわたる海防の功により天保十四年、下総守《しもうさのかみ》、四品《しほん》（四位）、弘化二年三月からは、江戸城溜《たまり》の間詰め、侍従となった。溜の間詰めは、城中における大名の待遇として、最上位にあたり、大老、老中筆頭の席とされるものであった。

御三家、御三卿でさえ、次の間、大廊下詰めとされているので、忠国は破格の待遇を得たわけである。

忠国は弘化四年八月に安房国北条鶴ヶ谷（館山市）に陣屋を建築した。現在の千葉県立安房高校附近の台地で、左手に大房岬が見えた。

警備の陣容は鉄砲四百挺、弓四百挺、兵士四千五百人、騎馬百五十騎であった。

忍藩が陣屋の維持に要する費用は当然巨額である。

藩士には知行削減、各村には村高百石につき三両の割合いで賦課金を取るなどして、財源の確保に苦心した。

藩士の家庭では、窮迫した家計を支えるため、行田足袋《ぎょうだたび》の底刺しの内職に、家族をあげてはげんだ。

福沢諭吉の「旧藩事情」には、つぎのように記されている。

「上士族の活計は大体入るに心配なくして、ただ出の一部に心を用ゆるのみ。下士族は出入ともに心に関して身を労す。その理財の精細なること上士族の夢にも知らざるもの多し。食は内職の所得を得て麦を買い、粟《あわ》を買い、あるいは粥《かゆ》、あるいは団子さまざまの趣向にて食を足す。これを通語して足し扶持《たぶち》という。衣服は家婦の任にして昼夜の別なく糸をつむぎ、木綿《もめん》を織り、およそ一婦人世帯のかたがた十日の労をもって、百五十匁の糸を一反の木綿に織りあげ、三百匁の糸に交易すべく、方言にて替引きという。一度は綿に交換してつぎの替引きの材料となし、一度は銭に交易して世帯の一部を助け、非常の勉強にあらざれば、この際に一反を余して私家の用に供するを得ず」

ここに記される事情は、忍藩士の大半の生活に共通するものであった。

物価は年々騰貴するばかりであるのに、禄高は増えないのみか、減知、借上げなどにより、表高を大幅に下廻る。

内職は軽格の武士が生活を維持するために、欠くべからざるものであった。

侍が店を張ることは、もちろん許されない。

表向き許された内職は、読み書き、武芸指南、髪結《かみゆ》い、刀研ぎ、武具のつくろい、百姓仕事のみである。

だが、御家人、諸藩士の内職は多岐にわたっていた。

傘張り、小間物のこしらえ、楊子《ようじ》削り、版下の字または絵、花札の絵描きなどは一例にすぎない。

このような窮迫した暮らしを強いられている軽格藩士のあいだから、有為の人材が頭角をあらわしてくる。

忍藩で六石四人扶持を受ける小嶋鉄之助も、その一人であった。

鉄之助は体軀《たいく》強大で、学問、武芸を学ぶのに、常人には及びがたい精力をかたむけ、少年の頃から秀才の名をうたわれていた。

彼は忍藩士新三右衛門の三男として生れたが、天保十一年、十二歳のとき小嶋家の養子となった。

鉄之助の武芸の事歴は、弘化五年正月、二十歳で北条流居合の奥儀を許され、藩主忠国より褒美《ほうび》を頂戴したことにはじまる。

翌嘉永二年十二月には、一位流剣術小太刀の免許を得た。

嘉永四年正月には、識真流棒術目録を受ける。

また砲術においては、江川坦庵《たんあん》のもとで高島流を学んだ斎藤、寺崎、井狩の三人について、新知識の詳細な伝授を受けた。

藩主松平忠国は、藩運を賭して砲術の会得《えとく》を求めていた。

鉄之助は、砲術を理解する素地を身につけていた。彼は算学に長じ、藩校教授田中算翁の高弟であった。

算翁は、韮山《にらやま》塾から帰った斎藤ら三人が、藩校で砲術教授をはじめたとき、彼らの弟子として、まず推撰したのが鉄之助であった。

「この者は、おのしらが韮山へ向いしのちは、儂《わし》の算学塾で塾頭をつとめてきた。まことに頭脳明敏な男よ。ついては、砲術を学ぶに適材じゃ」

算翁の教える和算は、八算見一、差分、開平開立、求積、天元、点竄《てんざん》、約術、綴術《てつじゅつ》、円理に及ぶ。

天元までは普通教育とされ、軽格藩士の子弟はこれを必修とした。

算学に熟達すれば、御勘定所への出仕が許される。また、利根、荒川の二大河の間に位置する忍藩では、水防が重視され、護岸、防堤、水利の工事が年中絶えることなくおこなわれているので、現場差配の任務につくこともできた。

算学に長《た》けた鉄之助は、斎藤たち先達《せんだち》の教えるところを迅速に理解し、まもなく彼らの助教となった。

井狩作蔵は、とりわけ鉄之助の才幹を愛した。

北辰《ほくしん》一刀流免許皆伝の井狩は、毎日夕方になると、藩校道場で稽古をおこない汗をしぼるが、稽古相手に鉄之助をえらぶ。

「貴公は、筋がよいぞ。居合と小太刀をやっておるだけに、手のうちが締ってなかなかにするどい太刀筋だ。そのうちに俺のほうが負けるようになるかも知れぬ」

井狩は書道、国学にも通じていたので、その道に明るい鉄之助と気があう。

鉄之助は少年の頃から俳諧を好み、本庄に住む師匠の伊丹渓斎のもとへ、八里の道程をものともせず通ってきた。

また、華道では嘉永二年、二十一歳のとき、遠州押花の免許を受けている。

書道においても筆号を有し、堪能であった。

井狩はたまに鉄之助と酒を汲みかわすとき、日本の砲術界の内情を語った。

「高島先生が徳丸ヶ原で調練されて以来、諸藩で洋式砲術の調練がさかんになった。大砲をこしらえている家中も多い。そのおおかたは、図体は大きくとも二分ゴロリという代物《しろもの》じゃ」

二分ゴロリとは、町人たちが大砲を軽蔑する言葉である。

いかに大口径の砲を鋳造したところで、実際に発砲してみて弾丸が飛ぶかどうかも危ういという実情を、彼らは知っている。

おそらく実戦には無用の長物であろう大砲は、やたら目方ばかり張るもので、これを運搬するのに莫大な費用がかかる。

一度ゴロリと転がすのに、人足賃が二分もかかるというので、二分ゴロリと呼ばれるようになったのである。

百姓、町人たちは、世間知らずの大名たちが、使いものにもならない大砲鋳造に大金を消費するのを、白い眼で見ていた。

忍藩でも、百姓を人足として使役する助郷《すけごう》の制度がある。

課役を命じられた百姓は、荷馬を曳いて労役におもむかねばならない。

忍藩では、助郷に駆りだされた百姓の苦労話がいい伝えられている。

冬のある日、熊谷から深谷まで荷を運べといわれた百姓が、馬を曳いていった。仕事を済ませ、帰り道になると日が暮れた。

寒気はきびしく、雪が降ってきた。しだいに大雪となり、眼もあけておれないほどである。

熊谷までようやく戻ってきたが、腹が減るし、寒気は堪えがたいので、途中の飯屋で酒を呑んだ。

役所から貰ったわずかな日当は、全部酒代に消えた。

百姓は酒で体をあたため、いい機嫌で馬を曳いて歩く。藪蔭の道をたどってゆくと、竹が雪の重みで曲り、往来をふさいでいた。

「こりゃ厄介じゃ。あおよ、ちと待っておれ」

百姓は手綱《たづな》を引こうとして、馬がいないのに気付いた。

「ありゃ、どこへ失《う》せおった。たしかに手綱は握っておったのに。どうするべえ」

百姓は手綱をしっかりと握っていたつもりであったが、寒さで手指の感覚がなくなり、放したのに気付かなかったのである。

「えらいことじゃ。あおがおらぬようになれば、明日の飯《まま》が稼げぬ」

百姓は雪に足をとられつつ、闇中に眼をみはり、必死で探しに戻った。

半里ほども戻ると、木蔭に気配がする。

「誰じゃ、そこにいるのはあおか。返事をしろい」

百姓はわが声に馬が鼻を鳴らすのを聞き、安堵《あんど》した。

彼が馬を曳き、わが家に辿りついたときは、夜半をすぎていた。素足に草鞋《わらじ》ばきで、雪中を歩いてきたため、手も足も感覚がなくなっていた。

井狩はいう。

「しかし、たとえ百姓町人に苦労をかけても、洋式砲術を学ぼうとこころがける大名は、国の為になる。大名のうちでも、世界の事情を知りたい、日本のとるべき道を探りたいと思う仁《じん》と、さようなことにはまったく無縁で、ただ上臈《じょうろう》にかこまれて酔生夢死を地でいっておる仁とがある。

何も学ばず、何も知らずとも、家来たちの肩車に乗せられておるだけで、大名は生きていけよう。だが、さような大名ばかりでは、日本は清国のように、西洋人に戦《いくさ》を挑まれ、打ち負けてしまわねばならぬ。砲術に血道《ちみち》をあげ、無駄金を使うておる大名がおるゆえ、日本は守れるのじゃ」

「徳丸ヶ原調練ののち、高島流砲術をとりいれしご家中は、多かったのですか」

「さよう、当家中のほかには、まずは水戸家じゃ。斉昭公は高島秋帆《しゅうはん》先生のもとへ家来二人を入門させ、流儀を学ばせしのち、太極陣という洋式銃陣を考案なされ、軍制改革をいたされたが、弘化元年に幕府の咎《とが》めを受け、隠居なされしのちは、廃されたと聞いておる」

忍藩主松平忠国は、実子三男四女がすべて早世したので、嘉永元年八月、水戸中納言斉昭の九男、九郎麿（忠矩）を養子に迎えていた。

忍藩砲術師範である井狩は、同役の寺崎、斎藤とともに、忠国に従い幾度か水戸屋敷をおとずれ、洋式の砲術と銃陣をとりいれた太極陣の調練を、実見していた。

領内寺院の梵鐘を徴発して、大砲製造の原料にあてているという斉昭は、忠国をまえに長口舌をふるった。

「当家にては、西洋の軍艦来航いたし砲戦となれば、矢の用いようもなきゆえに、弓同心をひとりのこらず鉄砲陣に組みいれる所存でござるのじゃ」

斉昭は、西洋軍艦をも撃沈できる大口径の砲を鋳造するというが、鍋釜をこしらえるのとおなじ工法で、鋳型《いがた》により大砲を製作している現状では、砲腔の穿孔、施条に精密度を欠くため、容易なことではなかった。

斉昭はさまざまな新式兵備についての抱負を語った。

「武家は弓矢と申し、弓を尊ぶは、陋習《ろうしゅう》に過ぎぬものでござろう。弓組、長柄組は無用の長物と存ずるなれば、侍大将、番頭より家中陪臣《ばいしん》にいたるまで、大小の銃一挺を持たせようと存じおる。野戦筒は一貫目玉、八百目玉、カノーン砲などとし、異国人が攻め寄せしとて寄せつけぬ銃陣を備える心算《つもり》にござる」

忠国らは、水戸屋敷の広場で、銃陣調練を拝見した。

井狩は話をつづける。

「ほかに高島流砲術をとりいれしは、老中をおつとめなされし堀田殿の佐倉藩。渡辺崋山殿のすすめで銃陣調練から大砲鋳造までおこなった田原藩も、家中の士の一割が砲術家といわれる。長州、薩摩は、いずれも異国とひそかに交易いたすゆえ、高島流はつとに伝授をうけ、洋砲、小銃はおびただしく手に入れておるようじゃ。御公儀が近頃探索せし長州の兵備は、大砲五百五十八門、小銃一万千五百六十九挺と申す。また薩藩では弘化三年に鋳製方《かた》を設け、大砲数百門を鋳造いたせし様子じゃ」

「やはり、薩長の兵備は際立っておるのでござりますなあ」

「うむ、水戸家も遠く及ばぬようじゃ。ほかに高島流をとりいれし家中は、宇和島、松代《まつしろ》、越前、佐賀じゃ。佐賀藩にはとりわけすぐれた砲術家が多い。天保十三年に佐賀城下に蘭砲稽古場、蘭砲製造所を設け、モルチール二門、ホイッツル一門、野戦砲一門を自分で鋳立《いた》てた。弘化元年には砲術方を設け、野戦砲、小銃を多くこしらえておるようじゃ。佐賀藩の持つ洋式小銃は、いま四千挺に近いと見られておる」

井狩は辺りを見廻し、声をひそめて鉄之助に告げた。

「そこでじゃ、おのしにちと内密の話がある」

「ほう、何でござりますか」

「高島先生が、まもなく深谷に近い岡部の在の、安部と申す家にお預けとなり、江戸より移られることとなったのじゃ」

「それはまことでござりますか」

「うむ、先生は天保十四年二月より伝馬町の獄屋《ごくや》に入られておったが、鳥居一派が罰されたため、お上《かみ》の扱いが変ったのだ」

秋帆は下獄以来取調べを受けていたが、罪科とすべき実態がないことが、しだいに判明してきた。

幕閣内部に、秋帆の事件は鳥居の策略によるもので、残忍酷薄に過ぎるとの意見がつよまってくる。

ついに、弘化二年閣老水野越前守忠邦は、事件の責任をとらされ、職を罷免《ひめん》された。

幕府上使は三月十日、水野につぎのような将軍家の意向を伝えた。

「そのほうは、御役をつとめるうち、長崎表の高島四郎太夫一件の取調べについて、鳥居甲斐守に差図をいたし不正の吟味をした。重き御役をつとめながら身分もわきまえず、不届きの至りで、御不興に思召されるとのご上意である」

水野失脚と同時に、鳥居耀蔵《ようぞう》は町奉行を罷免され、禁錮《きんこ》の身となる。十月には丸亀藩京極家へ永預けとなり、送致された。

水野にかわり閣老となった阿部伊勢守正弘は、高島一件の裁判をおこなうこととした。寺社奉行、大目付、町奉行、勘定奉行、目付の五人は、すべて新任者であった。

裁判は手順よく進行し、弘化三年春に終了し、七月に判決がおこなわれた。

秋帆は鳥居らがおとしいれようとした謀叛《むほん》罪には問われず、つぎの三点について咎められたのみであった。

一、身分のちがう代官高木作左衛門の娘を悴《せがれ》の妻に貰いうけた件

一、身内の昇進を奉行に内願し、その他の家来に音物《いんもつ》を送った件

一、唐船主周藹亭《しゅうあいてい》の悴を、反物目利《めきき》駒作方に養子につかわしたのを黙認した件

秋帆の処分は中追放という軽微なもので、岡部の安部虎之助に預けるということであった。

秋帆が下獄しているあいだに、時勢は変っていた。外国船が近海にしきりにあらわれ、西洋諸国の勢力が日本に及ぶのも間近いと知らせていた。

弘化元年六月、長崎に入港したオランダ商船が、国書をたずさえてきた。使節の乗った船

は七月に江戸湾に入った。

オランダ国王の書信の宛名は、日本国王殿下であった。

内容はイギリスの軍隊が清国に侵入して戦闘をおこない、清軍を各所に撃破し屈服させ、ついに貿易をひらかせた。

イギリスはきっと日本にもおなじ手段で迫ってゆくだろうから、国際情勢を見極め、鎖国の禁を解き、外国と国交をひらいて、日本が戦禍をこうむらないようにするのがよい、という忠告である。

「貴国もいままたかくの如き災害に罹《かか》り給わらんとする。およそ災害は倉卒《そうそつ》に発するものなり。いまより日本国に異国船の漂い浮かぶこと、古よりも多くなりゆきて、これがためにその船兵と貴国の民と、たちまち争論をひらき、ついには兵乱をおこすに至らん。これを熟察してふかく心を痛ましむ。殿下高明の見《けん》ましませば、かならずその災害を避くることを知り給うべし。われもまた、安全の策あらんことを望む」

というような文面は、日本への好意に満ちたものであった。

幕府は翌年六月になって、閣老連署の返書をオランダへ発した。

日本が通商をオランダとシナに限っておこない、通信を許すのは朝鮮と琉球だけである。これは国の祖法であるから、オランダ国王のご厚意に応じがたい、というものである。

幕府高官たちは表面では強硬な姿勢をとっていたが、内心は、西欧列強の侵攻をおそれている。

そのため、高島秋帆が先駆者として開拓した、洋式銃砲調練を大規模におこない、外圧に対抗しうる戦力を、一時も早くそなえようと願った。

岡部陣屋（埼玉県深谷市）に預けられた高島秋帆は、表向きは謹慎していなければならないが、全国諸藩からひそかにたずねてくる砲術家には、知識を惜しまず披露した。

幕府も、それを黙認していた。

忍藩砲術教授の寺崎、井狩、斎藤と助教の小嶋鉄之助が、岡部陣屋へ秋帆をたずねたのは、弘化三年秋であった。

その年の八月、海防厳飭《げんちょく》の勅諭《ちょくゆ》が幕府に下された。

幕府は弘化四年初頭から、江戸湾沿岸の防衛態勢をつよめる計画を実施する。海岸に面している全国諸藩も、砲台築造を急いだ。

これらの砲台を、秋帆の西洋流に従い構築するので、岡部の秋帆をたずねる者はふえるばかりであった。

痩身《そうしん》の秋帆は、江川坦庵の添え状を持参した寺崎たちを、こころよく迎えた。

寺崎は初対面の挨拶のあと、用件を述べた。

「手前主人、松平忠国は、かねて安房北条の海防の命をうけておりまするが、いまだに洋砲一門だになく、旧式の石火矢のみ備うる有様にござりますれば、ぜひにも、異国船を撃ち沈めらるる力を持つ洋砲を、わが手にてこしらえたし。ついては先生の御教導を仰ぐべしと望みおりまする。何卒、お力添え願わしゅう存じまするが」

秋帆はほほえんだ。

「御辺らも、江川殿のもとにて砲術を学ばれてござれば、外国蒸気船を撃ち沈める力を持つ大砲は、なかなかにつくれぬことを、ご存知でござろう。しかし、つくらずにおれば、清国がように戦に負くるやも知れませぬ。そうとすれば、私とてもご尽力いたさぬわけにはゆきますすまい」

「かたじけのう存じまする。では大砲鋳造のお力添えの儀、しかとお引き受け願えまするか」

「ようござります。外国船打ち払いをいたすとなれば、よほど大きなものをこしらえねばならぬ。自然、ご入用もかさむものと存じますが、ようござりますか。大砲の重み一貫目につき、金二分は用意せねばなりますまい」

「代金は都合いたしまするほどに、外国軍艦を撃ち払うに要する大砲とは、どのようなものでござりましょう」

「さよう、まず八十ポンド砲十門はいりましょう」

寺崎たちは息を呑んだ。

彼らは韮山塾で五百目カノーン砲、一貫目、一貫五百目ホイッツル砲の射撃を経験していたが、八十ポンドといえば十貫目玉である。

元和の昔、家康が大坂城を攻撃するのに十貫目玉筒を用いたとのいい伝えはあるが、そのような巨砲は見たことがない。

「さような砲身をこしらえるには、手利《てき》きの鋳物師《いもじ》がおらねばなりますまいが、やはり川口の鋳物屋を頼るほかに、手はありませぬか」

江川坦庵の鋳造場では、川口の鋳物師を使役していた。

「さよう、やはり自力にて鋳造所をこしらえるには、日数、費用がともにかさみまするゆえ、川口の職人どもに頼むよりほかなしと考えまする」

「川口には、手利きの鋳物師がおりましょうか。もしご存知寄りがあれば、お教え願いとうございますが」

秋帆は熟練者の名を教えてくれた。

「川口で、はじめて大砲を鋳《ふ》いたのは永瀬文左衛門という者で、天保十三年に、岩槻の殿さまのご注文で三貫目玉筒一門をこしらえております。ほかにも水戸様御鋳物師の増田教之助という者がおりまするが、これはまだ男盛りで、頭が切れまするゆえ、手前の相談相手にはよいと存じまするが」

「あいわかってござります。ならばさっそくわれらが川口に出向き、増田をこの御陣屋まで連れて参り、先生にお引きあわせいたしまする」

秋帆は増田に技術上の指導をすれば、八十ポンド砲の製作は可能であると、みているようであった。

彼は製作法について、まず使用する青銅の材質を純粋なものにすること、水車動力による穿孔、砲腔施条機械の使用の三点について、鋳物師に指導しなければならないと寺崎たちに教えた。

寺崎たち四人は、さっそく藩老山田此面に事情を報告した。

山田は莫大な出費を要する大砲鋳造について、まず経費の捻出法を考えねばならないといった。

「金銭のことについては、儂が江戸表へ参じ、お殿さまに申しあぐるゆえ、そのほうどもは、急ぎ川口へ出向き、増田とやら申す職人を連れ帰り、秋帆殿に引きあわすがよい。何分にも、お殿さまはお急ぎじゃ。近頃は水戸さまとご交遊なされておるゆえ、大砲、軍艦について、ひとしおご熱心になられたようじゃ」

翌日、四人は十二里はなれた川口へ出かけていった。

川口鋳物師は、二十余人が開業しており、それぞれ数十人の職人を使い、鋳物業を経営していた。

彼らは大都会である江戸に無限の需要をひかえており、常時繁昌《はんじょう》をきわめている。

鉄鍋、銅鍋、分銅など、あらゆる鋳物を製造し、熟練者が揃っているため、他所の同業者のほぼ二倍にあたる、高い手間賃をとっていた。

増田教之助という男は、川口鋳物師のあいだでは、上位に置かれていなかった。文化元年（一八〇四）には、「村明細書上帳」に鋳物師として登録されていない。

当時は畑一畝《せ》十歩、屋敷地七畝二十五歩を有する小百姓で、田畑の小作をしつつ休み茶屋で一膳飯を商っていた。

それが新興鋳物師として急速に擡頭してきた。天保十五年には、上総《かずさ》一宮藩の大砲の注文に応じ、精巧な製品を納入して名声を得ている。

増田ははじめ鍋釜の生産に主力をむけていたが、しだいに日用品鋳物から幕府、諸藩から受注する軍需鋳物へ、生産をふりかえてゆく。

軍需鋳物鋳造による利益率は、日用品とはくらべものにならないほど大きい。また銃砲を鋳込んだのちの、残りの銅鉄は拝借という名目で無償の払い下げをうけることができる。

寺崎たち四人が荒川沿いの低地にある増田の細工場をたずね、用件を告げると、主人の教之助はこころよく迎えた。

「遠いところを、よくお越し下さいやした。汚ねえ家でござんすが、どうぞおあがりなすって」

丸顔で、光る眼がよく動いた。

まだ三十を過ぎたばかりに見える、敏捷《びんしょう》な身ごなしの男である。

案内された座敷からは、仕事場が見渡せる。

「やかましいところで失礼でござんすが、ご無礼させて頂きやす」

増田がなぜ仕事場を見渡す座敷で、客と応対するのか、理由はじきに分った。

忙しく立ちはたらいている職人たちが、いれかわりたちかわり、仕事の指示を主人にもとめてくるのである。

増田は要領よく返答をしつつ、愛想よく寺崎たちの用向きを聞く。

「へえ、秋帆先生が手前に八十ポンド砲をつくれとおっしゃるんですかい。ようがす、ほかの仕事をことわったって、引き受けさせて頂きやすよ。願ってもないお話でござんす。洋式大砲のこしらえかたを教われれば、わが身に箔がつきますからねえ」

彼は寺崎たちの頼みを、こころよくうけいれた。

二

遠い空中で、雲雀《ひばり》のさわがしくさえずる声がつづいているのに、聴覚を失ったかと思えるほどの静寂であった。

「城の周廻およそ三里、沼沢縦横これを要するに水陸相半ばす」

といわれる、武州忍城二の丸御殿は、昼なお暗い杉木立にかこまれている。

嘉永六年（一八五三）四月なかばの朝、松平忠国は二の丸奥御殿の寝所でめざめた。

閨《ねや》のうちで、側室八重園が睡《ねむ》っていた。形のよい鼻梁《びりょう》がほのじろく薄闇にうきでている。

忠国はしばらくのあいだ、江戸馬場先門上屋敷にいるような錯覚にとらわれていたが、次の間に老女が臥《ふ》せっていないのをたしかめ、岩絵具で草花模様を描きこんだ格天井《ごうてんじょう》を眺め、ここは国許だと思いだす。

忠国は二日まえ、忍城に戻ったばかりであった。

江戸では中奥の寝所で八重園と閨に入るとき、次の間に老女が泊るしきたりになっている。

老女は朝になると、八重園に聞く。

「殿さまのご機嫌は、いかがであったかえ」

忠国は、国許では気儘《きまま》にふるまっていた。

寝ているあいだ、老女の好色の眼差しに見張られるのは、江戸屋敷だけでたくさんである。

老女、家来が昔からの慣例を持ちだし、自由を束縛しようとすると、忠国は無言のまま銀《ぎん》煙管《ぎせる》で桑の煙草盆を、カンカンと叩きはじめる。

そうしてやるだけで、相手は縮みあがり座をしりぞいた。

国許では、主人は家来にみくびられてはならないという信条を、はばかることなくつらぬいている。

訪客の多い江戸にいるときは、袴《はかま》を常時つけ、寒中でも羽織を着られないが、忍へ帰ると羽織も着られる。

髪をあげるのも、髭を剃《そ》るのも八重園が手際よくする。

江戸屋敷では表御殿で寝るとき、朝の六つ半（午前七時）になると小姓が起しにくる。起きると黒塗りの盥《たらい》に湯を汲んでくるので、もろ肌ぬぎになって顔から首筋を洗わねばならない。

八重園のいる中奥でも、窮屈な作法を守らねばならない。火鉢の火が消えたとか、茶を呑みたいというときに、側女中に直接に命じることができなかった。

まず老女にいいつける。

老女はそれを若年寄に伝え、若年寄は側女中に命じる。側女中がいいつけられた物を持ってくると、若年寄に渡す。

忠国は所望の物をようやく若年寄から受けとるのである。

彼は国許では、そのようなわずらわしいしきたりを、できるだけ省くようにしていた。

彼は何かといえば格式を持ちだす用人や老女にいった。

「そのほうどもは、十年一日のごとくおなじ所作をいたして暮らしおるが、方今はさように気楽に過ごせる時勢ではない。そのうち、世の役に立つ用向きのできる役目を見つけてやろうほどに、待っておれ」

家来たちは、そういわれると禄を召しあげられるのではないかと懸念し、たちまち元気を失い萎縮した。

忠国は衣服を身につけると、白檀香《びゃくだんこう》の包みを持ち、仏間にゆき先祖の位牌に拝礼をする。

そのあとは朝食である。

若年寄が指図して膳の支度をしているあいだ、忠国は庭下駄をつっかけ、広大な庭園を横切って杉林を抜け、沼の畔へ出る。

「水郷浮城」と呼ばれる通り、広大な城郭は沼のなかの島のような地面に建てられている。

いまは巨大な忍沼の沼干しをする時期であった。かいつぶりのつがいが隠見し、鯉がたまに跳ねるだけの、満々と水をたたえた沼は、四月下旬に年に一度の沼干しをする。

諸所の水門をあけ、沼の水を干してヘドロをさらう作業は、領内の百姓が総出でおこなう。

水がひくと、ヘドロのなかにいくつもの水溜りができ、魚が群れ泳ぐ。沼干しに参加した男女が泥まみれで魚の「かいぼり」をする。

土筆《つくし》の伸びた土手では、作業のあいまに行田音頭が唄われた。

忠国は朝餉《あさげ》のあと、御武器支配方井狩作蔵、寺崎嘉兵衛、斎藤元五郎、小嶋鉄之助の待つ練兵場兵具蔵に出向いた。

油脂のにおいの充満する兵具蔵では、数十人の大砲方の兵士が、ほのぐらい土間に並べられた、十二ポンド砲六門の鈍い光沢をたたえた青銅の砲身を磨いていた。

忠国は鉄製の砲架にのせられたホイッツル砲の、みじかく太い砲身を見ると、胸中に満足の思いが湧きおこってくる。

十二ポンド砲は、高島秋帆と川口鋳物師の増田教之助の協力により十二門が完成し、忍藩に納入されていた。

ほかに五百目玉カノーン砲二門も製造され、十二ポンド砲六門とともに、安房国北条鶴ヶ谷の忍藩番所に備えつけられている。

いま増田の鋳造場では、二十四ポンド砲二門、八十ポンド砲十門の製造を急いでいた。

増田は弘化四年（一八四七）以来七年間、高島秋帆と相談しあい、大砲鋳造をすすめてきた。

秋帆は鋳砲技術を身につけているわけでもなく、蘭学者でもなかったが、増田と相談しあい、自らの知るかぎりの見聞を教え、当時は不可能とされていた、五貫目玉以上の大型砲の鋳造をなしとげようと、努力した。

旧来の鋳上げ枠を使用すれば、そうとうな大口径の青銅砲の鋳造は可能であったが、はじめは地銅、錫《すず》の成分検査をしなかったため、タタラで地金を鎔解したとき、アルセキニッキ（砒素《ひそ》）、鉛などの雑物が多く混入した。

そのため砲弾の発射に堪えない脆弱な砲身ができあがる。

増田は成分検査を厳密におこない、在来のこしき炉よりもはるかに巨大な鎔解設備を設け、均質な材料を得るようにした。

さらに水車動力による錐《きり》入れ（穿孔）設備、大砲施条機械まで、秋帆の蔵書による大砲製造法に従い、設置した。

増田がもっとも苦労したのは、旧来の鋳物鋳造法によって鋳型に中子《なかご》を用いるため、鋳損じの多いことであった。

中子を用いると、溶湯が中子側と外型の側から凝結するので、自然に大砲の肉中にスができる。

また溶湯が外型に浸みこむことも、鋳損じの原因となった。

増田はこれらの困難を、絶え間ない努力によって克服し、完璧な能力をそなえた大砲鋳造に成功していた。

十二ポンド砲の試射は、いずれも良好な成績をあげた。射程距離は三十町に達する。

いま、増田が鋳造を試みている八十ポンド砲は、完成すれば西洋軍艦をも撃沈可能な性能をそなえるといわれていた。

忠国が兵具蔵へきたのは、前の日に川口から八十ポンドモルチール砲の原寸模型が到着したからであった。

忠国は家老の山田此面に迎えられ、蔵に入った。

「模型はいずれにある」

「あれにござりまする」

十二ポンド砲の並べられた横手、天井まで幾列にも設けられた銃架の裏に、それは置かれていた。

忠国は急ぎ足に傍へゆき、思わずみじかい嘆声をあげた。

木製の模型は、息を呑むばかりに巨大であった。

砲身基部の径は三尺をこえ、砲身全長は二間にあまった。

「これは大きなものじゃ」

「御意にござりまする」

「この射程はどれほどじゃ」

忠国は平伏している井狩に聞く。

軽格の井狩は、ふだんであれば返答の資格はないが、練兵場では格式は無視されることになっていた。

「五十町をこえ、六十町余になると存じまする」

井狩が顔をあげ、忠国をみつめて返答する。

砲術にすぐれる井狩は、十二ポンド砲の試射をすべてひとりでおこない、標的に三割以上の砲弾を命中させるという、おどろくべき成績をあげて以来、忠国に信頼されていた。

「これで、西洋軍艦は追い払えるか」

「かならず、命中いたさば痛手を与えまするゆえ、洋夷は退散いたすでござりましょう」

忠国は満足げにうなずいた。

彼は火砲の増強に、藩費をやりくりして一万両を捻出していた。安房海防を任務としているうえは、外国の攻撃を受けた場合、持場を死守して戦い、徳川家連枝の家名を汚さない覚悟が必要である。

金銀の費《つい》えを、惜しむ場合ではなかった。

忠国は井狩たちと河津省庵を協力させ、領内での焔硝製造をもすすめていた。大砲、鉄砲をどれほどそろえても、弾薬のないときは刀の鞘と同様、何の役にもたたない。

忠国は水戸の斉昭から「焔硝製造書」をもらいうけ、数年前から研究をはじめた。農家、商家の縁の下の古土をあつめ、煮出して硝石分を取りだす方法は、手間がかかったが、意外なほど多量の焔硝が製造できた。

喜永二年（一八四九）浦賀奉行の報告によると、浦賀を防衛する砲台の弾丸は十六発であった。砲一門につき、弾丸二、三発というのが、江戸湾防衛の諸砲台の実情であった。沿岸防衛を分担する諸藩には、砲弾を購入する予算もない状況で、幕府は数千発を鋳造する作業を急いでいた。

弘化から嘉永へと歳月が移るにつれ、外国からの通商要求がしだいにつよまり、幕府は緊迫した情勢を黙過しようとしてもできない状況に直面していた。

フランス、イギリス、ロシア、アメリカの船舶があいついで来航し、通商を求めてくる。

嘉永二年から、幕府が下田防備を急ぎはじめたのは、その年の閏《うるう》四月に、相模の松輪崎沖へ突然イギリス軍艦マリナー号が来航し、江戸湾を測量する事件がおこったためである。

マリナー号は、日本側の退去要求を無視し、勝手に測量をおこなったのち、同月十二日に下田へ入港した。

下田奉行はただちにマリナー号に出向き、退去を要求したが、艦長マゼソン中佐は、奉行の服装を見ていないか役人と判断し、侮って申し入れを無視した。

幕府はやむなく韮山の江川坦庵のもとへ急使を派し、交渉を命じた。

「エゲレス、メリケンをはじめ異人はキンキラ衣裳をありがたがるゆえ、ここはひとつ、金《こん》色《じき》にてあやつどもの眼をくらましてやるのがよい」

外国人の性向を知っている坦庵は、ふだんの質素な木綿衣裳をぬぎすて、日本橋越後屋でもとめたという、最高の蜀江《しょっこう》錦の野袴に陣羽織をつけ、黄金づくりの大小を腰に横たえる。

手代たちにもすべて金色燦爛《さんらん》とした袴と新調の割羽織を着せ、背中には金糸の縫いとりもまばゆい信玄袋を負わせた。

彼はマリナー号に乗りつけると、沿道の人目をおどろかせた華麗な服装で、胸を張って告げる。

「儂は人民十五万人を支配する政府の役人である。この船の長はいずれにおるか」

イギリスの海軍気質は海賊のように荒々しい。

笑顔をみせ、揉《も》み手をして話しかけては無視される。坦庵は日本人にしては大柄な体軀に力をみなぎらせ、大声で交渉をはじめた。

マゼソンは、坦庵の状貌雄偉、音声高朗、対応明敏な様子を見て敬意を表し、即座に退去要求をうけいれた。

この事件ののち、坦庵は農兵制を採用するよう、幕府につよく進言した。

彼はマリナー号退帆交渉のとき、韮山屋敷と地続きの金谷村農民から選抜した、百人の鉄砲組を召し連れていった。

彼が農兵制を唱えるのは、江戸湾沿岸防備のため、諸大名が莫大な経費を浪費せざるをえない状況を知っていたからである。

坦庵は弘化三年（一八四六）閏五月の、アメリカ東インド艦隊司令長官ビッドルの浦賀来航に際し、六月七日の退去に至るまでの間、忍藩をはじめ川越、小田原、佐倉の諸藩が大兵を出張させた際の、無益の出費を批判した。

「忍、川越の両侯大兵を引率して出馬あるのみならず、近国の諸侯大衆をつらぬるは、そもそもまた何事ぞや。かの両侯をはじめ、近国の諸侯の失費幾千万ということを知らず。

この費《つい》えをなすとも、彼が纜《ともづな》を解き去りての後は、帆影だに見ざる海上を守って、幾月も居るべからざれば、皆すごすごと兵を入るのほかなし。兵は入るといえども失うところの費えは還《かえ》るべからず。この費用の出所いかんとならば、皆その領分の士民の膏《あぶら》なり。如何ぞ長きを堪えうべきや」

坦庵は諸侯、藩士が窮乏のため、出動の際にたずさえる武器も充分にゆきわたらず、急に買いそろえたのち、帰陣ののちにはまたそれを売り払い、衣食にあてている実情を知っていた。

いま立ち去った外国船は、かならずまた大挙してやってくる。そのたびに、いたずらに民力を疲弊させるのみで実効のあがらない海防策は「人参呑みて首くくるが如し。何の益かあらん」というのである。

坦庵は、「在位の君子胸に手をあてて」農兵制を採用せよと、幕府に訴える。

農兵は平常には農業に従事しているので、何の経費もいらない。武器弾薬を幕府から貸与し、幾何《いくばく》かの手当を与え訓練を施しておくだけでよい。

非常の勤務に就くときのみ手当を支給し、功ある者には褒美《ほうび》を与えれば、進んで任務を果すであろう。

そうなれば、諸藩兵を長年月にわたり、海岸の陣所に駐留させる必要がなくなるというのである。

坦庵の指摘する通り、天保十三年（一八四二）八月以来、房総沿岸警備に十一年間にわたり、巨額の出費に堪えている忠国は、藩の内外から「明君少将様」と敬慕される人柄であるだけに、幕政を深く憂慮していた。

幕府老中の定員は四人から五人である。二万五千石から十万石までの城主を老中に選任する不文律を設けたのは、初代将軍家康の知恵であった。

十一万石以上の譜代大名で老中に就任できるのは、土井、酒井、堀田、井伊の四家のみである。

小身の大名は人格、才能が衆にすぐれておれば老中になれる。彼らは幕政を動かせるが、兵力、経済力をそなえていないため、将軍を倒そうとの野望を抱いても、実行できない。

家康は大身の実力ある大名に政治権力を与えると、徳川家にとってかわろうとする野心を抱きかねないと、懸念した。

家康は大大名を小大名の老中が政治上で支配する仕組みをこしらえれば、老中たちは徳川家の威を借りて政治をするしかなく、政権に弓引く者はいないと考えたのである。

大大名が老中になれば、わが実力によって権力を利して朋党をつのることもでき、幕府にとって危険な状況をつくりだす懸念があるため、祖法として、このような慣例を置いたわけであった。

家康、秀忠、家光と徳川家三代にわたり、強固に組みあげた組織は、幕府の重役以下をすべて二人以上の複数制とした点に、中央集権の飽くなき意欲をあらわしていた。

幕閣中枢の四役といわれるのは、老中、若年寄、御側用人と、寺社奉行、勘定奉行、町奉行の三奉行である。

これらの要職は、すべて月番交替の輪番制であったので、権限は毎月交替し、一人に権力が集中しない。

これら政治の執行機関には、大目付、目付が附属していた。

大目付は老中の配下で、主に諸大名の行動を監察する。目付は若年寄に属し、主に旗本、幕府役人を監視し、不正の行いがあると摘発した。

幕府はさらに、天領、徳川御三家、親藩、譜代の所領を巧妙に配置し、大名の参勤交代制、大名世子、夫人の江戸常住制、江戸城修理、全国治山治水工事の当番制により、諸大名に出費を強制する。

また天皇家を政治の分野から完全に分離し、身分制社会での位階制を手中にしていた。

家康は源頼朝、北条、足利、豊臣と四代の武家政権の失敗の原因を追究し、徳川家がいつまでも諸侯のうえに君臨できる、行政組織をつくりあげた。

だが、いまになって、徳川家に全権力を集中し、諸侯を無力にする政策が、外圧を前にして、欠点を露呈しはじめていた。

二百八十家にちかい大名のほとんどが、押し寄せてくる西欧諸国の圧迫に気づかず、狭い日常の暮らしの枠のなかで事足りていた。

彼らは現状維持を望み、難事に遭遇すれば一時凌《しの》ぎの弥縫《びほう》策でやりすごそうとした。

忠国は閨のうちで、側室八重園に、江戸城での行事の滑稽ともいいたいほどの、無内容な仰々しさを、さげすむことがあった。

「将軍家が年頭、五節句などに白書院でなされる謁見などは、この転変の世を鎮めるのに何の役にもたたぬことじゃ。江戸の沖にまで異国の船が参っておるというに、昔とかわらぬ悠長な虚礼ばかりには、呆《あき》れはてるほかはない」

諸大名の登城は、年頭には四位以上が直垂《ひたたれ》を着る。四品《しほん》は狩衣《かりぎぬ》、五位はすべて大紋である。

五節句には熨斗目《のしめ》、長上下《かみしも》であるが、四位より上は「ちぢれ熨斗目」というちぢれたものを着て、格式を誇る。四位より下は板熨斗目というちぢれのないものを着て、肩身の狭い思いをした。

謁見の際には、城中大広間を出て、御三家、御三卿の詰所の前を過ぎ、譜代で政務にたずさわる大名の詰める溜の間の前を過ぎ、さらに老中、若年寄、寺社奉行、大目付、目付の居並ぶ前を通って白書院へゆく。

白書院は上段、下段の二つの間があり、さらに奥にもうひとつの間がつづいていた。

将軍は上段の間に、半身を簾《すだれ》で隠し着座している。

国守大名といわれる大身の者は、上段の次の間のなかほどで額を畳にすりつけ拝礼し、将軍を仰ぎ見ることは許されない。

将軍のほうからは、簾を通して見ることができる。

国守大名に限り、老中が披露するが、何の守《かみ》、何大夫とはいわず、「安芸、薩摩、備前、筑後」などとひとこと告げるのみであった。

小身の外様大名が謁見するとき、将軍は着座していないこともあった。

彼らは白書院の手前一間ほどの障子際に、五人ぐらいずつ居並んで謁した。老中の披露もなく、拝礼をして退くだけであったが、大目付が大名たちの態度を監視していた。

彼らは大名が畳の縁へ手をついたり、障子に脇差を触れたりすると、走ってきて下城差留めを命じ、譴責《けんせき》をした。

城中の虚礼のばからしさは、数えあげればきりがなかった。

登城の際、江戸城下乗門に近い場所に屋敷のある大名の行列は、先頭が下乗門に入っても後尾の侍は屋敷の通用門を出た辺りで立止らねばならない。

彼らは風雨のなかでも、そのままの位置で主人が下城するまで立ちつくしているのである。

長いものには巻かれろとのことわざ通りの、なれあいの政治が国内でおこなわれているあいだに、西欧諸国は日本を好餌《こうじ》とみて接近してきた。

当時日本をおとずれたロシア軍艦パルラダ号に乗っていた、小説「オブローモフ」の作者ゴンチャロフは、「日本渡航記」のなかで、語っている。

「いま遂に、この十カ月にわたる航海、苦労の目的を達するのである。これこそ閉めたまま鍵を失った宝石箱だ。これこそ財力、武力、狡智により、これまで徒労をかさね各国がうかがっていた国である。

いままでは巧みに文明の干渉を避け、自らの知力と法条により生きようとしてきた人間の大集団で、外国からの友好、宗教、通商を頑固にはらいのけ、この国を教化しようとするわれらの企てをあざわらい、自らの蟻塚《ありづか》の勝手気儘な国内法を、自然法、民法に、またあらゆる西欧式の正と不正に対立させている国である。

いつまでもそうしていられるものか、とわれらは五十斤《フント》砲を撫でつついう。日本がせめて入国を許し、天与の富の調査を許してくれればよい。地球上で、人間の棲む諸地方の地理、統計のうち、ほとんど唯一の空欄になっているのが日本ではないか。

このふしぎな存在、まだ未知であるために気にかかる国は、北緯三十二度から四十度のあいだに横たわっている。そのため、その一部分はマデラ島より南に位置する。この国には炎暑も厳寒もめぐってくる。棕櫚《しゅろ》、松、桃、つるこけももある。山地には（われわれはすでに知っている）世界最上の銅が産出される。だが、上質のダイヤモンド、銀、金、黄玉はないか。金よりも貴重な、十九世紀最高の鉱物である上質の石炭はないか。まだ知らない」

弘化元年（一八四四）から嘉永六年（一八五三）までの九年間、幕府は琉球での異国船取扱いの問題に、悩みぬいてきた。

この期間に英、仏、米、露の船舶が那覇《なは》に来航し、武力により威嚇して上陸し、キリスト教の布教と通商を求めた。

基地を設け、居留を要求する彼らを怒らせれば、清国でのアヘン戦争が再現されるおそれがある。

弘化元年三月十一日（新暦四月二十八日）、フランス・インドシナ艦隊所属のアルクメーヌ号（乗員二百三十人）が、琉球那覇港にあらわれ、碇泊した。

軍艦は全砲門を陸地にむけ、示威をおこなう。

艦長デュプランは、琉球政府に対し通商、交易、布教を強硬に要求した。

「アヘン戦争では清国が敗北し、莫大な償金と領土をイギリスに渡さねばならなかった。琉球は清国と同様の運命に陥らないよう、フランスと友好通商条約をむすぶのが賢明である」

琉球政府は薩摩藩在番奉行の汾陽《かわなみ》光明の指示により、デュプランの要求を懸命に拒んだ。

「琉球は土地が狭い。物産も貧弱な国であるため、交易するにも方途がたたない」

デュプランは八日後、ようやく要求を撤回した。

「琉球にはわれわれを受けいれる準備ができていないようだ。いったん引き揚げ、再度来島して交渉するとしよう。そのとき話しあいを順調におこなうため、フランス語を君たちに習得させたい」

彼はフランス人神父フォーカードと清国人通詞一人を残留させ出航した。

琉球政府は二人を那覇の聖現寺内に住まわせ、柵を設け昼夜厳戒をつづけた。万一彼らが暴徒に殺害されるようなことになれば、琉球はフランス艦隊に占領される。

フォーカードは琉球政府に、くりかえしすすめた。

「まもなくフランス艦隊司令官が、大兵力を率い那覇にやってくる。イギリスはかねてより琉球を狙っているので、かならず大艦隊をさしむけ占領しようとするだろう。そのまえに、フランスと友好をむすび保護をうけるべきだ」

この出来事は、六月五日になって鹿児島に報告された。

薩摩藩主島津斉興は、八月十六日付の文書で幕府に委細を届け出た。

薩藩ではこれに先立ち、江戸へ急使をつかわし、七月はじめに家老調所《ずしよ》笑左衛門から老中首座、阿部正弘に、事件を報告させ、内示を受けさせた。

その結果、薩藩では琉球在番の警備兵力を百二十余人ふやすこととし、急ぎ派遣する。

琉球政府は薩摩藩在番奉行と相談のうえ、八月四日付の文書で清国政府福建布教司に、フランス人の退去につき請願した。

琉球は薩摩の支配を受けるとともに、中国にも服属していた。

中国朝廷は琉球王の王位承認につき、薩摩藩が承認を終えてのちに手続きをとるのが慣例であった。

琉球は日本と中国に両属していたのである。中国側は琉球を日本と共有することにより、政治上の利をはかり、日本と琉球は貿易上の利を得ている。

江戸に在住していた薩藩の世子斉彬《なりあきら》は、当時三十六歳で、英明の聞えがたかかった。

彼は長崎にいる薩藩聞役《ききやく》の奥四郎に、幕府通詞を介しオランダ商館長に情勢判断を求めさせた。

返答はすぐに戻ってきた。

「フランスは領土獲得を目的とせず、主な目的は通商にある。おだやかに儀礼をつくして応対するのがいい」

幕府老中阿部正弘は、譜代十万石の福山藩主で、このとき二十六歳であった。

彼は前年に老中となった、諸事に慎重な性格の人物である。

幕閣の方針は何事にも大事をとり、後日に責めを問われるような急激な変化をつつしむことにある。

　彼は江戸城に斉彬を招き、筒井政憲、川路聖謨《としあきら》を列席させたうえで、訓示をした。

「琉球は日本と清国に両属する外藩のことゆえ、公儀はすべてを足下《そっか》に委任いたそう。このちは寛猛変に応じ、思うがままに独存にて裁量いたされるがよい。フランス人の強請は力を尽し拒まねばならぬが、交易は許してもよかろう。ただし、それはフランスのみに限って他国に及ぼすことなく、つとめて事を小にして大ならしむるなきよう、あいつとめられよ。なおわずらいを後日に残し、国威を汚すことのなきよう取りはからわれたい」

　幕閣首脳のあいだでは、琉球開国は長崎貿易に影響を及ぼし、幕府にとって不利となるという説があったが、阿部老中が一蹴した。

「フランスが万一琉球と戦うならば、災いは琉球にとどまらず、国難となろう。外国との交易は公然と許しがたいが、幕府は口出しいたさず、薩藩の裁量にまかすべきである。フランスに交易を許さば、他国も允許《いんきょ》を望むであろうが、琉球は国土も狭く、産物乏しきゆえ、広く諸国と通商いたす資力もない。このようなる内情を、フランスより他の国々へ諭してもらうよう、申入れるのも一法であろう」

　現状を糊塗《こと》するような、姑息《こそく》の策であったが、幕府にはそのうえの名案を出すにも実力の裏付けがなかった。

十一月になると、幕府のおそれていたことがおこった。

中国福州駐在のイギリス領事が、イギリスと琉球の和好、貿易、測量実施を求めてきたのである。

翌弘化二年五月十五日には、イギリス測量船サマランダ号が、那覇に来航した。

七月には別の英船が石垣島、那覇に十八日間碇泊、測量をおこない、水、薪、食料を求めた。

弘化三年になると、英、仏は競いあって艦船を琉球に来航させ、伝導師の居留を強要し、開港を迫った。

彼らは日本を貿易基地として市場を確保するとともに、植民地化を狙っていた。その足がかりを琉球に置こうとしたのである。

同年四月五日、イギリス人ベッテルハイムが、家族三人と通詞とともに、那覇に上陸し、同地に居留する旨を申し出た。

妻と男女二人の子供、通詞、料理人二人をふくめ、七人が那覇に居を求めてきた。

ベッテルハイムは、琉球にキリスト教を伝道するため組織された、イギリス海軍琉球宣教会から派遣されてきた、言語学者であった。彼は医師の資格をも有していた。

琉球政府は言葉をつくし退去を求めたが、ベッテルハイムは英国皇帝の命であるといって聞かない。

やむなく波之上護国寺に住居を定め、番所を数カ所にこしらえ護衛をした。

ベッテルハイムは、さきに那覇に居住していたフランス人フォーカードより、はるかに行動的であった。

彼は琉球政府に布教と医院開業の許可を要求し、市中を出歩き、医療の看板を掲げ、患者を誘った。

盲人に施療をし、人家に入りこみ種痘《しゅとう》を試みる。街頭で伝道書を配って布教をはじめる。

那覇の住民たちは、眼鏡をかけたベッテルハイムを「ナンミンのガンチョウ（波之上の眼鏡）」と呼ぶ。

彼らはガンチョウを見ると、罵《ののし》った。

「ガンチョウ、ミイーガンチョウ、チャンナギ」（眼鏡どん、眼鏡なんぞ取って投げすてろ）

弘化三年五月十三日、フランス・インドシナ艦隊司令長官、セシュ少将が旗艦クレオパトラ号（四百五十人）、サビーヌ号（二百五十人）、ビクトリューズ号（百七十人）の三隻を率い、いったん那覇に入港したが、軍艦の碇泊に適した運天港に移り、投錨《とうびょう》した。

セシュ少将は、フランス皇帝の名において友好、通商、布教を求めた。

琉球中山王府は、薩藩在番奉行と相談し、フランスの要請を辞退した。

セシュは一カ月あまり滞在し、中山王府と交渉する。

「琉球には交易の権限もなく、物産もないというが、現実には清国と交易しているではないか」

王府役人は困りはてた。

三

セシュ少将は、一年以後にふたたび琉球をおとずれるといい置き、フォーカード神父のかわりにチュルジュ神父を居住させ、閏《うるう》五月二十四日にようやく立ち去った。

セシュは琉球、奄美諸島を測量し、この群島をクレオパトラ諸島と名づけていた。

フランス・インドシナ艦隊寄港の事件は、薩摩藩主島津斉興《なりおき》が五月二十九日に長崎奉行へ通報した。

さらに閏五月二十日、届書が幕府に提出され、二十五日に薩藩家老調所《ずしょ》笑左衛門が、老中首座、阿部正弘に詳細な報告をする。

「セシュは通信、貿易、布教の三カ条につき、応じるよう申し出て参りましたが、国禁のゆえをもっていずれも応じぬままに帰してござりまする。されども、セシュが清国政庁に右三カ条の免許を求め、これを得たるときは、むげに断れぬことにもあいなりまする。いずれは僅《わず》かなりとも交易を許し、異国の害患を琉球のみにとどめたく存じまするが」

阿部は調所の意見に同意した。

「いかに策をたてようとも、つまるところはフランスとの交易を許すほかはあるまい」

阿部は琉球対策について、すでに薩摩の世子斉彬と充分に協議を交していた。

斉彬が多難な時局に処する能力をそなえた人物であることは、阿部をはじめ福井藩主松平春嶽、宇和島藩主伊達宗城、土佐藩主山内容堂ら、当時賢侯といわれた人たちの間に知れわたっていた。

斉彬は三十八歳、阿部は二十八歳であった。福山十万石の藩主である阿部は、二十五歳のときから老中をつとめていたが、諸事に慎重な性格である。

彼は斉彬に会い、たがいの本心を打ちあけあうことにした。

「フランス、エゲレスともに琉球に開港を求めてござるが、修理大夫殿のこののちのお見通しなど、お聞かせ下さらぬか」

「両国の艦船が琉球へ参りしは、日本を開港いたさせるには、相応の覚悟がいると見極めしゆえにござりましょう。当家は、異国船に琉球での交易を許し、時を稼ぐつもりにござりますゆえ、その間に日本の海防をおかため下されよ」

「万一、両国が早急に琉球より日本に開港を迫りしときは、いかが応対なされるおつもりか」

「そのときは、坊津かあるいは大隅辺りの港をひらき、異国人をひき寄せておきまする」

「修理大夫殿には、いまの日本国は異国の船を打ち払えぬと、思し召さるるか」

「その通りにござろう」

斉彬の眼差しがするどくなった。

「いま御公儀にては、諸侯の大船建造を禁じておられまする。諸藩の軍船を見れば、関ヶ原の旧時とかわらぬ関船《せきぶね》でござろう。さような軍船にて港の外へ漕ぎいずれば、潮流にもてあそばれ、鉄砲の狙いはさだまらず、射手は船酔いにて倒れる有様になりましょう。さようのていたらくにて、大海を押し渡って参りし、われらの見しこともなきおそろしき大砲を幾十挺となく積みし蒸気船と、戦う法もござらぬは、ご老中とてご存知でござりましょう」

「戦わば、必ず負けようと見極めておらるるか」

「そのほかの思案の、しようもござりますまい」

斉彬の口調は明晰で、熱することがない。的確に情勢を分析し、淡々と説く。

「異国はわが国と、戦をはじめようと望んでおり、そのきっかけを待っておりまする。いま、異国撃攘《げきじょう》などと世迷《よま》い言《ごと》を申し、戦を仕掛けたなら、一時は勝つとしても、ついには国をも取らるる窮地に陥るは、必定にござりましょう」

斉彬は内心では、幕閣の外圧に対処する措置の手ぬるさに、絶望していた。

水戸の徳川斉昭も、口先では異国船を撃滅せよと攘夷を高唱しているが、大船建造の禁を幕府に解除させる実力をも有していない。

阿部正弘は聞いた。

「されば、琉球、薩摩に通信、交易を認めるなら、異国船が押し寄せ、国を取らるるやも知れませぬぞ」

「われらは国は取られませぬ。何となれば、異国人といさかいをせず、戦もいたさず、かの輩《やから》に攻め寄する口実を与えませぬ」

斉彬はこの際、琉球王が独自に開国するのを、幕府に黙認させようとした。琉球を日本とは別の国家のように見せかけ、事を処理するのである。そうすれば、日本本土が海防をととのえる時を稼げると、阿部正弘も納得した。

斉彬はいう。

「つまるところは、エゲレス、フランスと五分で戦えるほどの大船を数多く持ち、こなたより彼の国々へ繰りだし、商いをいたすまでにならねば、日本国の安泰は望めませぬ。まず蒸気船、大砲をこしらえるための理法を、異人より学ぶが肝要なれば、さようの知恵もなくして攘夷のみ声高に叫ぶは、清国の二の舞いをいたす愚か者の所為と存じまする」

阿部は斉彬の説くところを理解した。

彼は琉球とフランスとの交易を、幕府が黙認し、交渉の一切を斉彬に任せることにつき、要路の意見をとりまとめた。

彼は弘化二年（一八四五）七月に設けられた幕府海防掛の主要な顔触れと協議し、原案をこしらえる。

大目付、筒井紀伊守政憲《まさのり》、勘定奉行、川路聖謨《としあきら》、老中、林大学頭、三奉行らに原案をはかって彼らの意見をいれ、阿部が決定した。

幕閣首脳の間では、琉球での交易を許せば、幕府が長崎であげると同様の収益を、薩藩が手中にし、将来幕府の脅威になりかねないとの意見も出たが、阿部は採らなかった。

阿部は彼らに説いた。

「いま西欧諸国と戦争をおこせば、かならず負け、清国のように国土を削りとられることになりましょう。それよりも戦をせず、海防を急ぐがわれらのつとめと存ずる。さればこの際、琉球開港を見て見ぬふりをいたすが上策と考えるのじゃ」

六月一日、島津斉興と斉彬は江戸城登営を命ぜられた。

城中では将軍家慶《いえよし》に召され、阿部正弘のみが立ちあう別室で、親しく下命された。

「琉球国へ異国船渡来のところ、かの地のことはもともとより、そのほうの一手に委しおることゆえ、このたびのことも、そのほうらの存じ寄りいっぱいに（思うがままの方針をおこない）とりはからえ。もっとも国体を失わず、寛猛変に応ずる処置を勘弁のうえ、いずれにも患を後日に残し、国威を失墜することのなきよう、熟慮をもっておこない、取締り向きなど機変に応じて取りはからうがよい」

斉興父子は、名馬一匹を与えられ退出した。

六月五日、阿部は斉彬を自邸に招き、筒井政憲、川路聖謨を列座させたうえで、将軍の諭《ゆ》旨《し》を補った。

「鎖国の建前はまげるわけには参らぬが、琉球は外藩のことゆえ、公儀では他の諸藩と同様には扱わぬ。それゆえ、こののちは御辺《ごへん》が独存にて至当の裁決をいたされよ。フランス人の強請は力を尽して拒まねばならぬが、交易は許すもよい。ただ開港の相手は、フランス人に限り、他国に及ぼすことなく、つとめて事を小にして大ならしむるなきよう、心掛けられよ」

斉彬は、阿片戦争で、イギリスが清国を徹底的に掠奪した事実を知っていたので、フランスと通商し、イギリスを遠ざけるつもりであった。

阿部が斉彬を知るきっかけをつくったのは、越前三十二万石の藩主、松平慶永《よしなが》であったといわれる。慶永は十歳で田安家から越前松平家に入り、藩主となった。

彼は阿部よりも九歳年下なので、斉彬をひきあわせたとき、十七、八歳の青年であったことになる。

阿部の妻謹姫は、第十四代越前藩主、松平斉承《なりつぐ》の養女であったので、慶永とは親しい間柄であった。

阿部は前任の老中であった水野忠邦に、島津斉彬は油断のならぬ男だと聞かされていた。

彼は松平慶永に、このことについてたずねた。

「御辺はどうじゃ。斉彬は用心せねばならぬ男かな」

慶永は斉彬と親しかったので、反論した。

「水野殿の申されようは、斉彬殿をしかとお知りにならぬゆえであろうと存じます。あの仁は決して徳川家の不為をはかるようなことはなされまいと、存じまする。お疑いならば、斉彬殿を私の屋敷へ招きまするゆえ、一夕お話しあい召されるがようございましょう」

阿部は斉彬と会い、印象をあらためた。

「まことに御辺の申さるる通り、国の御為になる人にござった。水野殿の言葉を信じておれば、大きなまちがいをいたすところであった。まことにありがたいことであった」

慶永は斉彬に、阿部にひきあわせた理由を告げると、斉彬は礼をのべた。

「よくお心遣い下された。おかげにて良友を持つことができ、かようなよろこびはありませぬ」

明治七年「東京日日新聞」の主筆となった福地源一郎（桜痴《おうち》）は、著書の「幕府衰亡論」で、つぎのように語っている。

「薩摩宰相斉彬卿は、当時の強藩中、第一等の明君として知られた人。老中水野越前守は、幕府を亡ぼすものは、かならず薩摩であると予言したほどで、従来、幕府は薩摩を近づけなかった。が、阿部閣老はこの旧慣をやぶり、斉彬卿を引きいれて幕府を輔佐させようと望み、懇意を通じた。

斉彬卿も日本のため、当今の長計は幕府を助け、国家の元気を振興するにありとした。阿部侯と薩摩は特に親密になり、薩摩は軍艦を幕府に献上したりして、隔意ないことに努めた。もし、斉彬卿と阿部閣老が長生したら、水戸も乖離《かいり》せず、安政大獄もなく、攘夷論も激しくは起らなかっただろう。両侯が世を早く去ったのは、幕府衰亡の運命なりというべきか」

弘化、嘉永から安政（一八四四―一八五九）に至る十五年間は、黒船来航により、日本が震撼した時期であった。

島津斉彬、阿部正弘、松平慶永に、水戸徳川斉昭、宇和島十万石藩主伊達宗城を加えた五人の大名は、国難打開のために力を尽した。

彼らが直面している問題は、まず来航する異国船の開国要求に、いかに対処するかということであった。

長崎出島にのみオランダ人を居住させ、幕府だけが交易の特権を享受していた時代は、もはや過ぎ去っていた。

つぎに軍艦建造、砲台建設の国防問題である。黒船の開港要求を下手に拒めば、かならず戦争となる。

各藩が国防に必要な戦闘力、技術を養うことは、幕府の方針により妨げられていた。彼らが戦力をたくわえると幕府が脅威をうけるため、祖法によって禁じている。

また禁制を解いたとしても、新兵器を生産する技術、資力を、各藩は持ちあわせていなかった。

さらに最重要の問題として、日本が外国と戦うとき、強力な政治体制を出現させねばならない。優秀な指導者が挙国一致の非常体制をととのえ、外国の不当な侵略に対処しなければならない。

この四つの問題のうち、諸藩に大船の建造を許すことは、海防の充実をはかるため焦眉《しょうび》の急となっていたが、阿部は幕府の体制を動揺させかねないとして、容易に許可しないでいた。

だが、五人の賢侯を中心にした開明派の諸侯は、蘭書の和訳本などをたがいに貸借しあい、造船、鋳砲、兵制、産業開発の新知識をふやしていた。

水戸家と島津家は、たがいの所蔵洋書目録を取り交し、斉彬は水戸から「ロイテル一代記」「草木養法書」「ヨーロッパ帝王列伝」を借用した。

斉彬が水戸へ貸与した図書は、「海上炮術全書」三巻など、火器の参考文献四十冊、綿火薬の製法書、製鉄書、六挺炮の仕掛図である。

松平忠国は、水戸の斉昭及び松平慶永と親しく交流しており、尾張藩主徳川慶恕《よしくみ》、土佐藩主山内容堂、徳島藩主蜂須賀斉裕《なりひろ》、福岡藩主黒田斉溥（長溥《ながひろ》）、鳥取藩主池田慶徳、佐賀藩主鍋島閑叟《かんそう》、久留米藩主有馬頼徳らの開明派諸侯とともに、西洋新知識の吸収につとめた。

彼の努力の甲斐あって、忍藩の砲兵の声威は、全国に聞えるようになっていた。

嘉永六年（一八五三）六月三日の七つ半（午後五時）頃、三浦半島浦賀の港に、四隻の巨大な黒船が入ってきた。

空はまだ明るく晴れわたり、藍碧《らんぺき》の海波を蹴立てる二隻の蒸気船と二隻の帆船は、狭い港を圧してガラガラと鎖のすれあう音をひびかせ、投錨した。

陸上では浦賀奉行の軍勢がうろたえつつも部署につく。

港を見下す山上には台場があり、八門の大砲をそなえているが、砲弾、火薬もろくになかった。

「あれはどこの船だ。まるでお城じゃねえか」

「あの大砲を見ろよ。一艘に幾十挺あるか数えられねえや。あんなのをぶっ放されてみろ。こちとらひとたまりもねえや」

町の男女は荷物を背負い、逃げ走った。

警備にあたる武士たちも、火縄銃と若干の洋銃を手にしたものの、どうしていいか分らない。

「あれは、メリケンの旗だよ。メリケンから来やがったか」

檣頭《しょうとう》に星条旗をひるがえしている四隻の軍艦は、アメリカ合衆国東洋艦隊のサスクェハナ、ミシシッピー、サラトガ、プリマウスの四艦であった。

サスクェハナは二千五百トン、ミシシッピーは千七百トン。煙突から黒煙を吐いている姿は、日本人の眼には浮城のように聳《そび》えて見えた。

四

浦賀港内ふかく入りこんだ四隻の軍艦が、艦尾にひるがえす国旗によって、アメリカの艦隊であることはすぐに分った。

各艦ともに砲口を陸地にむけ、威嚇の態度をあきらかに示していた。

浦賀奉行組与力の中島三郎助が、さっそく通詞堀達之助とともに小舟で、旗艦サスクェハナに近づき、艦隊司令長官に面会したいと告げた。

三本マストのサスクェハナ艦上では、紅毛碧眼の水兵たちが大勢立ちならび、中島たちを見下している。笑声、口笛が頭上から降ってくるなか、中島は持参した退去命令書をさしあげ、司令長官に渡したいと示す。

だが、応対に出た士官が拒絶した。

「奉行でなければ、司令長官は面談致さぬと申しておりますが」

通詞にいわれ、中島は動揺する小舟のうえで、仏文で書かれた命令書をひろげ、高く捧げて士官に読ませようとした。

いま追い返されては、役目がつとまらないと、中島はとっさに自分を偽ることとした。

浦賀奉行井戸弘道は江戸在府で、呼び戻すのに日数がかかる。

「自分は浦賀奉行次席である。当方の身分に相当する士官に面会したい」

堀が通訳すると、ペリーの副官コンティ少佐が面会するといい、ようやく艦上にあがることができた。

中島はコンティ少佐に聞く。

「今度なにゆえに突然浦賀へ来航したのか。外国船はすべて長崎で応接することになっているので、ただちに回航してもらいたい」

コンティは拒んだ。

「アメリカ合衆国東洋艦隊司令長官、海軍少将マシュー・カルブレイス・ペリーは大統領の命をうけ、貴国と通交貿易の約を結ぶため、国書を持参している。国書は貴国を代表できる高官でなければ渡せない」

中島はやむなく帰った。

翌六月四日朝、中島の同僚の与力香山栄左衛門が奉行といつわり、旗艦をたずねた。司令長官ペリーは面会せず、艦長以下三人が応接に出たので、香山は中島と同様の趣旨によって、艦隊の長崎回航を求めた。

艦長らは、来航の目的を明確に告げた。

「貴国政府が、大統領国書の受領のため、相当の官吏を任命しないのであれば、長官ペリーは武力によって上陸し、将軍に面会して国書を渡すまでである」

香山は、彼らが来航した理由をたしかめると、猶予期限を四日後にしてほしいと告げた。アメリカ側は高圧的な態度を変えない。

「われらの艦であれば、一時間で江戸を望むところへ航行できるのに、四日も待つことはできない」

「しかし、江戸の政府では、このように重大な事柄をたやすくは決められない」

「よろしい。では三日以内に応答してもらいたい」

香山栄左衛門は、奉行所に戻り中島らと協議したうえで、ただちに馬を走らせ江戸にむかった。

香山は奉行井戸弘道に急を知らせ、井戸は幕府にアメリカ艦隊の要求を報告した。

香山の告げるペリーの態度は、戦闘をも辞さない気構えをあらわしていた。

「大統領より日本国君主にあてた書簡を渡すためには、一戦を交えて迫る場合もあるかも知れない。開戦したのちに、もし必要あれば白旗を立ててくるがいい。当方は白旗を見れば、ただちに砲撃をやめ、軍艦を後退させて、和解の相談に応じよう」

そういったうえで、二旒《りゅう》の白旗を渡しているのである。

老中阿部正弘は、井戸弘道からの報をうけると、ただちに江戸湾岸防衛にあたっている忍、川越、彦根、会津の四藩に加え、有力諸藩を動員し、沿岸要衝の防備をかためさせた。

アメリカ艦隊と開戦するかも知れないと聞いた諸藩兵は、殺気立った。

武州本牧は肥後細川、大森羽根田は防長毛利、品川鮫洲《さめず》は越前松平、芝浦高輪は姫路酒井、佃島鉄砲洲は阿波松平、深川洲崎は柳川立花、浜御殿は高松松平のそれぞれの江戸詰藩士が出動防衛する。

諸藩兵士の軍装は、おおかたが火事装束であったが、長州藩兵のみはそれぞれ指物を立て、徒士《かち》足軽に至るまで甲冑《かっちゅう》を背負い、旌旗《せいき》を風になびかせつつ隊伍をととのえ、出陣した。

安房国北条の海岸一帯を警固する忍藩陣屋からは、伊藤作三衛門、木戸環、岡田杢兵衛らの使者が、昼夜を問わず江戸城へむけ注進に走った。

彼らの報告文書には、

「三日相州沖合へ異国船四艘相見ゆ。追って浦賀のほうへ乗入る。五日、近接をかたく断る。七日、内一隻内海乗入れ、柴村辺り沖合まで乗り越し、ほどなく戻る」

などと、アメリカ軍艦の動静が詳しく記されている。

浦賀のアメリカ東洋艦隊はペリー以下、こんどはかならず将軍に国書を渡さねばならない、との決意をかためていた。

浦賀奉行所の役人などとの交渉は今後一切うけつけず、艦を港内深く碇泊させ、砲門を岸へむけ日本人に不安の念をかきたててやれば、事が望む通りにはこぶかも知れないと見ている。

幕府からの使者を待つあいだ、各艦はボートをおろし、江戸湾内の水深測量をする。沿岸防備の諸藩兵が舟を出して、測量をやめさせようとするが、応じない。

四隻のうち一隻は本牧沖まで入りこんできた。

江戸では諸藩屋敷が幕府の指図で、家族を領地に避難させる支度をはじめたので、その噂が市中に漏れて大騒動となった。

ついで幕府は万一をおもんぱかり、非常の場合は早鐘に応じ、士民ともに持場に急ぎ集合すること、火の元用心のこと、物価値上げの禁止を通告した。市民は動揺の極に達し、いまにも黒船が大砲を撃ちかけてきて、江戸を火の海にするとの流言がひろまる。

大名、旗本の屋敷では、長い太平の暮らしに慣れていた主従が、夷狄《いてき》との戦争がはじまると聞かされ、寝耳に水とおどろき、騒ぎたてて刀剣、武具の買入れ、修理に狂奔した。

江戸市中の古着屋では、陣羽織、小袴《こばかま》、たっつけ袴などを店頭にならべると、飛ぶように売れた。

鍛冶屋、武具屋は眠る暇もなく、注文に追われた。

「下谷御成道の辺りじゃ、埃《ほこり》をかぶっていた槍、刀、火縄筒から具足まで、飛ぶように売れっちまってらあ。いつもは十両でも買い手のなかった具足が、七、八十両で売れるんだぜ。いまは稼ぎ時だ、ぐずついちゃいられねえよ」

武具を扱う店は、突然の活況に勢いづいた。

高松城主松平讃岐守《さぬきのかみ》は、浜御殿警備に出陣することになったが、鉄砲、大筒の火薬が乏しい。あわてて買おうとしたが、店頭からは姿を消している。

出入りの武具屋から手を回し、おどろくばかりの高値でようやく焰硝《えんしよう》二貫匁を手にいれた。二貫匁の焰硝では、小口径の大筒を五、六度も撃てばおしまいである。

江戸では魚河岸に魚がまったく届かなくなった。漁師が黒船をおそれ、漁に出ないためである。

米は毎日鰻《うなぎ》登りに値があがり、ついに一両で四斗八升にまでなった。

蠟燭《ろうそく》屋、提灯《ちようちん》屋は家族を総動員で仕事にはげむが、注文に応じきれない。浦賀の物価値上りはすさまじく、梅干一個が二十四文になる。

そのような噂は関東一帯にひろまった。

四隻のアメリカ軍艦に威嚇され、江戸が恐慌状態に陥ったのは、沿岸の防備が貧弱きわまるものであったためである。

海防第一の要具である大砲は、相模方面では城ヶ島から猿島まで六、七里のあいだにわずか七十余門しかなかった。

房州では洲の崎から下総への十里のあいだに、四十門を備えるのみである。

しかも、その砲はおおかたが近頃試射をしたこともない旧式砲で、数門の洋式砲もあったが、砲弾の備えはわずかに数発である。

なかには一発の弾丸さえない、無用の長物もあった。

このように諸藩の火力が貧弱であるのは、幕府がそれを望んでいたためであった。

大艦製造も解禁されないため、沿岸防備の命をうけた忍、川越、彦根、会津の四藩も、ただ陸地のみを警固し、海上は小船を走らせるのみで、黒船に対抗するすべもなかった。

江戸の市民は、年寄り子供を背負い、家財を持ち運んで右往左往している。運ぶほどの家財も持ちあわせない裏店《うらだな》の男女は、仕事も手につかぬまま黒船襲来の風説をいいかわす。

「なんていったってよう。蒸気船ってのは、風もねえのに韋駄天《いだてん》のように突っ走るんだ。それに日本じゃ見たこともねえ、でかい大筒を何百と積んでいやがって、そいつをぶっ放せば、大きい声じゃいえねえが、千代田のお城だって吹っ飛んじまうってよう。おまけに奴らの乗っていやがる黒船は、錬鉄でこさえてるから、こっちからやれ二貫目玉だの三貫目玉だのをぶっ放しても、凹《へこ》みもしねえんだってよう」

「なら、どうすりゃいいんだ。俺たちゃ江戸にいて、焼かれっちまうのかよ」

「なにいってやんでえ。そうたやすく殺されてなるものかってんだ。メリケンの大筒がドロンドロンと鳴りだすまえに、在所へ逃げりゃいいんだ」

「そうさ、俺たちはわが体のほかにゃ持ってゆくものはねえから、いつでも身軽に逃げていけらあ」

その日暮らしの身軽さを威張り顔で、家財道具を運ぶ車力《しゃりき》が東西に奔走するさまを、笑って見送る。

「毛唐《けとう》にとっつかまえられりゃ、生血《いきち》をすすられるんだぜ」

「えっ、そりゃほんとうかえ。おっかねえ」

さまざまの流言が飛び交う。

幕府では要路者があつまり協議したが、名案が出るわけもなかった。

「国書を受けねば、万一の場合をも覚悟いたさねばならず、この際はともかく受けいれるが上々の策にござろう」

「いや、それはなりませぬ」

勘定奉行、寺社奉行、江戸町奉行、大目付、目付らの意見は、開戦を覚悟のうえで大統領国書を拒否するものと、鎖国の国法をまげても受理するものに分れ、紛糾した。

このため、閣老阿部正弘は、前水戸藩主徳川斉昭に意見を聞いた。

斉昭は弘化元年（一八四四）水戸藩改革をおこなっていた際、幕府から世に不穏を招くとの数カ条の嫌疑をうけ、江戸駒込の水戸家中屋敷《なかやしき》に隠居していた。

斉昭はかねてより、海防、軍備増強を主唱、実行していた人物である。

阿部正弘は将軍家慶の内命によって、駒込屋敷をたずね、彼と政局を談じたのである。

斉昭は、急迫した事態に対処する何らの方策をも持ちあわせてはいなかった。

「何か御良考おありのことと存ずるゆえ、国家のためご相談申しあげまする」

斉昭が、積極的な打ち払い策を講ずるのではないかと思っていた阿部は、意外に物静かな応対におどろく。

阿部の心中は、大統領国書を受けとることに決していたが、斉昭に猛反撃をされるかもしれないと危惧していた。

斉昭はおだやかに答えた。

「これまで海防につき、ご建白いたせしことどもは、何事もお取り用いなされず打ち過ぎしなれば、いまさらいかんとも致すべきようもこれなく、ただただ当惑いたすばかり。いまとなっては、打払うがよしとばかりは申し兼ねてござる。このうえはご一同にて相談のうえ、ご決断あるべきと存ずる」

斉昭はいったんは穏当な発言をしたが、六月七日夜、阿部正弘を駒込屋敷へ呼び寄せ、過激きわまる意見を申しのべた。

こちらから決死の士を使者としてアメリカの四艦に乗りこませ、人も船も取って然《しか》るべしというのである。

こちらから決死の士が米艦を訪問し、酒食を饗応《きようおう》して油断をみすまし、敵を鏖殺《おうさつ》して乗取るというような、児戯に類したくわだてである。

もっとも斉昭は、これまでのひたすら武断にかたよった攘夷論を主張している立場を、急変させるわけにもゆかないので、暴論を承知でそのようなことをいいたてたのである。

阿部正弘はともかく斉昭に幕府海防参与に就任を求め、承諾を得た。

幕府はさらに布衣《ほい》以上の人々に総登城させ、アメリカ大統領国書を受けるか否かについて、意見を述べさせた。

武州忍城にいた松平忠国は、ただちに早駕籠《かご》を仕立て江戸に戻り、江戸城中の会議に出座することとなった。

井狩作蔵、寺崎嘉兵衛、斎藤元五郎、小嶋鉄之助の四人は、忠国に従い、十二ポンド砲六門を馬に曳《ひ》かせ、江戸馬場先門屋敷に入った。

弾丸、硝薬は砲一門につき百発を備えている。砲車、弾丸簞笥《たんす》車が土煙をあげ、江戸屋敷の門内へ入るのを、道ゆく人々はおどろいて眺めた。

青光りのする洋砲の砲身は、人目をひく。

忠国は休息する間もなく装束《しようぞく》を着替え、登城する。

江戸城二の丸に集まった諸大名、旗本たち要路者の意見は、ここぞとばかり勇みたち、畳を叩いて主戦論を唱える者と、慎重を期する者とに分れた。

忠国は意見を徴されると、意気さかんに攘夷断行を唱える大名たちに反撥した。

「いま浦賀に来りし異国船四艘を、仰せのごとく戦って、奪い取ったとしても、メリケンよりはあらたに軍船をもって押し寄せ、攻め寄するは必定《ひつじょう》にござろう。異国の船は寛永の異船打払いをいたせし頃とはちがい、浮かべる城のごとく頑丈にござりますれば、われらに必勝の手段《てだて》はありませぬ。当家にては、安房北条鶴ヶ谷の陣所に、十二ポンド洋砲六門、五百目玉カノーン砲二門をそなえつけ、さらに本日、国表《くにおもて》より十二ポンド砲六門を江戸に運んでおりまする。各砲には弾丸焔硝百発ずつ装備しておるなれば、万一夷狄が江戸に攻め入るごとき変事おこらば、充分に渡りあってご覧にいれましょう。ただし、十二ポンド砲ごときでは、黒船には歯が立ちませぬ。このままにて、御公儀に必勝のお手配りもなく、日本を一体として敵にうちかかる構えもなきままに、遮二無二《しゃにむに》打ちかかったとて、穽《おとしあな》にかかるごときものでござろう」

大広間に詰める人々のあいだに、ざわめきが湧いた。

攘夷主戦論者は、松平忠国がととのえた武備に、はるかに劣る銃砲しか持ちあわせていないので、けおされていたが、隙あれば反撥しようと、様子をうかがっている。

忠国はかまわず、言葉をつづけた。

「黒船は、戦《いくさ》を仕掛ける機をうかがっておるのでござるよ。穽におちいり、日本国を失うてはいけませぬ。御公儀に合戦いたすとの確たるご存念もなく、大船建造もなきままに、一時の合戦に勝ちを得たとて、やがては負け戦となり、償金を取られ、清国がように屈服いたさねばならぬ破目に陥りましょう。さようになれば、日本国も潰《つぶ》れてしまうことにもなりかねませぬ。開国と交易は万国のあいだになさるる時の流れにて、わが国もひたすら攘夷のみ唱うるは、害あって益なしと愚考いたしまする。さればこの際、いったんはかの国書を受け、そののちに海防の支度をいたすなど、しかるべき手を早急に打たねばなりますまい」

忠国は阿部正弘から、徳川斉昭の本心を聞かされていた。

斉昭は阿部を駒込屋敷に呼び、今後の方針について密談を交していた。

表むきは、攘夷急進派として、米艦乗取りなどと勇ましい長口舌を弄《ろう》する斉昭の本心は、意外にも和親をもっぱらとせよというものであった。

「いまのわが国諸侯の力にては、とても攘夷などおこないがたく、異国とは交易、和親の道を開くよりほかはない。御辺はそれを進められよ」

「では、ご老公にはこののちいかなる道をお進みなされまするか」

斉昭は大笑して答えた。

「予は年寄りにて、これまで攘夷の巨魁《きょかい》として世を渡って参りしゆえ、死ぬまではこれでゆくよりほかあるまい」

阿部正弘は、斉昭の真意を聞くまでもなく、アメリカの国書を受けとるほかに手段はないと、情勢を見極めていた。

攘夷を主張する大名たちも、成算あってのことではない。浦賀の海に浮城《うきしろ》のような黒船がきているのである。無責任な強がりが通るわけもなかった。

会議の座は、松平忠国の発言のあと、強く反撥する者もおらず、急速に国書受け入れの意見が高まった。

阿部は頃あいをみはからい、評定《ひょうじょう》の結果をとりまとめた。

「アメリカはわが鎖国の法を知ったるうえにて参りしゆえ、ひと通りの応対にては承知いたすまい。拒めば戦となり、われに必勝の見込みはない。されば穏便に応対いたし、開国を両三年ほど延引《えんいん》いたす。その間に国中の海防をととのえ、大船を建造いたさば、外夷の侮りを受くることもなく、対等に相手いたせるであろうと存ずる」

幕府では、ペリーが通商条約を強要するため日本に来航した理由を、知っていた。

アメリカ西部のカリフォルニア州では、金鉱があいついで発見され、ゴールド・ラッシュとなり、人口が急増していた。

またパナマ地峡に鉄道が敷設され、蒸気船の発明によって、船舶が自由に太平洋を航行できるようになった。

蒸気船は帆船とは様変《さまが》りの高速で航行できるが、長期の航海の場合は大量の貯炭を必要とし、積載する貨物の量が制限される。

当時、アメリカをはじめ諸国の捕鯨船が、日本近海にきていた。

アメリカは日本に石炭貯蔵所を求めていたのである。

六月八日、幕府はアメリカ国書受取りに決し、忍藩は浦賀奉行からの達しにより、浦賀へ出動した。

番頭、物頭、使い番、目付以下の人数五百二十二人、船二十二艘である。当日から久里浜に野陣を張り、国書授受の場の警備をおこなう。

小嶋鉄之助は、十二ポンド砲六門の指揮官として、新妻と水盃を交したのち、浦賀におもむいた。

忍藩兵たちは、万一アメリカとのあいだに紛議がおこれば戦わねばならないと、決死の覚悟をきめていた。

幕府は六月九日、浦賀に近い久里浜でアメリカの国書を受けると、ペリーに回答した。

久里浜では大勢の大工が昼夜兼行で応接所の建築にとりかかっていた。

幕府では六月七日に、日光門主に対し高家《こうけ》宮原弾正大弼《だいひつ》を使者として、無事にペリー一行が立ち去るよう祈禱《きとう》を依頼させ、白銀百枚を届けた。

水戸の斉昭がそれを聞いて、あざ笑った。

「上野《こうずけ》御祈禱のよし、珍らしき世のなかゆえ、仏風《ほとけかぜ》にても吹き申すべきか」

幕府では嘉永三年（一八五〇）オランダ商館長から長崎奉行を通じ、アメリカが遠征艦隊を日本に送り、通商要求をするとの、詳細な通報を受けていた。

海外においては、アメリカ以外の国々もすでにそれを承知しているとのことであったのに、幕府は通知を黙殺した。

アメリカ政府はその後、公式にオランダ政府に、日本との修交の仲介を依頼してきた。嘉永五年（一八五二）のことである。

オランダ政府はその年八月、日本に赴任する商館長ドン・クルチュウスに、東印度総督からの公文書を托し、日本の長崎奉行に届けさせた。

オランダは弘化元年（一八四四）六月にも、国王が書信によって、イギリスが将来日本に侵略の手をのばすであろうから、兵禍を免れるため、外国と国交を結ぶよう、忠告してきていた。

幕府はそのとき、すすめを無視した。オランダはかつての無礼を咎《とが》めず、再度開国斡旋《あっせん》の使者をつとめたのである。

幕府はオランダ側の書面を受けつけないことにしたが、内容を通詞に翻訳させてみると、重大な事情が記されていた。

アメリカが近日中に日本に通商を求めるため、軍艦をさしむける。日本が鎖国を固守すれば、開戦も辞さないであろうとの警告であった。

オランダ政府はその対策として、日本が長崎港に限って諸国に貿易を許し、領事を置いて関税を徴し、治外法権を認めるのが便法であるとすすめていた。その場合、オランダ商館長が日本側の顧問として、各国との交渉を周旋してもよいというのである。

オランダ側からの書信には、アメリカの新聞が同封されていた。

その紙面には、日本が通交を拒絶すれば、都市を砲撃し、港湾を封鎖し、承諾をまって攻撃を停止すればよい。攻撃にあたっては英、仏と共同で強力に交渉すべきであると論じられていた。

オランダ商館長は、シナ人、オランダ人に門戸をひらいていた長崎に、他国の商船の入港を許したところで、日本の国法に触れるほどのことではないと、意見を述べたのに、幕閣ではまったく応じなかった。

浦賀にペリーの艦隊があらわれたとき、浦賀与力の樋田多太郎は、眼前の四隻の艦船を見て、つぎのように語った。

「蘭人かねて申し候とおり、上官の名、船数すべて符合す」

幕政が、いかにその場しのぎの無責任きわまる方針をとっていたかが、読みとれる事実である。

久里浜に野陣を張った忍藩兵は、旗幟《きし》をおびただしく立て、篝火《かがりび》を焚《た》いて兵数の多さを米艦に誇示しようとした。

けばけばしく幔幕《まんまく》を張りめぐらし、艤装した兵船は、鉦鼓《しょうこ》を鳴らし米艦の周囲に群集する。素槍、抜身の刀はまぶしく陽をはじき、侍たちの戦意をかきたてた。

アメリカ人たちは、その光景を見て、日本人の意図を感じとっていた。

「ペリー提督日本遠征記」には、つぎのような記述がある。

「早天第八点鐘が鳴るまえに、サスクェハナ号ミシシッピー号ともに徐々に同湾（浦賀）を移動していった。わが艦隊が行動をはじめると同時に、もっと陸に近い海面を、六艘の日本船がおなじ方向へ航走してゆくのが見えた。そのうち二艘には縞《しま》のはいった政府の旗が立てられ、ある高官が乗っていることを示し、他の船には赤旗が立てられ、護衛兵が乗っているようであった。

いままで碇泊していた湾と、下手の湾とのあいだに突きでている岬をまわると、海岸の日本人たちの支度の数々が突然視野に入ってきた。その湾の岸辺には、色つきの長い幕が張られ、はなやかで、幕の上部には皇帝の紋章がついていた。

さまざまのあざやかな色の小旗が無数に立てられ、中央には高い大旗が九本立っていた。無数の小旗は大旗の両側に立てられ、弧をえがき立ちならび、朝日にひるがえっていた。

大旗からは濃い朱色の幅広い尖旗（まねき）が長く垂れ下って、ゆらいで地面を掃いていた。このように飾りたてられた場所の前の浜辺には、数隊の兵士が並列し直立していた。日本人の兵力を充分にアメリカ人に印象づけるために、軍隊の威力を示そうとして並んでいる意図が、あきらかであった」

サスクェハナ号が湾の入口まで進むと、二隻の小舟が岸から漕ぎ寄せてきて、舷側《げんそく》に横づけになる。

小舟にはそれぞれ浦賀奉行所与力香山栄左衛門と、中島三郎助が、通詞、供を連れて乗っていた。彼らは式典に参加する士官、水兵、陸戦隊を乗せたボートを案内するためにきた。

アメリカ人たちは中島の服装につき、つぎのように感想をのべる。

「三郎助は全身を錦糸や、光る絹や、華やかな色で飾りたてて念入りに身じまいをして立派であったが、たいして荘重には見えなかった。彼の滑稽ないでたちを、われわれは賞讃するよりも、おかしく思った。実際彼の姿は、異様に飾りたてたトランプのジャックと似ていた」

中島らが先導するランチやカッターの一群が、浜辺に着くまえに、サスクェハナ号の艦砲が十三発の礼砲を発射した。

それはペリー提督の出発を知らせるものであった。山腹に鞭音のようにはねかえり、こだまする砲声は、海岸に立ちならぶ日本の侍たちのみぞおちにつよい衝撃を与え、動転させるに充分な迫力に満ちていた。

このときアメリカの軍艦は、甲板の雑品をすべて片付け、水兵たちは戦闘配備についた。彼らは日本側が挑戦してくれば、ただちに全砲門をひらき、陸上の目標を砲撃する用意をととのえている。

戦闘はたぶんはじまるだろうと、彼らは考えていた。

緊張のなか、ペリーは上陸すると、陸戦隊の護衛をうけ、幕僚の士官たちを従え応接所にむかった。

「式服を着た少年二人が提督の先に立ち、朱色の布袋に入っている箱を捧げていた。そのなかには提督の信任状と大統領の親翰《しんかん》とが入っていた」

ペリーと幕僚が応接所に入ると、日本の高官が二人、立ちあがりお辞儀をした。

ペリーたちは安楽椅子をすすめられて坐る。

「通訳が日本高官の名前と称号を知らせてくれた。それは戸田伊豆守すなわち伊豆侯及び、井戸石見守《いわみのかみ》即ち石見侯であった。二人とも相当の年輩であった。伊豆侯は一見五十歳くらいで、石見侯はそれよりほぼ十歳から十五歳年長のようであった。伊豆侯は石見侯より立派な容姿で、前額は大きく智恵のある様子で、容貌も端正で愛嬌があった。彼の同僚の石見侯はもっと皺《しわ》だらけで貧相で、もっと知恵のなさそうな顔で、二人ははなはだ好対照をなしていた。二人とも非常に立派な衣服をつけ、その上衣は精巧な金銀の模様をちりばめてある、重たげな絹の紋織であった。両侯ははじめから銅像のような姿勢で、会見のあいだずっとその様子をつづけていた。二人は決して一言もしゃべらなかったのである」

日本側の首席代表である戸田侯に、大統領の親翰、ペリー提督の信任状と提督から将軍にあてた二通の信書が、静粛のうちに手渡されることとなった。

アメリカ合衆国大統領ミラード・フィルモアから「日本皇帝陛下」にあてた親書は、つぎのような内容であった。

「偉大にして、よき友よ。余はマシュー・C・ペリーを介してこの公書を陛下に呈す。この者は合衆国海軍における最高地位の一士官にして、いま陛下の国土に訪れたる艦隊の司令官なり。

余はペリー提督に命じて、余が陛下と陛下の政府に対して、きわめて懇切の情を抱きいること。及び余が提督をつかわしたる目的は、合衆国と日本とが友好をむすび、相互に商業的交通を結ばんことを陛下に提案せんがために外ならずと、陛下に確信せしめんとす。

合衆国の憲法及び諸法律は、他国民の宗教的または政治的事項に干渉することを、ことごとく禁ずるものなり。

余は陛下の国土の平安を乱すべきあらゆる行動をなさざるよう、特にペリー提督に諭したり。

アメリカ合衆国は大洋より大洋にまたがり、またわがオレゴン地方及びカリフォルニア州は、陛下の国土とまさに相対して横たわる。わが汽船は十八日にしてカリフォルニアより日本に達することを得る。

わがカリフォルニアの大州は、毎年黄金約六千万ドルを産し、なお銀、水銀、貴金属及び他の多くの価値ある物資を産出す。

日本もまた富裕豊饒の国にして、多くのはなはだ価値ある物資を産す。陛下の臣民は多くの技術に巧なり。両国がたがいに交易して、日本及び合衆国がともに利益を享《う》けんことは、余の切望するところなり。

貴政府の古き法律によれば、シナとオランダとにあらざれば外国貿易を許さざることを余らは知れり。

されど世界の情勢は変化して、数多《あまた》の新政府が形成されたれば、時勢に応じて新法を定むことを賢明とするがごとし。貴国政府の古き法律がはじめて制定されたるは過去のことなり。それとほとんど時をおなじくして、しばしば新世界と呼ばれたるアメリカが、ヨーロッパ人によってはじめて発見され、植民されたりき。ながらくの間人民の数はすくなく、人民は貧しかりき。いまやその数は実に無数となり、その通商ははなはだ拡大し、また陛下が古き法律を改めて両国間の自由なる貿易を許されなば、両国にきわめて利益あらんと思考するものなり。（中略）

わが船舶にして毎年カリフォルニアよりシナに赴くもの多く、またわが人民にして、日本沿岸に於て捕鯨に従事する者ははなはだ多し。荒天の際にはわが船舶中の一艘が、貴国沿岸において難破することもしばしばなり。かかる場合にはことごとく、われらが他の船舶を送りてその財産及び人民を運び去るまでは、わが不幸なる人民を親切に遇し、その財産を保護せられんことを願い、また期待するものなり」

大統領親書の内容は、平和のうちに開港を望むという、おだやかなものであったが、ペリーの書簡には、多分に威嚇がこめられていた。

今度は友好のためにきたので、艦船はわずか四艘できた。しかし交渉が進まず必要となれば、来年春にははるかに大規模な艦隊を率いて再訪する。

わがほうの、平和にして理にかなった申入れを、陛下の政府がただちに承諾され、艦隊を再航させる事態を招かないようにしてもらいたい、というのである。

ペリーは、今度の提案が重大かつ各種の重要な問題をふくんでいるため、日本政府の審議に多くの時日を要すると予想するので、回答は来春、訪問するときに承りたいと、一年間の猶予期間を提示した。

日本側からは受領書が渡された。その内容は、つぎのようなものであった。

「国書は受けとり、皇帝に取りつぐ。わが国では、外国事務は長崎でおこなうものであると再三通知した。しかし浦賀での国書の受領を拒絶すれば、大統領使節である提督を侮辱《ぶじょく》することになるので、国法をまげて受けとった。この土地は外国人と協商する場所でないため、協議も饗応もできないので、用件を終えられたうえは、立ち去ってほしい」

ペリー提督は、早々に立ち去れといわんばかりの文書の内容を通詞から聞き、しばらくの間黙りこんでいた。

五

ペリーは幕府の答弁書の文言が気にいらないようであったが、通詞に自らの返答を伝えさせた。

「私は二、三日うちに艦隊を率い、琉球から広東《カントン》へむかうが、貴国政府がそれらの地に急ぎ連絡したいことがあれば、書信を持っていってもよい。なお、私たちは来年の四月か五月にふたたび日本へくるだろう」

通詞は質問する。

「提督は四艘の艦船すべてを率い、帰ってくるか」

ペリーは答えた。

「もちろんそうだ。またこれらの船は艦隊の一部で、もっと多くの船を連れてくるかも知れない」

会見は二十分か三十分ほどの、ごくみじかい時間で終った。

会見のあと、ペリーの艦隊は久里浜から便乗してきた浦賀奉行所与力香山栄左衛門と通詞を、曳航《えいこう》してきた小舟に浦賀沖で下すと、江戸湾に入った。

日本側の御用船が米艦の周囲を前進後退し、看視するが、艦隊はかまわず附近の水深を測量する。

浦賀沖でサスクェハナ号から下した香山栄左衛門と通詞が、早舟で漕ぎつけてきて、なぜここへ碇泊するかと詰問する。

アメリカ側は、明年来航のときのために、水深測量をするのだという。

彼らは江戸の日本政府を威嚇するつもりでいた。

翌十日には、艦隊は測量をつづけながら、江戸湾ふかく入ってきた。江戸から六マイルの距離にまで近づき、品川の町を望む辺りを測量する。

アメリカ艦隊の予想に反する行動を知らされた幕府老中、若年寄、三奉行ら要職は、夜中にいそぎ登城する。

越前藩士中根雪江の「昨夢紀事」六月十日の項に、騒動の様子が記されている。

「この頃の廟議《びょうぎ》にては、使節の持参せる国書をだに御請取りあらば、異船はすみやかに退帆に及ぶべきとの事なる由、洩れ聞えたるに、昨日そのこと済みたるあとより、かえって追い追いに内海のほうに乗りいれ、この日暮れ近くなりては、大砲を打ち放つ音、遠雷のごとく、房総の山々にひびきわたりて、おびただしく聞えたれば、都下の人心恟々《きょうきょう》として、いまにもはや半鐘を打ちだすかと、心を空に周章狼狽《ろうばい》し、道ゆく人の顔色は、常にかわりて、見るも見るも陣笠火事具にて、持ちはこぶ物とては、鉄砲着具《ちゃくぐ》をはじめ、戦闘の具ならざるはなし。この夜なかば過ぎて、老若三奉行の衆中、急登城あり。各々火事具にて軍器を持たせられたり。十一日の明けがた近くなりて、御退出ありしとぞ」

江戸城中はもとより、市中の士民の不安はたかまるばかりであった。

江戸では非常事態がおこったとき、老中の命令で八代洲河岸《やよすがし》の火消役が早半鐘を打ち、それを合図に市中各所で鐘をつき、武士はそれぞれ持場につくことになっていた。

十日夜には、大名屋敷から火事装束に身をかためた大勢の侍が、鉄砲、槍、薙刀《なぎなた》をかつぎ、品川御殿山へ駆けつけてゆく。

町の男女は逃げ支度をととのえ、早鐘を聞けばすぐ江戸の外へ逃れるつもりでいる。

「浦賀の黒船が、今日はお江戸の近くへ乗りこんできやがったらしいぜ。大砲の音がドンと鳴りゃ、お江戸は火の海になるんだってよう」

「いま聞いた話じゃ、黒船は富津、観音崎の洲を越えたというじゃねえか。おっつけ羽根田沖へ見えるんじゃねえか」

「なにを悠長なことをいってるんだよう。黒船が羽根田へきたのは今日の八つ（午後二時）過ぎだ。いま頃は品川沖へ着いてる時分だよう」

砲声がつづけさまに四発鳴りわたると、町角に大勢のどよめきが湧きおこった。

十二代将軍家慶は重病の床についていたが、米艦の砲声に眼ざめた。

「誰ぞある、起せ」

側用人が言上《ごんじょう》する。

「ただいま、阿部伊勢守、牧野備後守、登城いたしてござりまする」

「これへ呼べ」

家慶は小姓に肩衣《かたぎぬ》をつけさせて待つうち、二人の老中の到着を待たず、昏倒した。

「異国船は追い追い西へ退くかにござりまする」

側用人が耳もとで告げると、家慶はかすかにうなずいたのみであった。

ペリーの艦隊は六月十二日、江戸湾からようやく姿を消した。

寛厚の長者といわれた阿部正弘も、ペリーの驕傲《きょうごう》の態度に憤りを禁じえなかった。

彼は越前藩主松平慶永に送った書信に、内心を記している。

「これまでの掛り場よりかえって内に入り、夏島沖へ四艘かた滞船、右のうち蒸気二艘は、右の辺測量いたし候由、あまり軽蔑の所行《しょぎょう》、切歯《せっし》のことゆえ、ただちに打ち払いまでと覚悟も決し候ところ、彼方にても異心これなき趣、精々申し立て候につき、云々」

阿部正弘は、アメリカにひきつづき、イギリス艦隊が来航するような事態がおこらないかと、憂慮していた。

日本がアメリカの国書を受けとったと聞きつければ、イギリス、フランス、ロシアなどの諸国が、頻々《ひんぴん》とおとずれ国交を強要してくるにちがいない。

六月十四日、松平忠国は養子の九郎麿とともに、駒込の水戸屋敷をおとずれた。

水戸家国許《くにもと》から幕府に献上する一貫目玉筒十門、五寸径筒二門が到着したのを、見るために出向いたのである。

駒込屋敷では表門前の広場に、大砲が置きならべられ、小銃が三挺ずつ叉銃《さじゅう》して立てられていた。使い番、御手先の役割りが定められ、藩主床几《しょうぎ》廻りに二十余人の精兵が配置されている。いつでも戦闘に臨める体制である。

「下総（忠国）殿は日頃より海防のお心掛けよろしく、大名諸家の持たぬ洋砲を数多くそろえておられるは、まことに見あげしお支度と存ずる。当家にても、異国船来航と聞くやただちに一貫目玉筒三十門、五寸径筒四門のほか、弾薬諸機械を運ばせ、公儀に献上いたすこととし、ここに着いたるはそのうちの物にござるのじゃ」

斉昭は領内から重量のある荷をはこんできた人足たちが、掛け声をかけ、鈍い光沢を放つ砲身を砲架に載せるのを眺めつつ、忠国に話しかける。

運送経費だけで六百両をついやすというが、黒船騒動のさなかに江戸に着いた大砲は、市民におおきな安堵を与え、斉昭の人気は鰻登りとなった。

「水戸さまは何事をなすっても荒っぽいが、骨がおありだぜ。毛唐が品川で大筒をぶっ放しやがるような時にゃ、頼りがいがあらあな」

海防についてさまざまな意見を具申し、水戸藩の軍備増強に専心して、幕府にとって警戒すべき実力者であった斉昭は、そのため弘化元年（一八四四）に蟄居させられた。

だが、日本が他国に侵略されかねない情勢となり、海防が焦眉《しょうび》の急となってくると、幕府は彼の意見に頼ろうとする。

斉昭が失脚した理由は、彼が幕府にとって危険人物であると見なされたからである。

弘化元年五月、斉昭を致仕謹慎させたときの幕府の詰問状は、つぎの七カ条であった。
一、鉄砲連発の事。
一、御勝手向き御不足の御申立てには候えども、さまでにはこれあるまじき事。
一、松前今もって御望みこれあるやの事。
一、諸浪人御召抱えの事。
一、御宮御祭儀御改めの事。
一、寺院破却の事。
一、学校大手高さの事。
いずれも幕府への謀叛の疑いにもとづく詰問である。

忠国は当時、幕閣大目付が探知したという情報を、ひそかに要路の大官から耳にしたことがあった。

「中納言（斉昭）殿には、七カ条のお問いあわせをいたせしが、あれは表向きのものでござるよ。内実は御公儀転覆の計ありとの疑いがあったのじゃ」

「なに、さようなたくらみをなされるわけもなかろうに。いずれはご家中騒動にて、よからぬ家来に讒言《ざんげん》されたのであろう」

「いや、さほどには底の浅き事ではない」

大官は秘事を語った。

「中納言殿は、およそ三十年がほども以前より、御公儀の衰微をなげかれ、ご再建を念願されておられた。有栖川宮《ありすがわのみや》の姫君を内室に迎えられたのは、朝廷との間柄を密にせんとのお考えにいでしことじゃ。中納言殿がおたくらみの一に、天下二分の計というものがある。すなわち、上野東叡山《とうえいざん》法親王宮を大和国吉野に隠居せしめ、還俗《げんぞく》のうえ、南北朝の例にならい、京方と吉野方の二カ所に天皇を立て、幕府は京方、水戸は吉野方といたすのじゃ。中納言殿は自ら関白と将軍を兼ね、水野忠清《ただきよ》を執政職に補し、天下の政《まつりごと》をとろうとなされたのじゃ」

「さような夢のごとき計を、水戸殿が正気にてお考えになられようか」

「すべては真実じゃ。中納言殿はそのため一言の申しひらきもせず、烏帽子《えぼし》黒衣の道服姿となられ、小石川屋敷より駒込別邸へ退かれ、一室に籠り謹慎の意を表しなされたのじゃ」

忠国は斉昭に謀叛の意志があるとは思えず、彼の濡れ衣を信じていた。

そのため嘉永二年（一八四九）三月十三日、三連枝後見政治の解除、斉昭藩政参与の解禁の措置が、幕府から下されたのち、斉昭の九男九郎麿忠矩を養嗣子にむかえた。

斉昭を時代の先覚者として、高く評価していたからである。

忠国は水戸表から来着した大筒を拝見したのち、風通しのいい大書院でくつろぐ。九郎麿は兄の八郎麿が炎天下に甲冑《かっちゅう》をつけ、馬場で乗馬の稽古をするのを見物にいった。

斉昭は忠国とむかいあうと、小姓の送る大団扇《うちわ》の風に鬢髪《びんぱつ》をそよがせつつ、語った。

「昨日、伊勢守（阿部正弘）より書状にて申して参ったが、積年苦心の明謀奇策を腹蔵なく仰せ下されたいとのことじゃ。右の急務の次第を、早分りできるよう、箇条書きにてお認め願いたしとの性急な申し条でござったが、なに儂とて何の名案があるわけでもない」

「まことにさようでござろう。浮かべる城のごとき蒸気船を目のまえにいたさば、大名諸家の強気の方々も、口をきくすべもござるまい」

「その通りじゃ。江川太郎左衛門も申しておる通り、まずわれらにも大なる蒸気船と大筒のなければ、異国と対等に口がきけぬ。以前より分りきったる理《ことわり》を、公儀にては何の手も打たずにきたのじゃ。いまさら、異国を締めだす妙策などあろうはずはない」

「この際、何とかして日数を稼ぎ、異国の押し寄せぬうちに、海防の備えをかためるよりほかはありますまい」

斉昭は煙管《きせる》を煙草盆の縁に、音たかく打ちつける。

「さよう、ぶらかして時を稼ぐよりほかに手はござらぬ。われらの戦備《いくさ》えができるまでは、合戦などもってのほかじゃ」

諸藩の大名たちのなかには、外国の知識などひとかけらも持ちあわさず、軍談で仕入れたかのような対策を、口にする者がいた。

「短兵接戦はわが長技なれば、小船にて敵船に乗りつくべし」

「日本刀をふるって帆綱をば、素麺《そうめん》を切るがごとくズタズタに打ち切るべし」

「敵船の兵士らを西瓜《すいか》のごとくにサクリサクリと切り捨つべし」

「鉄の鑿《のみ》を敵船の腹に打ちこみて孔《あな》をあけ、水船たらしむべし」

「塵芥《じんかい》を水上より流して、敵船の蒸気の運転を中止せしむべし」

「風上より焼草を積みたる小船に火をかけ、押し流して敵船を焼討ちにすべし」

このような児戯に類する戦法を口にした者は、江戸の海にあらわれた浮城を目《ま》の辺りにすると、言葉を失った。

斉昭はいう。

「下総殿には、こののちも大砲張りたてに大金をついやされることでござろうが、もし金子《きんす》のやりくりに窮しなされたときは、伊勢守に申し融通させるゆえ、ご遠慮なく仰せられよ」

「それはかたじけのうござる。いまに借金をお頼みいたさねば、貧棒《びんぼう》が振りまわせぬようになろうゆえ、そのときはご周旋《しゅうせん》お頼み申す」

「儂は国表《くにおもて》の坊主どもには、蛇蝎《だかつ》のごとく嫌われておる。毀鐘《きしょう》鋳砲の号令を発して、寺の梵《ぼん》鐘《しょう》をことごとく召しあげ、鋳潰《いつぶ》してしもうたゆえでござるよ。なにとぞご容赦と拝む坊主を尻目に持ち去りしゆえ、儂は仏敵と憎まれてござる」

二人が笑いあっているとき、小姓が来客を知らせた。

「御公儀海防掛川路左衛門尉《さえもんのじょう》、筒井肥前守御両人、阿部御老中さま御用向きにてお越しなされてござりまする」

斉昭はうなずき時計を見る。

「はや七つ半（午後五時）か。よかろう、下総殿には九郎麿ともども、ごゆるりとなさるるがよい。いや、黒船も品川沖より退散いたしたことじゃ。不意の合戦がおこることもなかろう。そうじゃ、儂と川路ら両人との話を、奥手の座敷で聞いておられよ。めずらしきことのあるやも知れぬ」

忠国は斉昭にすすめられるまま、簾《すだれ》の向うに座を移す。

斉昭は裃《かみしも》をつけて、川路、筒井と面談した。

「御老公におたずねいたしたきは、交易のことにござりまする」

川路が用件をきりだした。

「いまだ公辺の議論も一定いたしませぬが、二百余年の太平うちつづき、わが国の備えは薄く、士気もまた奮いませぬ。アメリカは万国にすぐれし強国なれば、軽々しく打ち払いなどおこない、負けるようなことがおこらば、御国体を汚しまする。それゆえ、これまで蘭人へつかわされてある品を、半分ばかりアメリカへつかわし、交易をすまさばよかろうなどと申す者もおりまする」

斉昭は不興げに眉をひそめる。

「ならば交易はいずれの地にてなさるるや」

川路はいいよどむ。

「いまだいずれとも、思いつきませぬが」

斉昭はいう。

「もし交易をいたすなれば、アメリカはそのいたしようが不足などと、また種々の難題を持ちこむにちがいなかろう。蘭人につかわす物のなかばをアメリカに与えなどいたさば、双方が商いに苦情を申すようになり、たとえ長崎にて交易いたすととりきめしとて、口実をこしらえ江戸にもくるようになろう。そのうえにて戦争とならば、なかなかにむずかしきこととなる。それゆえ代々御厳禁の掟を守り、交易いたさぬがよしと存ずる」

斉昭は忠国と話しあっていたときよりも、強気の態度を示していた。

「御高見、まことにごもっともにて、恐れいりまする。海防のお備えさえあれば心丈夫にござりまするが、いまはそれもなければ、五年、十年のあいだ、俗に申すぶらかすという手を用い、願書を聞きいるるともなく、断るともなくいたし、そのうち海防の備えを万全にいたしたるうえにて、お断りいたすが一策にござりましょうや」

川路の問いは、斉昭と忠国が話しあっていた内容と一致する。

日本の現況では、外国からの交渉を曖昧《あいまい》な応対でひきのばす、たぶらかしの方策しか許されない。

斉昭は、厳しい口調で答えた。

「さよう、五年も十年も相手をぶらかすことができようならば、万事結構に収まるであろうが、異国人がこなたに都合よくぶらかされるか否かは分るまい。ぶらかすほかに、公儀のいたしようもあるまいが、異国の船が参らば大騒動をいたし、立ち去ればすなわちお備え向きを忘れるというようでは、はなはだ先が心もとない。ただ交易をいたすは祖宗の禁制なれば、拙者の口からは決してよろしいと申しあげるわけには参らぬのじゃ」

忠国は、日本が直面している困難を凌《しの》いでゆくのに、名案などあるわけもないという、斉昭の心中を理解していた。

これから先は、危うい綱渡りのような外交折衝をしつつ、生き抜いていかねばならない。前途は五里霧中といってよかった。

米艦渡来での江戸の混乱がまだ収まらない六月二十二日、十七代将軍家慶が世を去った。

老中首座、阿部正弘は、将軍の遺骸《いがい》にむかい、傍目《はため》もかまわず泣き伏したという。

家慶は温厚な性格であった。

阿部はあるとき、江戸城庭園の拝見を許されたことがあった。家慶の近臣に隈《くま》なく案内してもらい歩むうち、はるか彼方から家慶がこちらへむかってくるのを見て、阿部は路傍に拝伏していた。

家慶は阿部の傍に寄り、声をかけ、手をとって立たせた。阿部はそのときの感激をいつまでも忘れなかった。

七月一日、阿部正弘は将軍家の台旨《たいし》を奉じ、家門、国持、外様、譜代、詰衆、奏者番を江戸城に招集する。

諸大名、重職の一同は、黒鷲杉戸の間で、アメリカ大統領親書の和訳を披露され、閣老列座のうえで、一同に左の書面が渡された。

「今度浦賀表へ渡来の亜米利加《アメリカ》船より差しだし候書翰《しょかん》の和解写二冊、あい達し候。通商の儀は、これまでの御仕来りもこれあり。御許容の可否は容易ならざることにて、実に国家の御一大事に候あいだ、右書翰の趣意、とくと熟覧を遂げ、一体の利害得失、後来《こうらい》のところまでも厚く思慮を尽され、たとえ忌諱《きい》に触れ候ことにても苦しからず候あいだ、銘々心底を残さず、見込みの趣十分に申し聞かさるべく候こと」

今後の方策について熟慮し、思いついたことはたとえ公儀の法度《はっと》に触れることであっても構わないから、十分に申し出よというのである。

家慶薨去《こうきょ》の事実は、まだ伏せられていた。

幕府海防参与に着任した斉昭の、江戸での人気はたかまるばかりであった。

市中で孔明三顧の図の錦絵が売られた。孔明は斉昭、玄徳は阿部正弘、関羽、張飛は川路、筒井である。

湯屋、髪結い床はその錦絵を店頭にかざって、「水戸様じゃ、水戸様じゃ」とはやしたてた。

七月八日、斉昭は「海防愚存」という意見書、十条五事を阿部正弘に提出した。

彼はまず和睦か決戦かの大方針を決めるべきであると主張する。

決戦するとなれば、天下の士気がひきたつ。たとえいったん敗北しても、ついには夷賊を追いしりぞけるであろう。

和睦をするとなれば、当座は平穏であっても天下の人気はおおいに弛《ゆる》み、ついには滅亡に至るにちがいない。

その明証は漢土の歴史に見ることができる。古今識者のひとしくいうところである。いま和睦すべからざる理由十カ条を、左に掲げると斉昭は説く。徹底した主戦論を、彼は展開する。

㈠米艦和睦の白旗をさしだし、推《お》して願書を奉り、あまつさえ内海へ乗りいれ、空砲を発し、わがままに測量までいたしたるは驕慢無礼の始末、言語道断にて、実に開闢《かいびゃく》以来の国辱とも申すものである。いま彼のいうままに和睦を許さば、これぞ城下の盟と申すものにて、国体に於《おい》てあい済み申さぬことゆえ、和すべきではない。

㈡切支丹宗は御当家御法度の第一なり。いま米国と和親せば、禁制の邪教は自然に国中に伝わり、祖宗の威霊をはずかしむるものなれば、和すべきではない。

㈢わが金銀銅鉄をもって、かの羅紗《ラシャ》硝子《ガラス》などと交換するは、有用物をもって無用物と交換するものなり。和蘭《オランダ》人との交易すらも停止《ちょうじ》すべきなるに、いまさら他国と交易をひらかんとするは国家を疲弊せしむるものなれば、和すべきではない。

㈣露西亜《ロシア》、英吉利《エゲレス》などより、先年来交易を願いいでたるに御許容これなきを、いま米国に交易を許さば、なにを以て露英二国へことわるべきや。これまた和すべからざるの理由なり。

㈤外人はまず、交易を名として和親を結ぶといえども、ついには奸策《かんさく》をたくましくして、その国を苦しめるものである。遠くは寛永以前の邪宗門の患、近くは清国阿片《アヘン》の乱のごときはその例なれば、和すべきではない。

(六)万国の勢、往古と相違するによりて、わが国のみ鎖国主義をとりて、孤立することは世界の形勢の許さざるところであれば、外国へ往来して交易すべしと論ず者あり。わが国の民心一致し、武備充実すること中古以前のごとくなれば、外国へ押し渡ることを得べきも、今日彼に要せられて交易を許す有様なれば、外国に渡り遠略を施すなどは席上の空論なれば、和すべきではない。

(七)彦根、若松などへ守衛を仰せつけられ、会津のごときは七、八十里の遠路を、昼夜兼行にて駆けつけしものなり。そのほか内海の、警衛仰せつけられたる大名ども、すみやかに人数を出し、奇特の事に聞ゆれども、外夷の近海を測量するを、むなしく打ち捨ておかるるようにては、諸国の士民をして奔命に疲れしめ、ひいて士気懈怠《けたい》するに至るであろう。されば和すべきではない。

(八)黒田、鍋島に長崎を守らしむるは、ひとり清《しん》、蘭の二国に対するのみでなく、他の諸外国に対する警備の任を尽さんとするためなり。しかるに浦賀近在にて外夷より国書を受けしは、すなわち長崎近辺の防備を無用と見たるにひとしく、両家の気受けも如何と思わる。これまた和すべからざる理由なり。

(九)このたび夷賊のふるまいを、眼前に一見せし者は、下賤の匹夫《ひっぷ》といえども心外に存ぜぬはなく、かくまで無礼なる夷賊、御打払いもなきは、御台場御備えは、畢竟《ひっきょう》何のためにこれあるべくやなどと、歎き候ものもある由。いま外夷を寛仮《かんか》せられんには、下賤の者ども、幕府を侮《あなど》るに至るであろう。されば和すべきではない。

(十)何を申すも太平うち続き、武備荒廃せるによりて、いま夷賊の気を激するならば、禍難測りがたきによりて、やむなく和議を取結ばれ、武備充実するを待ちて、然るのち攘夷の令を発すべしなどと論ずる者あれども、戦争目前に迫らざれば、偸安《とうあん》姑息の人情は決して振起せず。夷賊来れば狼狽して武備よ手宛てよと騒ぎ、夷賊出帆すれば平日の通り心得候様などと、仰せ出ださるなどにては、何ともならず。ゆえに今日にもいよいよ御打払いと御決着なさるるときは、天下の士気は十倍いたし、武備は今せずしてあい整うようにあい成るべし。されば決して和すべきではない。

斉昭は十カ条をかぞえたのち、つぎの五事を記す。

(一)国人の協同一致をはかり、質素倹約をはげますべき事。
(二)槍剣の術をはげますべき事。
(三)蘭人に命じ、軍艦汽船大小銃その他新製の戦器を購入し、かつ諸大名をして巨艦をつくらしむべき事。
(四)幕府をはじめ諸大名いずれも砲術を研究すべく、かつ銃数をふやし、火薬を多く備うべき事。

㈤海岸要害の地に守備兵を置くべき事。

七月になって、諸大名諸役人、旗本らが意見書を提出した。

そのうちの主なものの大要はつぎの通りである。

尾州。

「もし理不尽に及び候わば、日本開闢《かいびゃく》の力をつくし、半歩も退かず安危を一戦に決し候より
ほかはこれなく」

水戸。

「通商御許容に候わば、平穏のように候えども、後来の憂いはいよいよ増し申す。御内御武
威御含みの表向き穏便の御取計らいに候えば、夷人ども帰服つかまつるべく候」

一橋。

「すべて叶《かな》わざる趣あいなり候かた、然るべし」

越前。

「書面の趣、御断り候わば、戦艦さしむけ候儀、計りがたきにつき、必戦のつもりにて、も
っぱら非常の御処置専要の御儀に、存じ奉り候。かつ上様ならびに御侯居等も、当分の内甲

府へ御移り遊ばされ候かた然るべし」

長州。

「願いの趣は、夷賊どもの心胆を打ち砕き候ほどにも固く御断り、防禦《ぼうぎょ》の御手当厳重に仰せつけられ、渡来外夷の覬覦《きゆ》をあい絶ち候よう、仰せつけられ候かた、万全の御策に候」

桑名。

「国辱を忍ばされ、御国体を失わさせられ、通信通商御許容の儀は、御職掌に対せられ、決してこれあるまじくやと存じ奉り候」

武州忍。

「まずまず、穏便の御処置のほかに、御良策これあるまじく」

加賀。

「書翰の表にては、あえて無理なる筋ともあい聞え申さず候間《あいだ》、こなたより無理に打ち払いなどにあいなり候ては、暴なるお仕向けにあい当り申すべくや。かつ禍を引きだし候便りとも存じ候につき、重ねて渡来の節は穏便に仰せ聞けられ取扱い然るべしや」

薩摩。

「年来渡来の節、じきに御断り相成り候ては、戦端をひらき候も計りがたく候えば、なるたけ年を延ばし候ように、よんどころなきお訳柄《わけがら》を仰せ聞けられ候て、帰帆仰せつけられたき儀と存じ奉り候」

すべての意見をまとめてみると、開港平和を唱えるものはすくなく、通商拒絶の主戦論者が大多数であったが、外国事情にうといためで、何の対策も持ちあわせていない。

浦賀奉行所与力が、はじめて目にしたアメリカ軍艦は、大名の軍勢が到底対抗できない武力をそなえていた。

鉄張りの旗艦サスクェハナ号一隻で、四十門ちかい巨砲を装備していたのである。

江戸城では、連日会議がひらかれ、江川坦庵も伊豆から呼び寄せられ、海防についての尽力を要請された。

「阿部正弘事蹟」に、つぎのように記されている。

「米艦来ルヤ和戦ノ議囂然《ごうぜん》タリ。正弘諸侯ノ意見ヲ徴シタルトキ、江川ヲ招キ亦《また》其意見ヲ求ム。江川答エテ曰《いわ》ク。(中略) シバシバ海防ノ事ヲ建議シタレドモ一モ採用セラレズ。荏苒《じんぜん》今日ニ至リシコトヲ、ト言イ終リテ流涕《りゅうてい》ス。正弘コレヲ聞イテ黙然沈思スルコトヤヤ久シカリシトイウ」

江川坦庵は六月十九日付で、勘定吟味役格を命ぜられ、幕政に参画して江戸湾防禦策の立案、実施に当ることになった。

坦庵はただちに幕府に対し、土佐の中浜万次郎を起用し、部下として配属してもらいたいと願い出て、許可された。

万次郎は土佐藩に登用され、高知の教授館に出仕していた。彼の卓抜な才能は、江戸に聞えていた。坦庵は万次郎を手許に置き、ペリーの再渡来にそなえようとしたのである。

坦庵は江戸に着いて数日を過ごすと、幕府若年寄本多忠徳、勘定奉行松平近直、同川路聖謨《とし》《あきら》とともに、武、相、房、総の海岸検分に出立した。

六月二十日過ぎから一カ月余に及ぶ検分は、暑気のきびしい折柄、疲労のはげしい仕事であった。

坦庵の従者として、桂小五郎が随行していた。幕閣内部にはいくつかの派閥があり、坦庵の存在を疎んじる者が、危害を加える場合も予想されたからである。

坦庵らは七月十四日卯の刻（午前六時）過ぎ、神奈川宿を出て、船着場から五大力船で川崎にむかう。

さらに浦賀水道へ南下し、正木ノ洲、沖ノ洲、亀ノ甲洲の、通称三枚洲と呼ばれる暗礁を測量した。

帰途、大森、品川の海岸を検分して九つ半（午前一時）に北品川宿に帰着した。

坦庵は小五郎に小舟を操らせ、藍碧の海波の下にある暗礁の測量を指図していたとき、内心を洩らした。

「小五郎よ、御公儀がこの三枚洲に台場を据えると思うか」

「はて、分りませぬが」

「おおかた、やるまいよ」

坦庵の表情は暗かった。

「ペリーがまたやってくるのを阻むには、浦賀沖でくいとめねばならぬのじゃ。旗山崎から富津台場を見通す間に、十町（千九十メートル）置きに台場を置くのがよい。そうすれば、どこの国の軍艦も江戸へはこれぬ。しかし、海が深いゆえそれは望めぬ。とすれば、やや後ろへ退った三枚洲と猿島に台場を築くよりほかはない。しかし、まず一年や二年ではできぬとなれば、ご公儀は拙速を急ぐにちがいない」

坦庵は沿岸防備よりも、海軍力拡充に力をそそぐべきだと考えていた。

六

八月も末に近くなった秋蟬の啼《な》く午後、忠国は馬場先門屋敷に、忍藩砲術方井狩作蔵を呼んだ。

書院の縁先に手をついた作蔵を、忠国は傍に呼び寄せる。

砲術の師匠江川坦庵に随行し、武、相、房、総海岸の検分を終えてきた井狩は、陽灼《ひや》けした頬をそげだたせていた。

忠国は六枚の団扇《うちわ》を一本の軸にとりつけた手廻し扇風機の風を、背に送られながら井狩に聞く。

「公儀にては、品川御台場取建てかた及び、そこに据えつける大砲鋳立てにつき、太郎左（江川）に引き受けを仰せつけられしと聞いたが、さようか」

「仰せの通りにござりまする」

「台場の模型はやできあがったと聞いておるが」

「さようにござりまする。阿部御老中さまお手もとへ、お届けいたしおりまする」

「いかようのものじゃ」

「木製の二箱組合せ一組にて、一箱の長さ三尺八寸九分、幅二尺四寸五分にござりまする」

作蔵は懐中から分厚い帳面をとりだし、忠国の膝もとに置く。

「ここに手控えいたしませしように、エンゲルベルツ氏、サハルト氏、バステウエル氏、ケルキウェーキ氏、ベウセル氏らの築城書により、台場取建ての図をこしらえてござります」

作蔵は、たずさえてきた行李《こうり》をあけ、絵図面をとりだしひろげた。

「ここに記しまするごとく、品川宿目黒川口の沖合いより、深川洲崎の沖合いにかけ、連珠のごとく十一基を築造いたすものにござりまするが、埋立ての合計建坪十二万七千五百五十四坪八合。杭木（松、杉）四万一千百五十五本。縄五千九百八十五房を使いまする」

「その入費は、いかほどじゃ」

「埋立てのみの工賃にて七万一千両。仕上げまでの総費は百万両と見ておりまする」

　忠国は息を呑む。

　慢性的な財政難に見舞われている幕府が、そのようなおどろくべき多額の出費に堪えられるのであろうか。

「台場は、ペリーが明年来航いたすまでに、築かねばならぬであろうが、さようの大普請が短かい月日のうちに、できあがるのか」

「さようにござりまする。一番より三番までの三基につきましては、はや御大工棟梁《とうりよう》平内大隅が請負い、八月二十四日に起工いたし、明年四月には竣工いたすとのことにござりまする」

「普請の諸材、人足、石工《いしく》の手当ても容易ならぬであろうが」

「杭木は関東諸国の木材を用い、岩石は伊豆、相模、安房より取り寄せまする。土砂は品川御殿山のほか、泉岳寺境内や高輪《たかなわ》、品川辺りの諸侯お屋敷の高台を掘鑿《くつさく》して、用いまする。人足、石工は諸大名家より集めまする」

忠国は絵図面に見入り、嘆息を洩らした。

「かほどの大普請をいたさば、黒船が攻め寄するも、防ぎうると太郎左は申すのか」

井狩は意外な返答をした。

「師匠殿の存念は、さようの儀にてはござりませぬ」

「なんと申す。ならば台場は役に立たぬか」

「ご公儀のお気休めにしかあいならぬとのことにござりまする」

「ならば、その子細を語ってみよ」

忠国は膝をのりだした。

「師匠殿には七月中に、御勘定奉行様あてに、海岸御検分の見込みについて、書面をさしあげてござりまするが、台場普請にて黒船を防ぐは難しと、断じなされておりまする」

井狩は意外な事実を告げた。

江川坦庵が幕府に提出した、「海岸御検分に付き、見込之趣申上候書付」の前半は、軍船の購入と製造の必要性を説き、操船技術者の養成を緊急とする旨を、くりかえし告げているというのである。

「地球一周つかまつるくらい」「オランダまで差し遣わし候か」など、海外への航海を熱心にすすめ、造船、航海の振興なくしては、国家の将来に望みをつなぎがたいと彼は主張する。

「埋立ての儀につきては、中段になりて、かように記すのみにござりまする」

井狩は忠国の膝もとに置いた帳面をとり、読みあげた。

「品川沖の儀、海上浅深大体二、三間ならではこれなく、埋立方も御手軽につき、羽根田沖から中川尻へ取りつけ、両国川尻等へもそれぞれ御台場御取建て。そのうえ西は相模国三浦、鎌倉郡、安房、上総国の内、砦等も御築建て、海陸の御警衛あい立ち候よう仕《つかまつ》りたし」

坦庵が検分報告の際に、品川から深川へ、連珠のように一線に台場を築くという計画を持っていなかったことが、内容を見れば分るのである。

品川、深川沖の台場築造は、広大な江戸湾沿岸防衛の一環とみているにすぎない。

坦庵は報告の末尾にいう。

「もっとも、たとえ右様あい成り候とも、前条に申しあげ候御軍船製作これなく候ては、まことに窮屈のものにあいなり、とても十分御全備とは申しあげがたく候」

坦庵はひたすら海軍創設の必要を語った。

彼が台場を築造し、黒船侵入を阻む防禦線は、浦賀水道にあった。

だが幕府は江戸城と江戸市街を防禦することのみを考え、品川、深川の間に台場築造の拙策をとった。

「外国の軍艦をそこまで押しいらせては、台場など無きにひとしいものじゃ」

坦庵は落胆しつつも七月二十三日、勘定奉行松平近直、同川路聖謨、勘定吟味役竹内保徳とともに、台場普請取調方を拝命した。

台場の企画、設計と大砲の製作が、坦庵の任務となった。

坦庵ら四人に目付堀織部正が加わり、五人合議で上申書を至急に作成し、八月三日、幕府に差し出す。

内容は、用材、石材の搬入、普請方棟梁と人夫を、要求ありしだい即座に揃えてもらいたいと、作事、普請、小普請の三奉行に申しいれたものである。

三奉行の承諾書は、同日のうちに出された。

諸事に手くばりの遅い幕府では、異例の迅速な措置であった。台場築造がいかに焦眉の急であったかが分る。

工事がはじまると、品川台場の予算を、幕府の財政難を理由に削減しようとする川路聖謨と、築造を完全に遂行しようとする坦庵が対立した。

「陸軍歴史」によれば、二人のあいだにつぎのような応酬があった。

「君（坦庵）勘定所ニ於テ、一日砲台建築ノ儀ニツキ、勘定奉行川路左衛門尉《さえもんのじょう》ト意見ヲ異ニシ、左衛門尉ハ減費額ヲ主トシ、君ハ以テ不可トシ、左衛門尉説ケバ、君ハマスマス屈セズ」

激怒した坦庵は、ついに本心を吐露して、列座の諸役人を茫然たらしめた。

「イワク、誠ニカクノ如キハ失礼ノ申シ分ニハ候エドモ、竹へ縄ヲ付ケ品川ノ沖ニ立テ置クモ同様ニテ、ツマリ砲台建築ノ費ハ多少ニカカワラズ国家無益ノ費ト存ジ奉リ候ト申サレケルニツキ、満場皆オドロキ、筆者ハ筆ヲトメ、算者ハ算ヲ推シ、ヒソカニ申シ候ニハ、太郎左衛門ハ平常湯呑所ニテ湯モ自由ニ飲マザルホド遠慮深キ人ナルニ、今日ノ太郎左衛門ハ平日ノ太郎左衛門ニアラズトテ、イズレモ舌ヲ巻キ候由《よし》」

坦庵は、国家危急の時に至っても、なお大艦建造の解禁をおこなわず、品川台場建設のような迂遠《うえん》な防禦策に執着する、幕府要路への憤懣《ふんまん》を爆発させたのである。

忠国は井狩作蔵から、台場普請着工までの経緯を聞き、嘆息を禁じえなかった。

勝海舟は後に品川台場について、つぎのように語った。

「彼（台場）が一弾をも受けずして、平和にその局を終り、今日に至ってなお無用視せらるるは、またわが人民の至幸というべし」

ペリーの艦隊が江戸湾から去って間もない七月十八日、ロシアの東洋艦隊が長崎に入港した。

四隻の軍艦の司令長官はプチャーチンであった。プチャーチンは、ロシアの外務大臣ネッセルローデの署名した国書を持参していた。

彼らはロシアと日本の国境を定め、通商貿易をおこないたしとの要請を日本政府に伝えるためにきた。

幕府の返答は例によって遅延した。

ロシア艦隊は秋になるまで三カ月の間、長崎港に碇泊して、待っていた。

外国からの圧迫がつよまるばかりの騒然とした政情のなかで、幕府は九月十五日になって、大艦建造の禁令を解いた。寛永以来二百二十余年ぶりであった。

忠国は九月になると忍城に戻った。

彼は老中阿部正弘から、ひそかに依頼をうけていた。

「このたび普請をいたしおる、品川一番台場は松平誠丸殿。二番台場は松平肥後守殿。三番台場は下総守（忠国）殿に、警固方をお頼みいたすことと、内々定めておりまする。江戸城を敵艦より守る三つの台場を、三松平にお頼みいたすは、もとより譜代親藩なるゆえにござる」

松平誠丸は川越十七万石、肥後守は会津二十三万石の主である。

「三番台場はもっとも大きく、五角の島九千六十三坪にて、石垣の高さは五間もあり、下総守殿がご自慢の大物をお備え下さらば、アメリカ、ロシアの船も近寄れまいと胸算用いたしおりまする」

忠国は川口で大砲鋳造の名人といわれる増田教之助に、八十ポンドの巨砲十門の製作をすすめさせていた。

教之助は高島秋帆の協力を得て、砲身の完成を急いでいる。

「さようの儀なれば、お任せ下され。近頃では家中にて硝薬をもつくらせておりまする。また、砲術方の者どもは、太郎左のもとにて、ガラナート弾と申すあたらしき砲弾をこしらえるため、考究をおこなっておりまする」

「ほう、それはいかなる砲弾でござろうか」

「いわゆる砲裂弾にござるが、的中着弾いたすと同時に爆発いたすものでござるのじゃ」

「さようなものがあるとは初耳じゃ」

当時、砲裂弾が目標に的中すると同時に爆発することは、奇跡にちかいと見られていた。

忍に戻った忠国は、城下に練兵場三カ所を増設する工事をはじめた。

あらたな練兵場には、従来の十五間矢場と呼ばれる小銃射的場のほかに、五町矢場を設けた。

それは、全長三百間（約五百四十メートル）の大砲射撃場で、砲弾の命中する目標を掲げる土手は、高さ十五間（約二十七メートル）幅四十間（約七十二メートル）厚さ三十間（約五十四メートル）の巨大なものであった。

「これまでの槍薙刀《なぎなた》の戦では、異国の兵に遅れをとろう。水戸の追鳥狩《おいとりがり》と申す調練を、当家にても取りいれるといたす」

忠国は全藩士を五十人一組の小隊に分け、毎月三回ずつ調練をさせることにした。調練がはじまると、領民が弁当持ちで見物にくる。人垣をつくって日中は飽きずに眺め、日暮れに帰ってゆく。

フランス式の調練といわれる追鳥狩は、町人百姓の眼に新鮮に映った。

二列横隊に整列した兵士たちは、太鼓の音にあわせ行進をはじめ、四列縦隊となり、二列にかわり、たちまちもとの二列横隊になる。

左右旋回、廻れ右によって、四方へ軽快に向きを変える小銃足並進退のあと、騎兵の密集訓練がおこなわれる。

やがて秋陽をはじく大砲が引きだされ、大砲打ち放し、連発の稽古がはじまる。操作の訓練ののち、数発の空砲が発射され、雷のように轟《とどろ》きわたると、見物の男女は硝煙にむせながら、耳を押えて恐れた。

小銃構え、連発と斉発の訓練も、見物人の胆を奪った。

かつての槍持ち中間《ちゅうげん》は銃手となり、十貫目玉筒の車夫となった。

忠国は忙しい政務のあいまに、城内の「御屋敷」と呼ばれている、閑寂な離れで時を過ごすことがあった。

御屋敷とは、歴代藩主の隠居所であったが、先代忠彦《ただざと》が没してのち空家となっている。沼橋御門を出た南側の、菖蒲《しょうぶ》沼に面した座敷には、湿けた植物のにおいがただよい、忠国はそこにひとり坐って、さまざまの物思いにふけるのを好んだ。

小姓が隣室にひかえているだけで、たまに森で鳥が啼き、鮒《ふな》のはねる水音が聞えるのみである。

——江戸におれば、いまにも外夷どもが攻め寄せてくるようにも思うが、忍へ戻れば、あのような騒動は、別世界のようじゃ——

忠国は香をきき、茫然と時を過ごす。

——しかし、かようなる土地へ異国の者どもが、大砲を曳き、銃をたずさえあらわれたなら、ひとたまりもなく負けることとなろう。国を守るため、軍事にはげむのは今じゃ——

忠国は阿部正弘から、アメリカ、ロシアなどと日本の政治形態の違いを聞かされていた。

「アメリカの大統領、ロシアの王などは、国全体を統《す》べ、全国の兵を動かすものでござるが、わが国にては幕府というも、さようの力はござらぬ。諸大名に威令をふるうと申しても、所詮は天領よりの揚《あが》り高にて世帯を切りまわすのみなれば、かかる非常の時には国論定まらず、何としても外国に力負けせざるを得ぬことに、なるのでござるよ」

徳川宗家の実力が衰えているいま、親藩が率先して幕府に協力しなければならないと、忠国は考えている。

長期の太平の年月のあいだに、幕府の機能は錆《さ》びついてしまっている。

各部門の官僚は、前任者からの申し送りを聞いているだけで、他の部門と連絡をとりあうこともなく、任期を大過なく終えることのみ願ってきた。

現在の世界情勢に何の知識も興味も持たず、眠ったように日を送っている高官が大半であった。

七

幕閣をゆるがす外国からの圧迫は、つづいていた。

長崎に碇泊しているロシア東洋艦隊の司令長官プチャーチンは、幕府に開港条約の草稿を提示していた。

大坂と箱館を開港し、ロシア人の貿易、居住、奉献を許し、領事を置いてロシア人の犯罪者をロシアの法律で裁判する治外法権を、彼らは要求する。貿易に際しては、最恵国待遇を主張した。

国境は、日本の領土はエトロフ島と、樺太《からふと》島南端のアニワ港までとし、エトロフ島北方の千島列島とアニワより北はすべてロシア領とするとの意向である。

幕府は、開港問題については将軍が跡目相続を終えたばかりで、京都朝廷に上奏し、諸侯の意見をまとめたのちに決定せねばならないので、早急に返答はできないと、回答した。

日露の国境については、樺太は北緯五十度の線とし、千島列島はウルップ島までが日本領とするとの意見をとりまとめた。

相互の主張は、懸隔いちじるしいものであった。

幕府が長崎へ送った西丸留守居の筒井政憲と勘定奉行川路聖謨は、七十六歳と五十三歳の、老練な外交手腕の持主である。

彼らは談判を決裂させてはならない事情をこころえている。財政難の幕府にはロシアを相手に戦端をひらく実力がない。

筒井と川路はプチャーチンと会い、相手に言質《げんち》をとられないよう、用心ぶかく交渉した。拒絶するのではなく、日本側の事情をロシア側に理解させるため、早急に解決しようとすれば、かえって問題が困難を増すばかりであると力説した。

領土問題についても、ロシア側の主張の弱みをいちいちするどく指摘する。

プチャーチンはついに折れて、国境については翌年に双方から委員を出し、決定することに同意した。通商条約も同様に、返事の延期を承知し、筒井と川路は、ロシアの要請を一時はぐらかすことに成功した。

幕府は歳末にむかい、品川台場の建造を昼夜兼行で急いでいた。

ペリーは明年の四月か五月には江戸へ戻ってくるといい置いていたので、四月までには是非にも台場を完成し、砲台を据えて、入港してくるアメリカ艦隊に威圧を与えたかった。

黒船は五十間から六十間の長大堅牢な浮城であった。彼らが砲門をそろえ、江戸に砲弾の雨を降らせれば、市中はたちまち火の海となる。

江川坦庵のいう通り、台場を築いたところで彼らの攻撃をくいとめることはできないかも知れなかったが、戦端をひらいたときには幾何《いくばく》かの効果をあらわすであろうと、幕閣要路の人々は、そら頼みをしていた。

江川坦庵は、勘定吟味役格として幕政に参与し、江戸湾防衛を急ぐかたわら、ペリーの再渡来に際し、交渉の要員として土佐の漂流者万次郎の召し出しを幕府に要請し、許された。

万次郎は十一月五日付で御普請役格、二十俵二人扶持《ぶち》となって、中兵という姓をさだめ、御代官江川太郎左衛門手付を命ぜられた。

二十七歳の万次郎は、坦庵に従い、アメリカ文書の翻訳と外交顧問の役についた。

坦庵は万次郎を、本所南割下水の江川家江戸屋敷の長屋に住まわせ、彼の縁談もまとめた。

新婦は本所亀沢町の剣術師範、団野源之進の次女で、十六歳になる鉄である。

団野は剣聖といわれた男谷信友の師匠にあたる、聞えた剣客であった。

江川坦庵は江戸に出るたびに、忍藩砲術方井狩作蔵らと会い、松平忠国が製造をすすめている八十ポンドカノーン砲十門の進捗状況について、聞いた。

「まず明年の春には出来あがり、試し撃ちもできようかと存じまするが」

「さようか、ペリーがくるまでには台場も仕上げたいが、八十ポンド砲もそれまでに出来ておればよいがのう。それがあれば、台場もあながち気休めとばかりはいえまい。いかに黒船とて、八十ポンドの弾丸が命中すれば、損傷を受けるに違いあるまいよ」

松平忠国は、国許《くにもと》にいるあいだ、眠ったような農村の風物のなかで過ごしていた。

城下の人口は、千三百三十余戸、六千余人であった。

城下商人は穀問屋、紙問屋、足袋《たび》問屋、油問屋、塩問屋、茶問屋、魚問屋などである。

手工業者は、大工、紺屋《こうや》、畳刺し、茅葺《かやぶ》き、桶屋のほか、鍛冶屋、研ぎ屋、鞘師《さやし》、柄巻《つかまき》屋、金具屋、塗物師などの武具関係の職人であった。

忍領内十万石五十九カ村の人口は、武士をのぞき、四万三千人である。

領内の四季の祭礼はさかんにおこなわれたが、毎年四月十七日に施行される城内東照宮大祭には、領民がこぞって参拝し、境内の内外は人波で歩けないほどになる。

大祭当日は城門をひらき、城中を通過しての参拝を許したので、遠く上州館林《たてばやし》、川越あたりから馬でくる者もいた。

東照宮拝殿には能舞台が設けられ、能狂言がおこなわれた。忍城下では宝生流《ほうしょう》が盛行し、「忍宝生」の名があるほどであった。

狂言を拝観できるのは、藩士とその家族である。城下の住民は、日頃出入りしている藩士に頼み、お伴として拝観の席につくことができた。

祭礼の当夜は、武家屋敷の門前に、葵《あおい》の紋をつけた長幌の提灯が、屋根のある杭につるされ淡い光りを放った。

忍の名産には、埼玉村の辛味《からみ》大根と秩父の大白豆がある。辛味大根は、埼玉村の地味に産する独得のもので、蕪菁《かぶら》に似た形で、大きいものは周囲四尺に達し、オロシにすれば風味は格別で、大粒で味がよいとされる大白豆とともに、毎年の幕府への献上品であった。

名物には忍冬《にんどう》酒があった。忍冬とはスイカズラのことで、甘味と芳香があって女子供にも好まれる。

忍冬の葉や蔓《つる》をすりつぶし、水を加えて煎じ、酒を等分にいれて煮沸《しゃふつ》し、滓《かす》をのぞくと忍冬酒ができあがる。便通をよくし、腫物《はれもの》を治す卓効があった。

領民の生活は、年々何の変化もなく過ぎていた。

徳川期の将軍家以下諸藩は、農民を租税を稼ぐ器械のように扱っていた。熊沢蕃山《ばんざん》は、「百姓をば、焚き木ほどにも思わず、ただ草むらのように思っている」と、武士の領民軽視を表現した。

年貢を納められない者は、未進百姓としてさまざまの刑罰を科せられた。芭蕉は「七部集」で、「千鳥啼く一夜一夜に寒うなり」という野坡《やば》の句に、「未進の高の果てぬ算用」とつけ、未進百姓をあわれんだ。

だが、徳川期二百数十年の歳月は、百姓の生活をもしだいに向上させた。衣服も手織りの布を茄子がら、木の皮を煎じて染め、紋も墨で描いていたのが、やがて染物屋に注文するようになる。

家内の明りも、はじめは炉の焚火か松の根をこまかく刻み、台所の火鉢にくべて明りをとったものであったが、行燈《あんどん》を用いるようになる。酒は濁酒《どぶろく》を手作りにしていたのが小売屋ができて、濁酒、清酒を販売した。

喫煙の風習も、いまでは百姓の間にひろまっている。

変化に乏しいが、穏やかな日常が過ぎていた。

このような日本の封建社会の構造が、一変する変化の時期を迎えつつあると思うと、忠国の胸中には不安がこみあげてくる。

彼は江戸馬場先門屋敷に江川坦庵を招き、開港が日本に利益をもたらすか否かをたずねたことがあった。

坦庵は心中を隠さず告げた。

「外国との交易は、やがてはおこなわねばなりませぬ。交易なくしては、国中が困窮いたすばかりで、戦支度をするなどは思いもよりませぬ。ただ外国人は、日本を隙あらば奪い取るか、属国にいたすか、いずれかを狙いますゆえ油断ならず、このため開国の掛けあいもむずかしゅうなりましょう」

日本は外国人に乗っ取られかねない危険にさらされているという、切実な坦庵の言葉が、忠国の肺腑《はいふ》にひびいた。

忠国は森林と湖沼に囲まれた静謐《せいひつ》な城内に起居して、側室八重園をいつくしむ日を送っていても、浦賀水道を白波を蹴って航行するアメリカ艦隊の幻が、まなうらによみがえってくる。

——こうしてはおれぬ。明年には江戸へ戻り、品川台場の普請に合力せねばなるまい——

忠国はあわただしい幕閣の様子を思いうかべると、せきたてられるような気分になった。

嘉永七年（一八五四）正月、ペリーの率いるアメリカ東洋艦隊は、意外に早く江戸湾に戻ってきた。

旗艦サスクェハナ、ポーハタン、ミンシッピーの三隻の蒸気船のほか、大砲を装備した帆船のサザンプトン、マセドニアン、バンダリア、レキシントンの合計七隻の艦隊が、江戸に来航してきた。

正月十二日、安房・上総警衛の松平忠国陣屋より、老中へつぎのような異国船渡来の急報が届けられた。

「昨十一日午下刻《うま》（午後一時）、異国船七艘豆州沖合にあい見え候旨、漁業の者より注進これあり候の由《よし》、戸田伊豆守より達しこれあり候につき、早速物見船等差し出し、御備え向き、それぞれ油断なく手配申しつけ候段、房州北条陣屋詰め家来の者より申し越し、この段御届け申し達し候。以上。

正月十二日　　松平下総守」

浦賀奉行戸田伊豆守氏栄からは、その数日前から駿河、遠江の沿岸に外国軍艦が出没しているとの通報が、幕府にもたらされていた。

はじめは、長崎で会談を終え北上するロシアの軍艦であろうと思っていたが、数日後にアメリカ艦隊であると判明したわけである。

安房・上総の松平忠国陣屋から、正月十六日になって、米艦隊が浦賀水道に乗り入れてきたとの通知が、幕府に届いた。

「追い追い御届け申し達し候異国船壱艘《いっそう》、内海へ乗り入れ候間、差し出し候物見船安房国洲之崎より黒船に付添い罷《まか》り越し候ところ、右乗入れ候異船、金沢小柴村沖合へ滞船いたし候につき、付添い罷りあり候うち、浦賀組の者乗りつけ応接いたし候ところ、亜墨利加《アメリカ》船にて、使節船乗入れ候まで、同所に滞船いたし候由。もっとも類船十艘の趣これあり候段、附添罷りあり候家来の者より申しいで候」

松平陣屋では情報が重複混乱し、アメリカ艦隊が十隻であると誤認している。

ペリー艦隊は江戸湾小柴沖に碇泊したので、浦賀奉行はただちに配下の与力を送って浦賀に回航するように指示した。

だがアメリカ艦隊は、指示を無視した。

幕府は本牧《ほんもく》、神奈川、大森、羽根田の海岸に、つぎつぎと諸藩の兵を出し、警備を厳重にした。

ペリーは幕府を威嚇し、是が非でも要求をうけいれさせようとの気構えを、露骨にあらわしていた。

彼は今度の交渉が失敗すれば、琉球を武力で占領するつもりでいたので、日本側の制止を無視する。

「浦賀は湾内の水深が浅く、波浪が荒いため艦船の碇泊に適しない」

との返答で、さらに江戸湾ふかく進みかねない応対であった。

幕府はペリーとの会見の場所をきめるのに会議をかさね、十数日に及んだ。

当時、幕閣有司のあいだでは、アメリカとの通商条約締結に賛意を抱く人物がすくなかった。

佐倉十万石の領主堀田正睦《まさよし》は、天保十二年（一八四一）から十四年まで老中を務めた経歴を持ち、家中藩医に佐藤泰然、戸塚静海らの蘭方を学ばせていた。また、藩士のうち学才ある者に、西洋の学問を藩校で講義させ、洋式の鉄砲を鋳造させるなど、欧米の文物に興味を寄せていた。

彼は、ペリーの要求に応じるのがわが国にとって有利であると考え、家来たちに内心を洩らす。

「いま洋人どもが、われらを嚇《おど》し、強要いたすのは、一見日本を侵害しようとしているかのように見えるが、実際には彼らに害心はない。通商を許しさえすれば、彼もよろこび、われわれもおおいに利益を得ることになる。攘夷などと野暮なことを申すのは山師どもで、実際にやれば、藪をつついて大蛇を出すようなものだ」

川路聖謨もまた、開国について柔軟な意見を抱いている。

川路は豊後日田の小吏、内藤吉兵衛の悴として生れたが、幕府勘定奉行石川左近将監《しょうげん》、脇坂安董《やすただ》らの幕臣に重用され、寺社奉行配下の吟味物調役となった。さらに勘定吟味役から佐渡奉行、小普請奉行を経て奈良奉行に転じ、栄進して勘定奉行の座についた。

川路は性沈毅で思慮深く、容易に内心を余人にうかがわせなかったので、底の知れない人物であるなどと、評する向きもあったが、物事に明晰《めいせき》な判断を下せる能力の持主である。

彼は林子平の書を精読し、渡辺崋山、佐久間象山と交際して、のちに箕作阮甫《みつくりげんぽ》に蘭書を学ぶなど、西洋の事情にも通じていたので、開港については利害を慎重に考えるところがあった。

彼は現在の幕府の力量では、欧米人と戦えば、絶対に勝算がない。そのためいったん開港し、貿易をおこなって国力を養い、兵備をととのえてのちに、彼らに対抗するよりほかはないと見ていた。

幕閣において、川路とならび双璧とされた外国奉行岩瀬忠震《ただなり》もまた、開国を是としていた。岩瀬は旗本設楽《しだら》貞丈の子で、母は林述斎の娘である。幕府昌平黌《しょうへいこう》を出た逸材で、林家を外祖父とし、儒家の血を受けていたが、蘭書に親しみ、幕府役人のうちではもっとも進んだ開港論を唱えていた。

彼は川路と助けあい、大砲、軍艦の建造と砲台建設、海軍創設をすすめ、おおいに国防に貢献した。

岩瀬は江川坦庵が主唱する、親露通商論に共鳴していた。

坦庵はペリー来航に際し、アメリカの強引な開港要求を斥《しりぞ》けて一戦するどころか、軍備増強もままならない幕府の実情を知っており、ロシアとの交易を幕府にすすめた。

嘉永六年十月、坦庵は「存じ寄りの儀申しあげ候書付」によって、幕閣に進言している。

「かねて申しあげている通り、ロシアとの交易の機を逃してはならない。交易をひらけば、いくらかの問題もおこるであろうが、そのような紛議を処理できないようでは、戦に勝つなどは論外である。現在は諸説紛々としているが、英断によって一刻も早くロシアと交易すべきである。日本全土に軍備をゆきわたらせるには、莫大な資金を必要とし、交易をせねば国中が困窮せざるをえない。交易の相手にもよるが、ロシアは隣国である。この交易の利益で軍備をととのえるのが、最良の道であると愚考する」

幕閣では連日会議を重ね、開港、鎖国両論がたたかわされる。

会談の場所について、幕府は浦賀を主張したが、ペリーは江戸に出て老中阿部正弘と直接面談して、談判を決するという。

江川坦庵は中浜万次郎とともに、アメリカ側との交渉にあたっていた。

彼は十三日に江戸に到着すると、阿部正弘と面会し、対策を講じる。

ペリー艦隊は本牧沖からさらに江戸に移動する動きを見せていた。

幕府は二十三日、艦隊進入の阻止を坦庵に命じた。

「亜墨利加船、万一江戸近く乗入候も計りがたきにつき、そのほう早速出船いたし、精いっぱい申し諭し、乗戻さるるよう致すべく候」

坦庵はこの命を受けると、阿部正弘を福山藩邸に訪ね、懇談して深夜に屋敷へ戻った。

彼は外交交渉に中浜万次郎を用いる件につき、阿部に了解を得ようとした。

「かかる急場に及び、万次郎を通辞に用いざれば、何事も迂遠にて、双方の望むところを告げあう方便もござりませぬ。いろいろと妨げをなさるる向きもあろうとは存じまするが、御老中のご決裁をいただかねば、掛けあいははかどりませぬ」

アメリカとの外交交渉の場に、万次郎を通訳として用いることには、水戸烈公斉昭がつよく反対していた。

「万次郎なる者は、アメリカにて読み書きを覚えしなれば、ペリーの手先となり、いかなる偽りを申すやも知れぬ。あやつによりてペリーの駆けひきに乗ぜらるるおそれあるゆえ、かならず用いてはならず」

斉昭は、万次郎が交渉の際に通訳に起用されると知ると、たちまち阿部正弘に抗議を申しいれてきた。

坦庵が阿部の屋敷を辞去して、自邸に着くとまもなく、阿部の使者伴早太が正弘自筆の書状を届けにきた。

　その内容は、水府老公らの反対が強硬であるため、今夜のうちに急用が起きても、万次郎をはたらかせないでもらいたい。明日以後のことは、明朝登城のうえで話しあいたいというものであった。

　坦庵は翌二十四日登城し、ふたたび万次郎が会談交渉に欠くことのできない人材であるのを阿部に力説した。

「万次郎がおらねば、他の通辞にてはこまかき意味あいなどは分りませぬゆえ、たやすく片付くべき事柄まで、こじれかねますまい」

　阿部も坦庵の意中を理解していたが、斉昭の要求を一蹴する決断は下せなかった。

　坦庵はかまわず、万次郎と矢田部郷雲を登城させて、外交関係の書類について万次郎に翻訳させた。

　本牧沖の米艦隊では、正月二十四日が大統領の誕生日であるため、各艦が祝砲を放った。

　雷のように轟々ととどろきわたる砲声は、神奈川から江戸一帯に聞え、女子供はアメリカ兵が攻め寄せてくるのかと、泣き叫ぶ。

　海岸の諸所に配置した物見は、櫛《くし》の歯をひくように注進に戻った。

「ただいま夷船どもは、浦賀の方角へ舳を向けてござります」

幕府諸役人が、米艦隊が退去するのかと愁眉《しゅうび》をひらいていると、つづいて別の物見が駆けこんでくる。

「夷船どもは、江戸のほうへ向うて参りまする」

一日のうち幾度となく、気を休めては不安におとしいれられることを、くりかえした。

物見たちは米艦が、海底に錨《いかり》を投げいれたまま、潮の干満と風向きによって、位置を前後左右に変えるのを見て、その都度注進に走ったのである。

二十七日、米艦は神奈川沖に侵入してきた。その日、坦庵は韮山《にらやま》から鉄砲組三十人を呼び寄せ、江戸屋敷に詰めている中村清人ら手代十四人を加え、四十四人の銃隊を編成し、翌日浜御殿に移った。

坦庵は米艦に退去交渉する際の護衛隊として彼らを率い、二月一日の午後に江戸を出立し、羽根田宿、川崎宿を経て神奈川宿に到着した。

時刻は六つ半（午後七時）過ぎであった。坦庵は神奈川宿で、江戸町奉行井戸覚弘、浦賀奉行伊沢政義、応接掛林韑《あきら》らと徹夜で協議をかさねた。

幕府は米艦隊を何とかして江戸湾から退去させようとしていた。浦賀へ艦隊が退去したとしても、わずかな距離であったが、黒船のマストが江戸市中から望める状況を何としても避けたかった。

阿部正弘は、米艦隊を江戸湾から退かせるため、アメリカ側に漂流者を救恤《きゅうじゅつ》することを許可し、無人島である小笠原島を貯炭場に貸与しようとした。

この案は、斉昭が一蹴した。

「墨夷（アメリカ）ばかりのこと、強訴におそれ、ひとつも御済ませにあいなり候わば、はたして後の憂いは鏡にかけ候ようにあきらかなり」

幕閣首脳の意見は、アメリカとの和議に傾いていた。米使応接掛大学頭《だいがくのかみ》林煒は、漢文を用いての外交折衝には、常に首席全権を命ぜられており、今度も前例に従い任命されたが、彼は強硬な反対論者であったのに、神奈川沖の米艦隊を見て、たちまち和議に方針を変えた。

いまひとりの応接掛井戸対馬守《つしまのかみ》も、和議のほかにとるべき道はないと考えていた。彼はいう。

「しいてアメリカの申し条を拒むべしといわるるならば、われらはペリーと刺し違えて死ぬよりほかはござりませぬ」

老中の松平伊賀守忠優、若年寄遠藤但馬守《たじまのかみ》胤統《たねとし》の二人は、外国人をはなはだしく嫌悪したが、ともに和議を唱えた。

溜《たまり》の間詰めでも、堀田正睦、松平忠国が和議を是とした。

阿部正弘は二月一日、勘定奉行松平近直を呼び、内密に指示を下した。

「いよいよ事面倒ならば、アメリカの申し分を受けいれよ」

松平近直は、二月二日、江川坦庵、林煒らの神奈川宿での徹夜の協議に、同座している。協議は和親条約の内容を検討し、アメリカの要求をどの程度まで受けいれるかという点にかかっていた。

日本側が通商条約を受けいれるとして、最大の問題は開港場である。

日本側は漂流者を保護し、薪水《しんすい》を補給する件は受けいれ、すべて長崎港でおこない、交易等の案件は五年後に取り決めるとした。

条約を最低限で受けいれ、平和裡に米艦隊を退去させるのが、幕府の唯一の希望であった。

斉昭は二月二日、四日に登城し、幕府評定の座で、アメリカの要求を断固として拒絶せよと主張した。

神奈川から林大学頭、井戸対馬守らが呼び戻され、討議を重ねた。アメリカは通商条約が締結できなければ、江戸湾に乗り込んできて老中と直接交渉をおこない、それでも目的が達せられないときは戦争も辞さない意気込みである。

斉昭が頑強に反対するが、彼に同調する者は一人もいない。ペリーの艦隊は上海から回航したサラトガを加え、八隻となっていた。

幕府の返答しだいでは、米艦隊の砲弾が江戸の市街を焼きつくす危険が、眼前に迫っている。斉昭の強気の主張に従い、虚勢を張る余裕のある者はいない。

二月四日、斉昭は日記に記す。

「林大学、井戸対馬にも逢い候ところ、両人とも墨夷を恐るる事虎の如く、奮発の様子毫髪《ごうはつ》もこれなく、夜五つ時まで営中に居候えども、廟議《びょうぎ》すこしも振い申さず、いたずらに切歯するのみ」

五日の日記によれば、斉昭は登城を見あわせている。

「昨日廟議の模様すこしもふるわず。去月下旬より昨日までの模様、墨夷の鉾《ほこ》を折《くじ》き候評議これなく、ただただ和議を主とし、我等一人不承知ゆえ、老中はじめ総がかりにて我等を説きつけ、是非和議に同心いたし候ようにとの事にて、憤悶に堪えず。このまま便々登城致し候ては恐れいり候ゆえ、今日は風気と申し立て、登城延引」

江戸の市民たちは、はじめのうちは黒船を恐れていたが、水深、地形の測量に、ボートで陸地へ漕ぎ寄せる水兵たちが、意外に人なつこく陽気で、大声で歌を唄い、菓子などもくれるので、しだいに警戒心を失った。

やがて碇泊している軍艦の周囲には、界隈の住民が小舟を漕ぎ寄せ、見物するようになった。

甲板にむらがる水兵たちは、見物人たちと手廻りの品を交換し、コーラスを聞かせる。それに応じ、剽軽《ひょうけい》な日本の町人が、カッポレなどを船上で唄い踊って見せた。

二月七日、斉昭は江戸在府の水戸藩士全員に、非常態勢をとるよう命じた。

斉昭の八男昭融は神奈川へ遠乗りして、戦端がひらかれた際をおもんぱかり地形を調べた。

藤田東湖も米艦隊の威容を目の辺りにして、切歯に堪えない思いをした。

横浜に応接所が設けられ、幕府代表とペリーの会談がはじめられようとする頃、江戸の町には長州の志士吉田松陰が来ていた。

松陰は長州藩士杉百合之助の次男で、通称寅次郎または大次郎と称した。彼は嘉永四年（一八五一）江戸で佐久間象山の門に入ったことがあった。

彼は象山とはかり、外国渡航の志をたて、嘉永六年九月に長崎へおもむき、露艦に身を委ねようとした。だが、長崎に到着してみると、ロシア艦隊は出航したあとであった。

松陰はやむなく江戸に帰ったが、ペリーの艦隊が江戸湾に来航したため、ふたたび米艦に便乗してアメリカに渡る計画を練った。

松陰は門人金子重輔を伴っていた。

彼は瓜中万二、重輔は市木公太と名をあらためている。松陰は多くの尊攘志士に神のように敬われていた。

象山の未亡人瑞枝子は、後年に松陰の思い出を語っている。

「寅さん（松陰）は志のすぐれた人で、主人ももっとも推服された方で、ずいぶんねんごろにお世話をされました。主人は弁はまず訥弁《とつべん》なほうであったが、寅さんは弁舌さわやかで、見たところは醜い小男でしたが、眼光のするどい、一見して非凡なお人と見えました。

寅さんが主人の門にこられました当時は、同志の衆二、三人と木挽町《こびきちょう》辺に裏店《うらだな》を借りて住んでおりましたが、衣服は破れ、手足はまっくろで、湯に入るお銭《あし》もない。片足には草履をつっかけ、片足には木履《ぽっくり》をはいてきて、それで滔々《とうとう》と議論をなさる。時には朝から食事もなさらぬというので、おいでてはご飯をあがったが、後には白昼おいでることをはばかって、深夜に人の寝静まった頃、門をたたいてそっとくるようになされました。私はいつもひとりで起きて、それからにわかに火をおこしたり、御膳をあげたりしましたが、妾《しょう》（象山の妾）などは頭から爪《つま》はじきで、寅さんというと、怖気《おじけ》をふるってね、出もしませんの。このときもやはり貧乏で、紙切れひとつない。そこで用紙なども取りそろえて、裏門からそっと送り出しました」

吉田松陰は、日本は鎖国を続行しておれば、かならず亡びると見ていた。

世界の強国を自在に馭《ぎょ》すためには、開国して通商をさかんにおこなわねばならない。座して敵を待つようなことでは、勢い屈し、力は縮んで、亡ぶのを待つばかりであるというのである。

二月十日（太陽暦三月八日）、横浜応接所において、ペリーと林大学頭らの談判がおこなわれることとなった。

「ペリー提督日本遠征記」は、談判当日の模様を詳細に記している。

「横浜前面の場所には、全艦隊が戦列をつくって投錨するのに、充分な余地があった。数艘の船艦の大砲をもって、海岸全体に渡って牽制しうる提督の九艘の艦隊。すなわち旗艦たりしフリゲート艦ポーハタン号、おなじくサスクェハナ号、おなじくミシシッピー号及び帆船マセドニアン号、おなじくバンダリア号、サラトガ号、サザンプトン号、レキシントン号、サプライ号を碇泊せしめたのは、この場所であった。サプライ号は後で艦隊に加わったのである。

神奈川はまったく大きな町で、条約商議にたずさわる日本委員たちの滞留地であった。艦隊がその前面の湾内で、射程以内の距離まで近づくことが不可能でなかったならば、ペリー提督も商議の場所として同地をえらんだであろう」

アメリカ艦隊は、戦闘が開始されることも予期して海上に展開していたのである。

八

神奈川の海岸に布陣する日本各藩の軍隊も、当然談判の成りゆきによっては、戦いがはじまることを予想していた。

一応は江川坦庵の門人で、洋式兵法に通じているとされる松代藩佐久間象山の「横浜陣中日記」には、当時の日本側の戦備の程度が、詳細に記されている。

象山は江戸を二月七日早朝に立ち、昼頃に川崎宿に入った。そこで供の数人をあとに残し、単騎で先を急ぎ神奈川宿へ到着すると、藩の留守居役から通知をうけた。

「昨日打ち立ちたる人数も川崎の泊より、火器の類は大小に限らずことごとく、筵《むしろ》包みにして送るべしと美作守《みまさかのかみ》殿（浦賀奉行）よりの指図にて、その通りに計らいしことなれば、それがしが持たせたる砲までも掩《おお》い包みて人目にかからぬようにすべしとの事なり」

アメリカの九隻の軍艦が、それぞれ教十門の艦砲の砲口を陸地に向け、傲然と威嚇しているのにくらべ、日本の火器は筵包みにできるほどの貧弱なものであった。

筵で包むのは、アメリカ艦隊が海岸から十町ほど沖に碇泊しているので、浜を往来する日本の人馬などは、彼らの望遠鏡によって、色彩もあざやかに見えるためであった。

日本側は、はじめ日米会見をおこなう応接所を、浦賀に設けようとしたが、中途で横浜に変った。浦賀は狭苦しく日本側の警固の人数が多くてうるさいとの、アメリカ側の要求に従ったものであった。

このため日本側は、もし海岸に大小の火器を運ぶ光景をアメリカ側が発見すれば、非難をいいたて、会見をやめるかも知れないと懸念した。

そうなれば、事態は紛糾するばかりなので、彼らに見咎《みとが》められないよう気遣いせよとの達示をしたわけである。

アメリカ艦隊の火砲とは比較にならない、小規模な兵器を運搬するのにも、隠さねばならない日本諸藩の軍隊は、艦砲の一斉射撃を受ければ、たちどころに壊滅に瀕したことであろう。

忍藩ではその日、富津より兵船四百八十六艘を出し、旗幟《きし》を立て篝火《かがりび》を焚《た》き、兵数の多さをアメリカ側に誇示しようとした。

兵船乗組みの将兵は、筒袖《つつそで》、野袴《のばかま》に脇差のみを帯び、船上で敏活な動作ができる身ごしらえであった。

「蒸気船ごときに嚇《おど》されておられようか。われらの武者振りを見せつけてやれ」

兵船を指揮する船手奉行の命令で、きらびやかに艤装した船団は、海上に鉦鼓《しょうこ》の音をひびかせ、いっせいに進発し、米艦のまわりに雲霞《うんか》のように群れあつまった。

旗幟は海風にひるがえり、刀槍は日にかがやいて、祭礼のようなにぎやかさであった。

陽気なアメリカ水兵は、乗艦の舷側から海上数里にわたり、のどかな鉦鼓の音をひびかせ右往左往する無数の兵船を見ると、奇声をあげてよろこぶ。

　洋砲の威力を熟知している江川坦庵や佐久間象山は、開戦となれば米艦隊にとても応戦できないと知っていたが、数をたのむ日本の武士たちは、眼前にアメリカの大艦を見ても、前年六月のように恐れることなく、強気の開戦論をとなえる者が多かった。

　越前三十二万石の藩主松平慶永は、二十七歳の青年で、斉昭よりも強硬に条約拒否をとなえ、老中への進言をおこなった。

　慶永は鳥取藩主池田慶徳《よしのり》、徳島藩主蜂須賀斉裕《なりひろ》、熊本藩主細川斉護《なりもり》らの支持を得て、アメリカとの通信交易を拒むよう主張する。

　水戸の藤田東湖、福井の中根靭負《ゆきえ》、熊本の長岡監物《けんもつ》らは、それぞれ藩主の指示により、各方面へはたらきかける。

　幕閣内外の意見も、開戦を是《ぜ》とするものがしだいに多くなってきた。

　老中首座阿部正弘も、周囲の熱気に押され、過激の論をとなえるようになった。

「万一彼より兵端をひらいたならば、御国体を汚さぬよう、一同奮発して墨夷を討伐いたす」

　緊迫した情勢のなか、二月十日にペリーが上陸し、第一回の日米会見が横浜でおこなわれた。

まず薪水《しんすい》食料の給与と漂流者救恤《きゅうじゅつ》のことを日本側が容認した。

つづいてペリーは修好通商条約案を提示した。幕府は返答せず、会見は終った。

ペリーは日本側の首席全権林大学頭に、条約締結を書簡で催促してきた。

林大学頭はこれを拒否すると返事をした。

交渉が物別れのままで推移するうち、アメリカ艦隊ミシシッピー号の水夫が病死した。

日本側では死亡者の屍体を、横浜元村の増得院に埋葬させた。

松平慶永はこの事実を知ると憤激し、阿部正弘に建白書を提出した。

その内容は、アメリカ人の屍体を横浜に葬れば、神国の土地がけがれたことになる。

交易を受けいれずとも、内諾したのとおなじことで、当路の有司はすべて後世の歴史家に売国の賊臣として、申し伝えられるだろう。この者らを罷免して、外国事情に明るい筒井、川路らに交替させ、水戸前中納言斉昭に政事を総裁させよというものである。

さすがに阿部は慶永の言を容《い》れなかった。慶永の主張の通り交渉すれば、こちらからアメリカに喧嘩を売ることになる。

日米の交渉も暗礁に乗りあげていた。

日本側は薪水補給と漂民の取扱いは承認したが、そのほかの交易などの事項については、五年後になって決めようと告げた。

ペリーは強気の主張をはじめた。

「長崎よりほかに、琉球と松前を、即時か六十日以内に開港せよ」

日本の交渉委員たちは、琉球は外藩であり、松前も領主の同意なく幕府の独断で開港させられないと答えた。

ペリーは反論する。

「では松前が独立国なら、われらが松前に出向き、直接交渉をして問題を解決しよう」

ペリーはあきらかに威《おど》しをかけていた。

彼ははじめから五カ所の港をひらくよう求めていたが、延期するとしても、下田、箱館、那覇については即時開港せよと迫った。

日本側は下田の開港をためらったが、ついに開港しても十カ月のあいだは交易しないとの条件をつけ、ペリーの要求に応じた。

日米和親条約が締結されたのは、三月三日であった。日本は鎖国をやめ、開国するに至った。

アメリカの船舶が下田、箱館の二港に入港すれば、交易してもよいと幕府は承諾する。

「金銀銭ならびに品物をもって、入用の品あいととのい候を、差免《ゆる》し候。もっとも日本政府の規定にあい従い申すべく、かつ合衆国の船より差しだし候品物を日本人好まずして、差し返し候時は、受け取り申すべく候事」

という第七条の条文は、交易の文字を用いていないが、実際にはそれを許可している。

阿部正弘ら老中は、交渉委員に聞く。

「食料、薪水、石炭のほかに、入用の品物などはあるのか」

委員たちは答弁できなかった。

彼らは交易を許しつつも、文面ではそれを認めないよう解釈することに苦心した。

条約のなかに、アメリカ人らが下田で自由に往来できる範囲を定めていた。

「合衆国の漂民その他の者ども、当分下田、箱館逗留中、長崎において唐和蘭《オランダ》人同様閉じこめ窮屈の取扱いこれなく、下田港内の小島周りおよそ七里の内は勝手に徘徊いたし、箱館港の儀は追って取極め候事」

老中たちは、この取り決めを作成するにあたり、遊歩範囲をせばめるため、七里が周囲ではなく直径であれば許さないとした。

日本側は、アメリカ領事を下田に置かせることについても、結局は承諾した。

「両国政府においてよんどころなき儀これあり候模様により、合衆国官吏のもの下田に差し置き候儀もこれあるべく、もっとも約定《やくじよう》調印より十八カ月後にこれなく候ては、その儀に及ばず候」

という、主題をわざとぼかした文章によって、タウンゼント・ハリスの日本赴任を許す条約が成立した。

談判を進める交渉委員たちは、衝突してはならないと、幕閣から指示されている。

ペリーは、是が非でも条約を成立させようと、いまにも戦端をひらきかねない剣幕で条項の承認を強要する。

彼は委員たちに明言した。

「万一書翰《しょかん》中の儀、お聞き届けこれなきにおいては、使節の役目あい立ち申さず候につき、やむことを得ず戦争に及び候とも、志願あい立ち申さず候ては本国へ帰船つかまつりがたく、これによって数艘の軍艦を用意つかまつり罷《まか》りあり。なお追い追い本国より軍艦差し送り候儀にござ候」

露骨に開戦の意志があることを示し、日本側を威嚇してきた。

日本側はついにペリーの恫喝《どうかつ》に屈し、通信交易はただちにこれを許さず、五年後に返事を与えることとし、アメリカの要求をうけいれた。

阿部正弘は、老中たちに説明した。

「幕府に昔日の威勢あれば、アメリカの望みを蹴ることもできようが、国論は一致せず、諸有司、諸侯のご量見がそれぞれ異なるうえに、兵備とののわざる現状にては、遺憾ながらかの国の申し条の幾分なりともうけいれざるを得ぬ。この先、挙国一致して兵備をととのえしうえにて、他の道を考えよう」

談判の席に列した応接掛の伊沢美作守は、交渉の経過を聞いた島津斉彬に告げた。

「ペリーなる者は容貌雄偉、威儀堂々たるもので、われらが林大学頭、井戸対馬守殿が太刀打できる相手ではござりませぬ。ご両人ともペリーに威圧され、口もききがたい始末にござりました」

日本の鎖国は終り、アメリカ大統領から将軍に実用の機械、銃器、農具、柱時計、電信機、汽車の模型などが献上された。

幕府からは梨地蒔絵《まきえ》松竹梅の料紙硯箱、黒蠟色蒔絵桐に鳳凰《ほうおう》の机、銀金具吉野山絵の書棚、紅白羽二重、紋縮緬《ちりめん》、吸物椀、米二百俵、鶏三百羽、白鞘刀、通用金銀などが贈られた。

忍藩主松平忠国も、領内特産物の竹細工、漆器をペリーに贈った。

アメリカ側は、幕府へ贈った機械、機関車の模型などの荷を解き、それを動かせるように整理し、組みたてる。

アメリカの将兵は、小さい機関車の円周軌道を敷設しはじめた。

「ペリー提督日本遠征記」には、つぎのように記されている。

「日本人はあらゆる労働をすこしもいやがらず、機械の整理と組立ての結果を、無邪気な子供らしいよろこびをもって注意していた。ドレーパー氏とウイリアムズ氏の指図で、電信装置は動かせるように準備された。

電線はまっすぐに、約一マイル張り渡された。一端は条約館（談判場）に、一端はあきらかにその目的のために設けられたひとつの建物につながれた。

両端にいる技術者の間に通信が開始されると、日本人は烈《はげ》しい好奇心を抱いて運用法を注意し、一瞬にして、消息が英語、オランダ語、日本語で建物から建物へ通じるのを見て、大いに驚いていた。毎日毎日役人や多数の人々が集まり、技手に電信機を動かしてくれるよう熱心に懇願し、通信を往復するのを絶えず興味を抱いて注視していた。

小さい機関車と、客車と炭水車をつけた汽車も、技師のゲイとダンビーとに指揮され、同様に彼らの興味をそそった。その装置は完璧で、その客車はきわめて巧みに設計された凝ったものであったが、非常に小さいので、六歳の子供をやっと運びうるだけであった。

だが日本人はそれに乗らないと承知できないので、屋根の上に乗った。

軌道の円周のうえを、一時間二十マイルの速力で、まじめくさった一人の役人が、そのゆるやかな衣服を風にひらひらさせながら、ぐるぐる廻っているのを見るのは、すくなからず滑稽な光景であった。

彼ははげしい好奇心で歯をむき笑いながら、屋根のはしに必死にしがみつき、汽車が急速力で円周のうえを突進するときには、屋根にしがみついている彼の体が一種の臆病笑いで、痙攣《けいれん》するように震えるので、汽車の運動するのが、きわめて易々《やすやす》と動き突進する小さい機関車の力によるというよりも、むしろ不安げな役人の巨大な動きによって起るもののように思われたのである」

アメリカの士官、陸戦隊、水兵と、日本の官吏、労働者たちとの間で、毎日交渉があった。日本人は、異国の品物に非常な関心を示した。彼らは士官、水兵につきまとい、機を見て衣服の各部分を検《あらた》める。

士官たちのレース付きの帽子、長靴、剣、燕尾《えんび》服、水兵たちの防水帽、ジャケット、ズボンを、彼らは詳細に手にとり調べる。

日本人たちはボタンを非常にほしがり、与えられるとまるで高価なもののように、大切にそれをしまいこむ。

軍艦をおとずれた日本人の役人たちは、一瞬も休むことなくあらゆる隅々までのぞきまわり、大砲の砲口をのぞき、小銃をいじり、索《さく》をいじり、機関室の蒸気汽缶を見物した。彼らはただ眺めるだけではなく、筆と懐紙をとりだし、筆記し、スケッチをした。

日本側では、相撲年寄追手風喜太郎、玉垣額之助に命じ、幕内でとりわけ大柄の力士と、五斗俵を二俵も三俵もかるがると運べる力士二十五人を連れてこさせ、ペリー提督のまえで、米俵を提げさせてみせた。

一俵を歯にくわえて運ぶ者、両腕で一俵ずつ抱えて宙にとんぼ返りをうって見せる者さえいた。

日本の役人は一人の力士をペリーの前にこさせ、巨体を手でさわらせた。体は大きいだけではなく、きわめて硬く筋肉が発達しており、ペリーが腕をつかんでみておどろくと、相撲取りは得意満面で、喉を鳴らして笑った。

「日本遠征記」には、ひとつの事件が記されている。

「四月二十五日（陰暦三月二十八日）午前二時頃、汽船ミシシッピー号の夜間当直の士官は、舷側についたボートからの声に、おどろかされた。舷門にいってみると、すでに舷側の梯子《はしご》を登った二人の日本人を発見した。話をしかけると、乗船を許されたいという希望をあらわす手真似をした。

彼らはここに留めておいてもらいたいと熱望しているらしく、乗ってきた小舟がどうなるかも構わず、それを投げ棄てるつもりだとの意志をあらわし、海岸に帰らないという決心をはっきりと示した。（中略）彼らが立派な地位の日本紳士なることはあきらかだが、その衣服は旅にやつれたようなふうが見えた。（中略）彼らは教養ある人たちで、シナ官語を流暢《りゅうちょう》に形美しく書き、その態度も丁重できわめて洗練されていた。二人は提督の政府の許可を得れと熱心に懇願した」

ペリー提督は、二人をアメリカに連れてゆきたいと思ったが、日本の国法を犯すことになり、そうすればせっかく締結した条約がこわれでもしてはならないと考え、答えた。

「君たちが政府からの許可を得るまでは拒絶せざるをえないが、艦隊はしばらく下田港に滞在しているから、その許可を得る充分な機会があるだろう」

二人は吉田松陰と金子重輔であった。

松陰たちは前日、数名の士官とともに上陸し、日本の役所をおとずれて帰る途中のペリーのあとを追い、士官のひとりに漢文で記した嘆願書を渡していた。

ペリーは彼らの希望をいれてやりたかったが、日本政府とのトラブルをはばかって、拒絶せざるをえなかったのである。

日米人士の交歓は、アメリカ艦隊の滞在中つづけられたが、江川坦庵の反射炉建築現場にアメリカ兵が立ち入るという、思いがけない出来事がおこった。

反射炉とは、十八世紀から十九世紀にかけヨーロッパで発達した、鉄鋳造用の炉である。

この大型の熔融炉で鋳造すれば、鉄製の大口径の砲も自在につくりだせる。

日本では嘉永三年（一八五〇）に佐賀藩が築造に着手したのが、最初のものであった。

同五年には薩摩藩が反射炉と高炉、六年には江川坦庵が下田に反射炉の築造をはじめた。

当時の反射炉は、大砲鋳造だけを目的とするものであったので、砲兵工廠《こうしょう》の形態をそなえていた。

鋳台小屋、鋳型製造所、細工所、鍛冶小屋、仕上所、テール製造所などの付属機関が完備している。

坦庵は最初韮山屋敷に小反射炉を建築したのち、嘉永六年十二月に、本格的な炉の築造をはじめた。

同年、十二月十三日、幕府は坦庵に品川台場に据える備砲製作のための、大反射炉築造の命令を下した。

下田での建設工事がはじまったのは、十二月下旬であった。用材は天城山から伐りだし、炉の耐火煉瓦《れんが》は天城山中の梨本村（静岡県賀茂郡河津町）の白土で製作された。千八百度の高熱に耐える優秀なものである。

基礎工事を終え、炉の積み石にとりかかろうとしていた矢先、嘉永七年三月三日に神奈川条約が締結され、二十一日ペリー艦隊が開港場である下田に入港した。

アメリカ兵の七里四方見物許可の報は、反射炉建設現場に届き、一時工事を中止し様子を見たが、制限地域外であるため、気を許し工事を再開した。

ところが、制限をこえてアメリカ兵がやってきた。

彼らは三月二十七日に工事現場まで入りこみ、愛嬌をふりまき、場内を見物して帰っていったが、日本側にとっては重大な事態であった。

軍事機密漏洩《ろうえい》防止のため、坦庵は幕府に「反射炉築立場所替之儀ニ付伺書」を提出し、許可された。

韮山での工事を打ちきり、田方郡中村字鳴滝へ移転して、あらたに築造がすすめられることになる。

アメリカとの和親条約が締結されたのち、三月十八日に徳川斉昭は幕府海防顧問を辞任した。

四月になって、坦庵の指揮により普請《ふしん》のすすめられていた品川台場一番、二番、三番が完成した。つづいて五月には四番、五番が完成する。

五月十八日、将軍が諸侯を従え、台場を巡見し、空砲の射撃をおこなった。この日は品川、高輪、芝浦から諸大名が船を出し、旌旗《せいき》馬印が浜風にひるがえり、海岸は幾万とも知れない群衆で埋められていた。

「このいきおいならば、黒船が舞い戻ってきたところで追い払えよう」

殷々《いんいん》と鳴りひびく空砲射撃の砲声を聞きつつ、幕閣の重臣たちはうなずきあった。

ペリーが去ったあと、九月になってロシア軍艦ディアナ号で、ロシア艦隊司令官プチャーチンが大坂湾に入り、ついで翌月に下田港に移動した。プチャーチンは、前年の長崎交渉を継続し、十二月に下田長楽寺で日露和親条約八カ条が締結された。

内容は日米和親条約とおよそ同様のものであった。日露国境としては、千島はエトロフ島とウルップ島の間と定め、カラフトは、「界を分たず、これまでのしきたり通り」とした。

ディアナ号が下田に碇泊していたとき、十一月四日に、伊豆半島を中心とする大地震がおこった。

その朝、ディアナ号は碇泊位置を変えようとして、船首と船尾に小さな錨《いかり》をひとつずつ下していた。

乗組みのロシア士官の覚え書きには、つぎのように記されている。

「九時四十五分、船は約一分間ひどい揺れを感じた。はじめ人々は、座礁しはしないかと思ったが、測深によれば船体のまわりには八尋《ひろ》の深さの水があった。

その日は美しく晴れあがり、澄みきって、空には一点の雲もなく、海上はまったく静穏であった。それ以上は何事もおころうとも思われなかったし、船上の作業はつづいていた。午前十時、大波が湾内へうねりながらやってきた。

海岸の水位は急速に高まり、下田の町を沈めてしまった。フリゲート艦の乗組員には、まるで町が沈下してゆくように見えた。日本の大型ジャンクが激しく岸に押しあげられたが、ディアナ号は錨につながれたままであった。

岸で修理中のカッターと艦長艇は、海へ押し流された。これらを拾いあげるためボートが出されたが、五分後には泥だらけの水が湾から激しく流れ出てくるのが見えた。

砲はこのときは確保されていたが、低甲板の戸は閉ざされ、ハッチは当て木でふさがれた。

ボートはすべて呼び戻されたが、一艘の大型ボートはすべてのものを船外に投げだすことを余儀なくされて、ディアナ号のほうへ必死でたどりつこうとした。

それらのボートがほとんど船に到着しかけたとき、二度めの波が湾内へうねりこんだ。こんどの波は浮いていたボートのすべてを岸に運び去った。しかもその波が引くときには、下田の町を形づくっていたすべての家屋が、港内に洗い落されていた。

水面はこわれたジャンクや家屋の破片で覆われていた。ディアナ号は、今は錨を引きずっていた。

そしてしばらくの後には、一艘の大型ジャンク船が激しく右側の船首に当り、最先端ジブ斜檣《しゃしょう》、第二ジブ斜檣、その支索および垂れ下っていた下桁をはねのけ、船首を傷つけた」

九

ディアナ号は激浪にもてあそばれ、錨をひきずりつつ六十回から七十回も旋回し、浸水がはなはだしくなった。

乗組員たちは海上が完全に静穏に戻った八つ半（午後三時）頃、伊豆半島西海岸の君沢郡戸田《へだ》港へ、日本漁船数十隻に曳航《えいこう》させ、傷ついた船体を修理しようとした。途中で破壊された部分がひろがり、八分まで浸水したので、艦長プチャーチン以下のロシア将兵は上陸した。

「曳船をふやせ。さもなけりゃ沈んじまうぜ」

漁夫たちは近辺の船をかりあつめ、ディアナ号を戸田へ引きいれようとしたが、しだいに海が荒れてきて、ついに船体は水没してしまった。

ロシアの将兵五百余人は、船の沈むまえに食物、酒、煙草を機敏に船中から搬出していた。

川路聖謨《としあきら》は、プチャーチンたちの苦難に負けないはたらきぶりに感動した。

「魯戎《ろじゅう》のプチャーチンは、国を去ること既に十一年（航海三十年に及ぶといった）家をへだつること一万里余。海濤のうえを住家として、その国の地を広くし、その国を富まさんとして、こころをつくし、去年以来は英仏二国より海軍をおこして魯国と戦い、彼も海上にて一度は戦いけむ。長崎にて（聖謨が）見たりし船は失いて、いまはただ一艘の軍艦をたのみにて、三たび四たび日本へきたりて国境のことを争い、この十一月四日をはじめて、一たび津波に逢い、ふたたび神のいぶきにとりひしがれて、艦はふかく千尋《ちひろ》の海底に沈みたり。

されどもすこしも気後れせず、ふたたびこの地にて小船を作り、漢土（中国）の定海県へやりて、大艦を求めんことをいいて、その日よりその事を落ちなく書記して出し、そのいとまに、両国の条約を定めんことを乞いぬ。常にはふてい奴などといいて罵りはすれど、よく思えば、日本の幕府、万衆のうちより御騰用ありて、かく御用いある左衛門尉（聖謨）の労苦に十倍とやいわん、百倍とやいわん。実に左衛門尉などにひきくらぶれば、真の豪傑なり」

プチャーチンは日露条約締結の談判をすすめつつ、戸田港で帰国に用いる巨艦を建造することとした。

ディアナ号には、ロシアの船大工たちも乗組んでいた。日本の大工も協力して、さっそく工事にとりかかる。

ディアナ号は全長百七十五フィート（約五十三メートル）、船幅四十六フィート（約十四メートル）、吃水《きっすい》四十フィート（約十二メートル）、搭載砲五十二門、二千トンの、木造船では当時最大規模のものであった。

戸田港ではドック設備もなく、そのような大船の建造は不可能であった。

ロシア人設計士らは、百トンのスクナー船の建造にとりかかった。工期は百日である。

造船場を戸田村牛ヶ洞という地に定め、村の大工棟梁七人が世話掛りとなり、近在の船大工、人足を集め、日本で最初の洋式造船がはじまった。

竜骨、肋材《ろくざい》、外板、タールを用いる洋船が完成したのは、安政二年（一八五五）三月上旬。総費用は三千二百両であった。

「戸田号」と命名されたスクナー船は、百トン程度であったので、幕府はアメリカ商船を傭《やと》い、乗組員の大半をロシアへ送った。

戸田号には皇族アレキサンドル・スリゲート殿下、プチャーチン以下四十七人が乗船し、三月十八日に帰国した。

彼らの帰国後、ロシア政府は日本の協力を謝し、戸田号に五十二門の大砲を搭載して返還してきた。

洋船建造で日露が協力しあっている最中に、水戸の斉昭が両国の関係を破綻させようとする物騒きわまりない提議を、二度にわたり幕府に持ちこんだ。

軍艦を失ったロシア人ども五百人をひとところに集め、一人もあまさず焼き殺してしまえというのである。

殺害の事実は秘しておけば、ロシアに聞える気遣いはあるまいと、斉昭はいう。

天下の副将軍である斉昭の発言とも思えない、乱暴きわまるものである。

老中筆頭阿部正弘は、斉昭に書面で拒絶の意をあらわした。

「この間じゅう、再度御示教をこうむり候魯夷残らず一所へ引入置き灰塵《かいじん》につかまつるべき一件、愚昧ながらその後とくと勘考候ところ、何分愚案にござ候ては、よろしからずやと存じ候」

ロシア人を鏖殺《おうさつ》した事実が本国へ聞えたときは、遺恨骨髄に徹して、国をあげて復讐の兵を寄越すであろうと、阿部はいう。

「ほかの国々にてもこの儀承り及び候わば、日本人鄙怯《ひきょう》の致しかたとわが国を賤《いや》しめ候は申すに及ばず。（中略）元来よだれを垂れ罷《まか》りあり候富饒《ふじょう》の日本国分取りに致すべき底意にて、魯夷と加勢、諸戎押し寄せ、この場に至りては、和蘭《オランダ》も余儀なく彼らへくみし案内者とあいなり候たぐい、計りがたく存じ候。（中略）申さばこれは無益の殺生をして神国の名を汚し、諸夷を相手に無謀の軍をあいはじめ候ようにあいなり申し候ては、如何《いかが》やと存じ奉り候」

一人や二人の外国人を殺すのとちがい、五百人も皆殺しにすれば、国中の評判になる。

そうなれば、長崎のオランダ人が本国へ知らすかも知れないし、ロシアから調査の軍艦がやってくれれば、いずれは秘密をさとられる。

「左候《さ》えば、とても始終臭きものへ蓋と申すたぐいには参り申さず、必定大変の端となり、わがほうへ曲名を取り候戦争あい始まり申すべく、右にては御国内の者とても、ごもっともの御取計らいと心服はつかまつるまじきか。恐れ入り奉り候」

アメリカ会衆国日本駐在総領事タウンゼント・ハリスが、軍艦サン・ジャシント号で下田港に入ってきたのは、安政三年（一八五六）七月二十一日であった。

ハリスは一八〇四年十月四日、ニューヨーク州に生れた満五十一歳十カ月の、初老の男性である。

彼は中学卒業後、父兄が陶磁器輸入商をしていたので、これを手伝い成功した。

中年になって、ニューヨーク市教育局委員となり、プロテスタント教会の仕事にも献身する。信仰心があつく、生涯を独身ですごした。

四十五歳を過ぎてから、東洋貿易にたずさわるようになり、寧波《ニンポー》の領事に任命された。

彼はその後、東洋各地を転々とする。

嘉永二年（一八四九）には北太平洋上でクリスマスを迎え、翌年からのちは、マニラ、ペナン島、シンガポール、香港、カルカッタ、セイロンを移り歩き、安政三年に下田へ到着したのである。

彼は下田柿崎村の玉泉寺を宿舎とさだめた。日本上陸の第一夜を、片いなかの寺院本堂で迎えたハリスは、日記につぎのように記した。

「九月四日、木曜日。

興奮と蚊のため、非常にわずかしか眠れなかった。蚊はたいへん大きい」

ハリスは、非協力的な日本側の応対によって、不愉快きわまる生活を強いられるが、がんばった。

九月六日の日記。

「今夜はコオロギ科の奇妙な昆虫の声を聞く。その啼き声は、あたかも大速力で走る豆機関車のようであった。部屋部屋に蝙蝠《こうもり》がいる。大きな髑髏蜘蛛《どくろぐも》を見る。この虫が立つと、脚は五インチ半に及んだ。家内を走りまわるたくさんの大鼠を見て、気持ちがわるくなる。夜になって軽い驟雨《しゅうう》」

ハリスは幕府に対し、日米の貨幣交換比率、下田、箱館におけるアメリカ国民の居住権につき、交渉をはじめようとした。

幕府はハリスの江戸出府を許さず、下田奉行を交渉にあたらせた。

下田奉行は、交渉内容を幕府に報告し、回答を待つので、話しあいはいっこうに進展しなかった。

彼は通商条約の細部につき、幕府と協定しようと努力する。公式の書簡によって、つぎのように申しいれをもした。

「大統領親書を日本の皇帝に捧呈し、同時に日本の安危に関する重大な事柄につき、日本政府に知らせたい」

幕府は返書を送らず、下田奉行に口頭で拒絶させる。

ハリスは進展しない状況を苦慮し、胃を害した。本国からは長いあいだ連絡が絶えたままである。

日本の役人は、ハリスにすすめた。

「お気に入られた女があれば、ご周旋いたしましょう」

ハリスは女色を近づけない、信仰あついプロテスタントであった。

彼が病床に臥《ふ》しているとき、看病のためにお吉という女性が雇われてきた。

お吉は寄航船の洗濯などをする、船乗り相手の娼婦であった。彼女の役目は看護婦であったが、日本側は妾を世話したつもりで、二十五両の支度金を要求した。

ハリスはそれを支払い、三日後にお吉を解雇した。

お吉は自堕落で、ハリスは不快をおさえかねたのであった。

安政四年（一八五七）七月二十三日、アメリカ軍艦ポーツマス号が、礼砲を放って入港してきた。

同艦は上海から来航したので、ハリスはイギリスの中国侵略の状況を詳しく聞くことができた。

ポーツマス号の来航は、幕府を震撼させた。

「ハリスはその艦で、江戸にくるのではないか」

「そうさせては、またひと騒動だ」

下田奉行は幕府に急使を派し、軍艦を江戸へ回航させないため、ハリスに至急の出府を許されるよう、決断願いたいと申し出た。

ハリスはまもなく下田奉行に呼ばれた。

「ハリス殿にはこのたび、江戸城へ迎えられることとあいなった。大君（将軍）にも謁見をなされ、大統領御親翰《しんかん》を捧呈なさるるがよろしかろう」

ハリスはなお二カ月ほど待たされ、安政四年十月七日に江戸へむかった。

彼は日記につぎのように記す。

「私の行列の先駆は菊名（下田奉行付調役）で、キャプテン（大尉）に相当する陸軍士官である。彼は馬と駕籠《かご》とふつうの駕籠人足と従者とをもっている。彼の前には三人の若者が、いずれも先端に紙切れをつけた竹の棒をもって進んだ。

彼らはかわるがわる、下にいろ、下にいろと叫んだ。それは、シット・ダウン、シット・ダウン、という意味である。彼らは四百ヤード前にたって進み、その叫び声はきわめて音楽的にひびいた」

三百五十人の従者に護衛されたハリスは、江戸での宿所として、蕃書調所《ばんしょしらべしょ》へ案内された。彼は江戸城で老中首座、外事掛をつとめる堀田正睦と会い、将軍謁見のための打ちあわせをおこなう。

謁見がおこなわれたのは、十月二十一日（太陽暦十二月七日）であった。

ハリスは沢山の彫像のように控えている大名たちのまえを過ぎ、謁見室に入る。

彼は六人の閣老と、大君の三人の兄弟が平伏しているまえで、大君に挨拶をした。

将軍家定は病身であった。

彼は口をきくまえに、自分の頭をその左肩をこえ、後方へぐいっと反《そ》らし、同時に右足を踏み鳴らす。

そのようなことを三、四回くりかえしたうえで、家定はよく聞える、気持ちのよい、しっかりした声でつぎのような返事をしたと、ハリスは記す。

「遠方の国から、使節をもって送られた書翰に満足する。おなじく、使節の口上に満足する。両国の交誼《こうぎ》は永久につづくであろう」

謁見のあと、ハリスは幕府高官と通商条約について、話しあった。

幕府閣老たちは、政府が介在せず町人同士が自由に貿易をおこなうことが、理解できない。

ハリスは説明する。

「勝手の交易と申し候は、租税差し出し候えば、政府の手を経ず、御国の民人と自国（アメリカ）の民人と、相対《あいたい》にて交易いたし候ことにござ候。西洋各国交易の法は、皆商人相対にこれあり。政府にては一切たずさわらず候。もし政府にて交易いたし候えば、はなはだもって威を落し申し候」

ハリスは蒸気機関の利用により、世界情勢があらたな産業革命の時代に入ったことを告げた。

貿易活動によって日本の資源は開発され、関税は日本政府に大いなる収益をもたらすと、ハリスは説く。

ハリスのように、単身乗りこんできた使節と開国交渉をおこなうのは、日本の名誉のためによろこばしい。

外国の強力な艦隊の武力によって、戦争の惨苦をなめたのちの開国とは、比較にならない好条件である。

そのような事情を、ハリスはていねいに説明した。

ハリスは日本と通商するためには、つぎの三つの要件が必要であると説いた。
一、江戸に外国公使をむかえ、居住させること。
二、幕府の仲介、監督なくして、自由に日本商人と貿易させること。
三、開港場の数を増やすこと。
幕府首脳は、ハリスの説明にしだいに応じるようになってきた。

彼らは、世界列強に対して日本のとるべき態度は、開国しかないと理解していた。

だが斉昭はひたすら反対した。

家康以来、代々征夷大将軍の地位を嗣《つ》いできた徳川家が、征夷を忘れてはどうなるのかというのである。

「万々一、征夷の御名目を廃せられ候事に至りて候わば、天朝よりも御沙汰これあるまじきものにもこれなく、また大小名も公辺に背き候ことこれ有るまじきものにもこれなく、さ候ときは内外御混雑の姿にあいなるべくと、三家の立場にてはわけて御苦労申しあげられ候」

征夷の二文字をことさらのようにいいたてる。

「彼の人類、懇切に御為交易交易と申し候えども、交易にて、一切御国の御益にあいなることはこれなく、最初には御国の益のように存じ候とも、皆人を馴らし候のみにて、ついに残らず御国を奪うべき計策にござ候。博打いたし候者、初心の人を引きいれ候にても、御承知ならるべく候」

「外国人を江戸に入れ居住を許すなどとは、公辺の御為、もってのほか危うく存じ奉り候」

「外を内にし内を外に遊ばされ候成行き、ついに姦人《かんじん》その間にいで候て、夷人の内通等のほども計りがたく、さようあいなる時は、御大城をはじめ、江戸中焼き払い候もいと易《やす》き事と存じ奉り候。このたび拝謁いたし候人類（ハリスを指す）、なにほど口上にて御懇切に御為大切と存じ候とて、二百余年御厚恩をこうむり、御懇切に御為御大切と存じあげ奉り候三家御家門、御譜代は申すまでもなく、外様とても二百余年御厚恩にあいなり、公辺御為を存じあげ候人々にて、墨夷（アメリカ）にて御為と申すと、一日の論にはこれあるまじく候えば、嫌疑をも嫌わず、この段存分、各々方まで御相談かたがた御咄《おはなし》申し候」

斉昭は、三つの港を開港するのはやむをえないが、自分は隠居の身であるから、アメリカへ使節として渡ってもよいという。

「拙老も二百余年の御厚恩を報い奉らず、このまま朽ち果て候よりは、日本の御為アメリカへ遣わされ、そのかわり此方へ商館等立て候儀はあい成らずと、厳重御達しに仕《つかまつ》りたく候」

彼はアメリカへ渡る際には、浪人はもちろん、百姓町人の二、三男を、三、四百万（これは誤字か）人も連れてゆくという。

重追放、死刑の者までも引き連れ、アメリカで交易するというのである。自分が万一かの地で殺されても、日本の損失にはならないともいう。

また彼は夷狄《いてき》から国を守るには、大艦大砲の二つよりほかにはないとして、その資金として百万両を下げ渡されたいと、幕府に要求した。

水戸から、ハリス暗殺の凶徒が江戸にきて捕縛《ほばく》される騒動もおこった。

談判は紛糾をかさねたあげく、ようやく条約文作成の段階にこぎつけた。安政五年（一八五八）を迎え、下田、箱館のほかに神奈川、長崎、新潟、兵庫の四港を、期限をさだめ開港することとなった。

また、江戸、大坂は、商売をおこなう間のみアメリカ人が滞在してもよい。この二都市では、一定区域をかぎって代価を払い家を借りることを許す。

外国貨幣と日本貨幣は金は金、銀は銀と量目をもって比較、通用させる。

このほかにハリスは、日本の発展のために特筆すべき条項をさだめていた。彼はイギリスが中国大陸に無制限に持ちこんでいた阿片《アヘン》の輸入を厳禁したのである。

安政五年正月に、条約がまもなく締結されると思いこんでいたハリスは、日本側から思いがけないことを聞かされた。

条約締結のまえに、閣老の一人が京都の「精神的皇帝への特使」としておもむき、皇帝の認可を得なければならないというのである。

そうするのは、条約に反対する斉昭ら大名たちの反対を封じるためであると、閣老たちは説明した。

ハリスは閣老たちに問う。

「もしミカドが承認を拒むなら、諸君はどうするつもりかと聞いた。彼らはすぐ、断乎《だんこ》たる態度で、幕府はミカドからいかなる反対をも受けつけぬことに決定していると答えた」

幕府は従来政治について、朝廷の意見を仰ぐことがなかった。政治上の権力は、すべて幕府が掌握していたのである。

それがミカドの意見を仰いでのちに、条約を締結しようとしたのは、斉昭ら反対派を沈黙させるためであった。

福地桜痴は、のちにこの点についてつぎのように語っている。

「幕府もしこれを朝廷に奏せず、諸侯に問わず、水戸殿にも相談せず、まったく御老中御用部屋の評議をもって処分を定め、断然通信通商を許可すべしと約して、開港条約まで取りきめたらんには、朝廷といえども諸大名といえども、これすなわち幕府大権内の事と思惟して、毫《ごう》もこれに向って異議を鳴らさざりしならん。然るを事これに出でずして、幕府が家康公の制定し置かれたる将軍専裁の政体を固守せずして、これを朝廷に奏し、これを諸侯にはかるといえる新政体に変更したるが幕府衰亡の一大原因なれば、すなわち進取のために亡びたるものに非ずや」

ながらく国家の難局にあたっていた閣老阿部正弘は、このときすでに世を去っていた。安政四年六月十七日、過労がつもっていたためかにわかに急逝した。

阿部のあとをうけ、幕政の中心となったのは、佐倉藩主堀田備中守正睦《まさよし》であった。彼は外事掛をつとめ、ハリスとの交渉にもあたっている。外国に対し偏見のない人物であった。

彼は水戸の斉昭と、思想のうえで正反対の立場をとっていた。斉昭は堀田のことを「蘭癖先生」と呼ぶ。堀田は斉昭のことを「好《す》からざる人」と呼び、黙殺しようとした。

堀田は正直であるが、阿部正弘のように政治力がなかった。斉昭、島津斉彬、松平慶永らの諸侯を、巧みに操ることができない。

斉昭は幕閣から黙殺されるようになると、京都へむけはたらきかけるようになった。

幕府は大名が禁裏へ直接意見を通じることを禁じているが、公家に語りかければ意見は禁裏に通じる。

斉昭の妹は、関白鷹司政通《たかつかさまさみち》の室であった。彼女に水戸家から付けた鷹司家政所用人石川幹忠が、斉昭の鬱憤を披瀝する書状をうけとるようになった。

天下の副将軍の地位にある者が、攘夷について過激な言辞を口走れば、禁裏にいて世間を知らない人々は、容易にいうところを信じる。

「愚考いたし候えば、諸夷いずれも申しあわせて、日本を奪い分け取りにいたし候心には、これなくやと察せられ候」

「今に魯夷も、英夷も、仏夷も、トルコ、ドイツもと申すごとく、日本の弱きを知りて墨夷（アメリカ）同様、来るべし。江戸は何を申すも、腐れ武士にても多くこれあるゆえ、まずよく候えども、京大坂のほうをはなはだ察せられ候。いまに大事出来《しゅつたい》申さずばよろしくと、はなはだ心配なり。ついでゆえ極く密の儀、咄し申し候。一覧の上早々、火中、水中」

「万一大坂へ英夷乗りこみ候わば、事、むつかしき様子にござ候。主上にては、いずれへ成らせられ候わんか。事のおついでに、何となく前殿下へ伺い置き候て、申せ聞けべく候」

斉昭の書信は、しだいに用人石川を通さず、直接関白鷹司政通にあてられるようになった。

禁裏の意見は、いつのまにか攘夷にこりかたまってしまった。

閣老首座、堀田正睦が日米修好条約について、叡慮《えいりょ》をうかがうため江戸を出立し京都へむかったのは、正月二十一日の雪の朝であった。

彼は京都でどのような状況が待ちうけているのか、知らなかった。

斉昭の煽動によって、禁裏が攘夷一色になっていることなど、思いも及ばない。条約勅許が暗礁に乗りあげ、自らが政治の表舞台から去らねばならなくなるとは、堀田の想像外のことであった。

堀田が老中首座となった頃、松平忠国と親しい江戸城溜《たまり》の間詰めの大名に、彦根三十五万石の当主、井伊掃部頭《かもんのかみ》がいた。

恰幅がよく、居合の達人という噂で、寡黙であるため「彦根牛」と渾名《あだな》されていた。

溜の間詰めの大名は、月に二回登城するのみであるが、地位は閣老をはるかにうわまわり、大きな発言権を有していた。

彦根牛

一

安政五年（一八五八）、井伊掃部頭直弼《なおすけ》は、幕府溜の間詰め筆頭をつとめていた。

また井伊家代々の家格である京都守護をも、つとめている。

直弼は京都守護に任じてのちは、京都藩邸に総勢二千人の兵士を常駐させ、砲十三門、小銃百九十挺を装備して、不慮の変にそなえていた。

直弼は重厚で、現実を分析する判断力をそなえた人物であったので、終始奇矯激越な言辞をもてあそぶ斉昭の無責任な発言を苦々しく見ていた。

このため、斉昭が将軍世子の問題で、ひそかにわが子慶喜を擁立しようと企んでいるのにも反対の意見を持っていた。

直弼は幕府の衰退しつつある権力を昔に戻したいと考えている、保守的な人物であった。

直弼は譜代大名の代表ともいうべき家柄の当主で、幕府に忠誠をつくす者であることは知られていたが、それだけに複雑な政局をきりひらく識見は持ちあわせていないと、要路の閣僚たちは見ていた。

堀田正睦、川路聖謨《としあきら》らは、直弼の存在をほとんど無視していた。

水戸の斉昭が越前松平慶永《よしなが》への書信に、直弼について、つぎのように記している。

「井伊、大法華《おおほつけ》にて、法華のほかは何宗もきらいのよしに候えば、模《かた》どおり如何これあるべきや。もっとも交易は好み候よし」

幕府で開国を推しすすめている外国通の面々は、直弼が不学、無識であるといっていた。

水戸の鮎沢伊太夫は、直弼の一挿話を語っている。

「ある下輩の者の言。彦根侯は御気象の御方、（安政の）地震後、その邸普請これあり。長屋二棟、国の大工にこしらえさせ候ところ、ご覧これあり。何故国の者に作らせ候や。江戸出入りは常々、参府帰国の送迎もいたし、それをさしおき候ては出入りの詮これなしとて、取りこぼち、江戸職人に建てさせ申し候。右普請奉行は転役いたし、一同ありがたく存じ奉り候云々」

直弼の、いいだせばあとへひかない強情な性格の一端があらわれている。

松平忠国は、直弼が諸事に控え目で、人目に立とうとしない謙虚な性格に、好意を抱いていた。

四十四歳の直弼は、四十五歳の忠国になにかと兄事《けいじ》する様子を見せ、忍藩《おし》が製造している八十ポンド砲、二十四ポンド砲の図面を見るために、馬場先門屋敷を訪問したことがあった。

そのとき、直弼は忠国と夕餉《ゆうげ》をともにして、微酔に口がゆるんだのか、ふだんはいわない幕閣の批判を洩らした。

「外国事務をつかさどり、大樹公お世継ぎをたてるは、すべて公儀の政《まつりごと》なるに、近頃水戸殿などがしきりに禁裏のご意見をうかがわねば、国体があい立たずなどと申されておらるる。さようの論議こそ、公儀の力を弱め、世の乱るるを待つものでござろう。幕府が国政を司るに、何の故あって禁裏におうかがいをたてねばならぬのか、思うてみれば腹立たしきばかりに存じまする。

京の公卿衆は世の荒波を存ぜず、禁中にて祭祀《さいし》に任ずるのみにて、かの者らが口にいたす意見は、外様大名と名もなき市井の輩《やから》に吹きこまれしもの。さればできぬ相談をことごとしく公儀にもちかけ、おのれのなせぬ難題をば押しつけ、世上を乱し、その間に私欲をはかるのでござる。

公儀役方の面々も、いまのようなる弱腰にては、孤狸《こり》のたぐいにたばかるるばかりで、まことに困りいったることと存ずる」

忠国は、幕府外事掛の才人どもから、無智無能と侮られている直弼の、時勢のなりゆきを的確に把握した言葉に、心を動かされた。

「まことに彦根殿の仰せらるる通りにござりまする。昔より合戦に際し、味方の意見二つに分るるときは勢い弱まり、敗北を招くと申しまするが、日本の国も江戸と京都に二人の君主があらわれしならば、まことに憂うべき事態を招くやも知れませぬ。近頃は処士横議などと申し、町の儒者どもが政事に嘴《くちばし》をいれ、公卿衆を動かしておると申しまするが、たしかにこのあたりにて公儀も強腰にならねばなりますまい」

忠国は外夷に侵害を受けるまえに、彼らを排撃せよという斉昭の意見には賛成する。しかし、日本の海防体制がまったく確立していないいまは、むしろ開港して貿易をおこし、国力を伸張してゆかねばならないと、現実を理解した考えを抱いていた。

斉昭が幕府を転覆し、自ら新政府を出現させようとの密謀をたくらんでいるというのは、根拠のない噂ではなかろうと、忠国は推測していた。

二人は明り障子をあけはなした書院で、苔の緑が春陽に映える庭にむかっていた。

桜の散りがての季節で、肌にこころよいうるおいを帯びた風の吹くたびに、吹雪のように花弁が散った。

「いまごろは、彦根では桜若葉があざやかでござりましょう」

忠国がいうと、直弼は笑ってうなずく。

「さよう、彦根は江戸にくらべ、花も早うございまする」

恰幅《かっぷく》のいい直弼の笑声は、張りのある余韻をのこし、忠国はこころよく聞く。

「それがしも、ひところは年毎の桜を賞《め》でるのみが仕事の部屋住みにて、世を終えるつもりでおり申せしが、人の運は計り知れぬものにて、いまはかように江戸の花を眺めておりまする」

直弼は花吹雪に眼をやり、感慨をこめてつぶやくようにいった。

直弼は文化十二年（一八一五）十月二十九日、彦根十一代城主、井伊直中の十四男として出生した。

誕生したのは城内二の丸の槻《けやき》御殿とよばれる、藩公の控え屋敷である。

母は君田氏、富という名で、城中では彦根御前と呼ばれていた。

直中は彼女を寵愛していたが、十四男の直弼には世に出る望みはなかった。

大名の子であっても嫡子のほかは部屋住みとされ、他の大名家の養子となるか、家来の家を継ぐよりほかはなかった。

直弼が十七歳のとき、父直中が病死して、正室の子である直亮《なおあき》が十二代藩主となった。

直亮の世子《せいし》になったのは、直亮と母をおなじくする兄、直元である。

直弼の兄弟のうちから、豊後国七万石、三河挙母《ころも》二万石、下総多古二万二千石を継いだ者が出た。

大名家の養子となる見込みのない子息は、家老格の家に養われ、家臣となる道をえらんだ。直中が死んだとき、身のふりかたの決っていなかったのは、十四男直弼と十五男直恭であった。

直弼は父の死後、槻御殿を出て三の丸濠端《ほりばた》の、「北の屋敷」へ移った。わずか五つか六つの座敷しかない屋敷は、風通しがわるく、夏は暑く、冬は底冷えがする。直弼はその屋敷で家来、下男女中と、十七歳から三十二歳までの十五年間を過ごした。生計は藩から受けた三百俵の捨て扶持でまかなった。

忠国はかつて直弼から、北の屋敷を「埋木舎《うもれぎのや》」と名付けていたと聞かされたことがあった。忠国には当時の直弼が、いかに前途に希望のない、絶望の思いをかみしめる生活を送っていたかが分った。

埋れ木のように朽ち果てるのを待つばかりであった直弼のうえに、最後とも思える機会がめぐってきたのは、天保五年（一八三四）であった。

彼は藩主の長兄直亮に呼ばれ、弟直恭と江戸へ下った。嗣子のいない諸侯の養子にえらんでもらうためである。

このとき、弟直恭は日向延岡侯に気にいられ養子に迎えられ、七万石の藩主になる好運を得た。

直弼はむなしく彦根へ帰った。

彼は天井が低く、柱に虫喰のあとが残るふるびた埋木舎で、その後なお十二年間の歳月を送らねばならなかった。

晴天の日も、暗くかげっている屋敷で、直弼は妻を迎え子をなす望みもなく、ありあまる時間を読書と抜刀術の練磨に過ごすしかなかった。

直弼が望外の運をつかんだのは、弘化三年（一八四六）に世子直元の病死という、思いがけない事態がおこったためである。

直元のあとを継ぎ世子になる資格のある者は、直弼しかいなかった。

売れ残りの彼が、他の兄弟にはるかにまさる、本家相続の好運に恵まれることとなった。

井伊家三十五万石の当主となれば、徳川家発祥以来、四天王といわれた武将の座を継ぐのである。

直弼が彦根牛といわれ、一見鈍重な外貌をそなえているのは、長年月にわたる不運のあいだ、人前に出ることもなく、暗鬱な動きのすくない生活を送っていたためであった。

松平忠国は、彼が控えめではあるが、剛直な人物であると見ていた。

物事を見誤らない実際的な性格で、歌道、禅を好むことからも分るように、繊細な感受性をそなえている。しかし、一事に拘泥《こうでい》しはじめると、依怙地になるかたくなな傾きをひそめており、議論のときなどにそれが豪毅の性格のあらわれであるかのように、相手に感じさせるのである。

直弼は座談のうちに、自分に好意を抱いていてくれるらしい忠国に、ある秘密を語ろうとして、思いとどまった。

それは長野主馬《しゅめ》義言《よしとき》という国学者のことである。

直弼は京都守護の座にあって、公家衆が、陰険で表裏多く信じがたい連中であることを、知っていた。

そのため、アメリカとの条約勅許を乞いに上洛した堀田正睦が、公家の変転きわまりない応対に悩まされているのを知ると、長野主馬を京都へつかわし、公家堂上方への周旋《しゅうせん》をおこなわせようとした。

彼は日頃、堀田が自分を軽んじているのを知っていたが、徳川家のためには彼を援助しその使命を達成させてやらねばならないと、考えていたのである。

長野主馬という人物について、その門人で彦根の医師であった石原純章が、つぎのように語っている。

「色白で面長、鼻高く、額ひろく眉ふとく、眼光炯々《けいけい》として人を射るごとく、髪は黒く一見婦人を思わせる風で、武人というよりはむしろ公家風に近い姿態で、その背丈はすらりと高く、撫で肩で肉瘦せ、およそ三尺八寸ぐらいの衣を着たであろう。その着衣は、白襟、黒羽《くろは》二重《ぶたえ》に剣かたばみの紋をつけた縮緬《ちりめん》羽織に絹袴、蠟色《ろいろ》の大小を腰にしていた」

主馬は天保の頃から京都にいて国学を講じ、堂上方の幾人かと交際があった。

彼の来歴について、詳しいことを知っている者は誰もいない。生国さえあきらかではなかった。

主馬は本居《もとおり》派の国学を修め、歌道をよくして伊勢、近江で私塾をひらいていたが、妻をともない京都へ出たのち、公家の屋敷に出入りするようになった。

そのきっかけをつかんだのは、妻が公家の今城家へ奉公したためである。

主馬の風采は上品で、人に接するとき慇懃《いんぎん》で、好意を抱かれた。色白の人形のようにととのった容貌の彼が、一本のおくれ毛もないように髪を結《ゆ》いあげ、かがやく眼差しで語るとき、そのさわやかな語りくちにひとはたやすく魅了された。

主馬は今城家の主人に国学の講義に出入りするようになり、やがて他の公家にも紹介された。

主馬には国学の著書もあり、世間の風に当ることなく生きている公家たちに、適当に自分を売りこむための大言をも用いるうち、彼らの信用を得るようになった。

京都へ出たときは、堂上家へ立ちいるつもりもなかった主馬が、自分でも思いがけないような立場に立つようになった。

主馬は京都へ出る前後、近江伊吹山の麓の市場村の友人、三浦多沖のもとに寄寓していたことがある。

当時、埋木舎でわびしい明け暮れを送っていた直弼は、主馬が市場村へきていると聞くと、彼を招いた。

歌道、古学、言語学についての主馬の講義をうけた直弼は、彼の学殖に傾倒し、学問の師と仰ぐようになった。

ただ、主馬は流浪の者であるため、公然と会うのはつつしまねばならず、三年余りの交際の間に、主馬が埋木舎をおとずれたのは数回にすぎなかった。

だがその間に、直弼の一身上の問題についても力を貸し、たがいの仲は親密の度を増していた。

直弼は希望のない日々を送るうち、五歳年上の多田たか女（のち村山可寿江）とふかい間柄になっていた。

その関係を断つのに彼は苦労して、主馬に解決を依頼したのである。

井伊家史料に、たか女の件で主馬に送った直弼の手紙が保存されている。

「極密内々尋ね申し候。先つ頃もあつき世話になり候婦人の事。その後はいかが致し居り候や。かのもの一体心得よろしからず。世上にも知られ候ものの事にて、我等にもひたすら後悔いたし候えども、返らざる事。ややともすれば難儀もかかり、汚名にもなり申すべく、よって身のおさまりを付けかわしたる方、かえりて左右の為よろしくとすすめても聞き入れ申さず。しかるに先生一方ならぬ配意。これと申すもわれらがためをふかく存じくれられての深切。今に始めぬことながら、あつくかたじけなくよろこび申し候」

直弼の井伊家世子の話がもちあがっている時であったので、たか女は直弼が身辺を整理しようとしても、縁を切ろうとはしなかった。

彼女の親戚に僧侶がいて、直弼に金をゆすろうともした。

世事にうとい直弼は、その応対に苦慮して解決をたのみ、主馬はことなく処理した。

その頃の直弼には、安政の大獄を断行し、いきおい、尊攘派に荒々しい大鉈《おおなた》をふるった武断の片鱗もあらわれてはいない。

突然めぐりきたった好運を、些細《ささい》な紛争で失いたくないと苦慮する、世間知らずの臆病な男の姿を見るのみである。

直弼は江戸へ出たのちも、それまでの暗い影を、身に添えていた。

藩主直亮は人柄は悪くはないが、取り巻きの家来どもにおだてあげられ、むら気で好悪を露骨にあらわす。

埋木舎から拾いあげられ、世子の座についた直弼を、直亮側近の者どもは嫉《ねた》みさげすみたがる。

「ご世子のことを、あれこれとあげつらうのは悪《あ》しかろうが、まあ一言でいえば、奈落の底から浮かびあがったお人じゃ。お殿さまのほうへは足もむけては寝られぬお立場であろうが」

彼らは主君直亮に、直弼についてのさまざまの讒言《ざんげん》をする。

直亮のご恩を感じるなら、もっとあきらかに態度にあらわせばいいのに、無愛想で頭が高いとか、諸事に吝《けち》で、召使う者どもにかげ口をたたかれているなどと、悪口をいった。

江戸屋敷へ出てのちも、世子にふさわしくない質素な生活をして、埋木舎にいた頃と同様に一汁一菜の食事を押し通しているのは、贅沢を好む直亮へのあてこすりであるなどと直亮の耳へいれる。

直亮は、直弼への手許金の支給を減らすようになる。

暮らしむきに不自由した直弼は、毎年の歳末には国許《くにもと》の家老に金策を依頼するのが常であった。

国許に戻っている藩主にかわり幕府の行事に参加しなければならないことがおこっても、

彼には官服がなかったので、病気を口実にして、参加を辞退するほかはなかった。

寛永寺法要に際し、将軍参詣の先立《さきだち》をすることになったときも、衣冠がないので急遽彦根へ使者をたてた。

彦根からは、死んだ直元の衣裳を送ってきたので、それを着てゆこうと支度していると、つづいて藩主直亮から達示がきた。

「死んだ直元が着た衣裳は、諸大名が見覚えている。そのようなものを着て出ては外聞がわるいからやめておけ」

直亮はそういいつつ、新調せよとは指示しない。

直弼は式典にはかならず出ると幕府に答えていたが、どうにもならない。ついに瘧《おこり》の急病がおこったと称し、屋敷にひきこもって登城しなかった。

直亮が長命すれば、直弼はいつまでもこのような苦労をなめねばならなかったが、日蔭の苦労は嘉永三年（一八五〇）十月一日の、直亮の死によって終った。

直弼が彦根藩主になると、長野主馬は彦根家に召抱えられた。

直弼が京都守護に任ぜられたのち、主馬は頻繁に京都へ出るようになる。

嘉永七年（一八五四）四月六日、御所が炎上の災いをうけたとき、主上のお手許に書物が不足した。

直弼は主上のお望みの書物を献上したいと願いでた。幕府は大名が禁裏と直接交渉をもつのを嫌うため、直弼は名を出すのをはばかって、どうすればよいかと主馬に相談した。

直弼は禁裏の内情を主馬から聞いていた。

「このたびの火事は、後宮北殿のお湯殿より出《い》でしものにござります。お湯殿のかたえに紅梅の木が一本あり、年々花をよくつけるのでござりますが、枝葉におびただしく毛虫を生じて、近寄れませぬゆえ、年若き女官が竹の先に藁《わら》をつけ、毛虫を焼きおりしところ、おりからの西風に火のつきし藁がお湯殿の屋根へ燃えうつり、大火となりしものにござります。内裏《だいり》は丸焼けとなり、諸門殿はすべて焼けうせしうえ、火は町なかに延びひろがり、寺社二十四、堂上十四家、地下《じげ》官人以下八十二戸、藩屋敷十五カ所、町家五千七十八戸を焼き、ようやく消えてござります」

「それならば主上のご日常もご不自由なされておられよう」

「さようにござります。主上には書物が焼けうせしゆえ、それをばことのほか残念に思し召されておるご様子と承《うけたまわ》っておりまする」

「そうか、ならば儂がご入用のものを求め、さしあげてもよいが」

長野主馬はさっそく今城定章に頼み、その娘の少将内侍《ないし》を通じ、内々に奏上してもらった。

主上はおおいによろこばれ、御宸筆《しんぴつ》によって八十部の書目をあげられた。

長野主馬は書物目録の八十部をあつめ、天皇のお好みである有職《ゆうそく》表紙に仕立てさせ、美麗な桐箱に納め献上した。

禁裏からは「叡感《えいかん》なゝめならず」との書状とともに、絹地横三尺三寸五分、竪《たて》二尺七寸五分、表具は浅黄雲州緞子《どんす》、風帯白地金襴の松に鷹の御掛物一幅を下賜された。

直弼はよろこんで主馬に聞く。

「主上には、なんぞほかにお好みのものはないか。献上したいものだが」

主馬は少将内侍を通じて聞き、直弼に言上《ごんじょう》する。

「主上はとりわけ剣をお好みになられ、また彫刻の兎を愛《め》でらるるとのことにござります」

直弼は、さっそく主馬を京都へやり、按察使典侍《あぜちのすけ》から叡慮をうかがわせ、懐剣、虫喰石に彫刻した兎を献上した。

仕立てはすべて主上のお好みにあわせてつくらせていた。

主馬はそのときの縁で、自分の詠歌をたびたび叡覧にそなえ、著述の書物も御覧にいれる。そのうちに彼の名は公家堂上方にひろく知られるようになった。

直弼が、京都で公家のかけひきにもてあそばれている堀田正睦を側面から援けるため、長野主馬を京都へつかわすことにしたのは、適切な処置であった。

主馬は京都へのぼり、公家堂上方の間に条約許可促進を説いてまわり、尊攘派の及ばないほどのはたらきをすることになる。

堀田正睦が川路聖謨らとともに京都に入ったのは、安政五年（一八五八）二月であった。幕閣では、条約勅許に公家たちの反対があっても、それをうちやぶるのにたいした手間はいらないと見ていた。

公家は優柔怠惰な暮らしに慣れ、自らの意見を持っていない者がおおかたである。公家のうちで、幕府と反対の意見をたてる者がいても、黄白《おうびゃく》を撒《ま》いてやれば、たちまち態度を軟化させる。

「公家殿には、何よりも金薬《かねぐすり》が利《き》きまするゆえ、手厚く支度いたしおくがようござりましょう」

堀田は朝廷の事情に詳しい者からの進言をいれ、その支度をととのえていた。

堀田一行が表向きに将軍からの献上品としていたのは、つぎの品々であった。

色絵鳳凰香炉、伽羅《きやら》一本、黄金五十枚。御台所《みだいどころ》献上品として、大紋綸子《りんず》三十反。

別に九条関白、鷹司太閤には白銀百枚と巻物十、両伝奏に白銀五十枚と巻物五、である。

これらの公式の献上品のほかに、機密費としての金銀の支度も、充分にしていた。

黄白を撒けば、何とかなるだろうと、堀田はたかをくくっていたが、京都の事情は彼の予想をうわまわって悪化していた。

堀田一行が上洛する直前の正月十七日、孝明天皇は関白九条尚忠《ひさただ》につぎの宸翰《しんかん》を与えていた。

「備中守今度上京候て、どうか献物の事、過日尊公御噂候。右につき先頃も申し入れ候とおり、実に右の献物、何ほどに大金に候とも、それに眼くらみ候ては、天下の災害の基と存じ候。人欲とかく黄白には心の迷うものに候。心迷いも事によりてはその限りにて済み候えども、こんどの儀、実に心迷い候ては騒動に候わんや。右につき私に於ては、いかが体《てい》にも受けまじく存じ候。関東も物入り多き時節ゆえ、まずこのまま関東へ預け置き候よう、献上の節御申渡し然《しか》るべくや。またまた入用の節は世上静謐《せいひつ》の上申しつかわすべきか。関東へ預けおき候ことむつかしき儀に於ては、備中守へそのまままつかわしたく存じ候。何分にも今度は天下の大事談じ来たることゆえ、そのまま預け置くと申せば、差障りなきやと存じ候。いかがに尊公存ぜられ候や。然るべく存じられ候わば、お執《と》りはからい武伝へ御申付頼み入り候事」

天皇は、条約拒否の思召しを定めておられたので、公家が黄白によって誘惑されるのをあらかじめ戒めておかれたのである。

堀田らはこのような実情を知らず、幕府と交渉の役をうけもつ関白以下数人を懐柔すれば事はすむと楽観していた。

二

堀田正睦、川路聖謨らは、朝廷の政治上の意見は、幕府と応対の役をする、関白以下数人により、とりまとめられるものと思っていた。

幕府では、病弱な将軍家定が直接政治の決裁をおこなうことはなく、すべて老中に任せていた。

だが天皇は、明確な攘夷の意志を表明された。

九条関白への宸翰につぎのように述べられている。

「日本国中不服にては、実に大騒動に相成り候間、夷人願いどおりに相成り候ては、天下の一大事の上、私の代よりかようの儀に相成り候ては、後々まで恥の恥に候わんや」

禁裏には西欧の事情が伝わらない。

天皇は水戸斉昭の激越かつ悲観にみちた意見を受けいれられ、異国との通商を許せば、伊勢神宮をはじめ諸神に申しわけがたたないと、強い拒否の意向を示された。

世上では、「今上《きんじょう》おおいに御逆鱗」と噂が流れた。

公家たちは、天皇の強い拒否の姿勢に従う方針に一致した。叡慮に服従するのは、彼らの義務であった。

市井の儒者である梁川星巌《やながわせいがん》、梅田雲浜《うんぴん》、頼《らい》三樹三郎らが、さかんに公家のあいだを周旋して歩いた。

尊皇の大義を強調し、幕府が開国して夷狄《いてき》を日本に住まわせる方針をとったことを、神国の危機と説く彼らの言葉は、無批判に受けいれられた。

京都での禁裏を中心とする尊攘勢力が、斉昭にかわり、幕府に圧迫を与える存在に成長してきつつあった。

彼らはひたすら無責任に異国打ち払いを高唱するのみで、現実を分析する能力もなく、情報も持たなかった。

福井藩主の明敏な側近の橋本左内は、京都で、梁川ら尊攘派の行動を、いたずらに政情を動揺させるものと見て、つぎのように述べた。

「とかく万事書生輩のために、種々公武嫌疑も相生じ、かえって皇国の御為筋にもあいならざること出来《しゆつたい》申すべきやと、深く痛心まかりあり候。且つ処々耳目口舌《じもくぜつ》饒多《じようた》。針も棒になり、冥々も照々に異ならぬ勢い、まことに手を措くところに困り切り申し候」

内大臣三条実万《さねつむ》は、堀田にいかに応対すべきかを悩んだ。

公平で、禁裏の外の情勢にも、公家のうちでは敏感な三条は、アメリカとの条約が時勢の変化によって、避くべからざるものであろうと推測していた。

彼は海外の事情には詳しくはないが、はなばなしい攘夷論を展開し、世間の耳目を集めていた斉昭が、急に強硬な意見を吐かなくなったのは、現実が許さなくなったためであろうと、察していた。

斉昭に同調し、強硬な攘夷論者であった越前の松平慶永も、公儀に差しだした意見書では、開国もやむをえないとしている。

だが、公家たちは天皇を中心として攘夷に意見を統一していた。

尊攘党の浪士たちの活動は、日を追い過激になっていった。彼らの活動には豊富な活動資金の裏付けがあった。

若狭藩士であった梅田雲浜は、志士であるいっぽう豪商である。彼は商才があり、安政三年頃には長州萩に留学していて、長州産物御用掛となったほどである。

雲浜が京都にいた頃、彼は志士であるいっぽうで、商事会社のオーナー社長のような立場にあった。

彼の後妻の実家の主人村島内蔵之進。洛外川島村の郷士で庄屋をつとめ、豪農で商売にも手をひろげている山口薫次郎。その親戚の小泉仁左衛門。

商人の松坂屋清兵衛、医師の乾十郎、大和五条で木綿問屋をいとなむ下辻又七。備中連島《びっちゅうつらしま》の豪商三宅定太郎、肥後の松田重助ら、雲浜の門弟たちは、長州と上方との交易に従事していた。

彼らは上方から呉服、小間物、材木を長州へ送る。長州からは米、塩、蠟《ろう》、半紙、干魚を京都へ送って、利益をはかった。

雲浜は烏丸御池《からすまおいけ》の自宅に客が訪れると、酒肴《しゅこう》でもてなし、祇園《ぎおん》から舞妓を呼んで宴会をひらく。

賄賂《わいろ》で公家堂上衆を自在に動かす力をそなえていたともいわれている。

このような攘夷派に煽動されている公家たちは、元来が保守思想の持主で、新たな変動を嫌う。

堀田ら幕府の使節は、広橋大納言、東坊城前大納言、久我大納言、万里小路《までのこうじ》大納言、徳大寺大納言ら、伝奏、議奏に開国に及ばねばならない事情を、詳しく説いた。

「元来、西洋人ども、虚喝（から威し）もこれあり候えども、追い追い対話を遂げ、そのほか書籍または蘭人差し出し候風説書《ふうせつがき》、ならびに持ち渡りの器械、そのほか実地経験あわせ考えつかまつり候えば、あながち虚喝のみにもこれなき段、追い追い相分り、最初は不承知の人々も、次第に発明いたし、鎖国相成らざる儀、会得《えとく》致し候。この節は十に八、九に相成り候儀にござ候」

外国通の堀田正睦は、主上に九条関白を経て、開国の必要な事情を上奏した。

「四面海をめぐらす孤独の国、世界万邦を皆仇敵に引き受け、殺戮《さつりく》絶え間なく、いつまでも持ちこたえらるべき筈もこれなく」

と彼は攘夷の不可能を強調する。

元来遺恨もない世界の国々の、交流しだいでは味方となるべき人民を、理由もなく仇敵と見なすのは、人情においても許さるべきことではない。

時勢が変化してゆくのを見ようとせず、いたずらに攘夷に固執すれば、全世界を敵として、国民にながく塗炭の苦しみを与えることになる。

乾坤《けんこん》一変の機会であるから、全国一同の力を併《あわ》せ、五大州に羽翼をのばす機を待とうではないかという、勅許懇請の堀田の上奏文は、ついに天皇の聴許を得られなかった。

朝議の座では、太閤鷹司政通が、主上を幼時から指導してきた師父として、権力をふるった。

彼は他の公家衆が主上の御意《ぎょい》を体し、攘夷に一致しても、ひとりで開国を主張する。

二月二十一日、朝議は通商条約が、神国の重大事であり、皇大神宮などに対していいかように対処していいか決めがたい問題であるため、諸大名によって再検討するよう、幕府へ差し戻すこととなった。

ところが翌二十二日に太閤が参内《さんだい》すると、

「和観貿易の儀、御決定《ごけつじょう》になって然るべし」

と他の公家たちの合議の結果に対立する、朝議に随《したが》わない独自の判断をした。

このためいったん朝議は未成立となったが、主上の意を体した九条関白が朝議をとりまとめ、二月二十三日、関白、太閤の命令を、議奏、伝奏らが堀田の宿所である本能寺へ持参した。

内容はつぎの通りである。

「日米修好条約の調印は国家の重大事であり、叡慮を悩ませておられる。そこで三家以下諸大名の赤心をお聞きなされるおつもりでいられる。将軍の命により大名衆の所存を書き取らせ、これを叡覧に供することとする。衆論一和のうえで、あらためて勅許を願い出よ」

堀田はその御沙汰書を受け取るまいとしたが、議奏たちは理屈抜きで落涙し、「宸襟《しんきん》御悩みなされおるゆえ」とくりかえすのみで、ついに請書を出さざるをえなくなった。

勅許の問題はここで却下され、暗礁に乗りあげてしまった。

このような情勢を、梁川星巌らは詳しく知っていた。

彼は信州松代の佐久間象山に、状況を知らせた。

「堀田の宿である本能寺へは、伝奏、議奏がおとずれた。伝奏の広橋、東坊城の両人は、当世風で太閤党の開国派である。議奏の久我、徳大寺、万里小路は皆強い攘夷党で、なかでも久我大納言はおおいに気魄がある」

町の儒者が禁裏の動きに精通しているのは、彼らがいかに公家社会と密着していたかを証するものである。

鷹司太閤が、幕府から賄賂を受け、幕府方についているとの噂が、京都にひろまっていた。

主上は二月二十八日、九条関白に内勅を下し、太閤を引退させるよう取りはからえと指示した。あくまでも条約勅許はできないとの意志をあらためて、あらわされた。

堀田正睦は、条約勅許の問題のほかに、いまひとつの難問題を抱え上洛していた。

病弱で実子のない将軍家定の、後嗣決定の問題である。

堀田は将軍世子を、朝廷の思召しを得て決める任務を帯びている。外圧が日を追い強まっているいま、難局を打開しうる器量を備えた賢明な人物を立てねばならないという主張が、幕閣よりも諸大名の間からおこっていた。

薩摩の島津斉彬《なりあきら》、福井の松平慶永らは、諸侯にはたらきかけ、一橋刑部《ぎようぶ》卿慶喜《よしのぶ》を世子に押したてようとしていた。

慶喜が将軍世子となることに、堀田も反対ではない。他に慶喜ほどの有能な人物が見当らないからである。

幕府の有能な官僚である大目付の土岐頼旨、目付の永井尚志《なおのぶ》、鵜殿長鋭、岩瀬忠震《ただなり》、箱館奉行堀利熙《としひろ》、勘定奉行川路聖謨らは、慶喜を支持していた。

だが、徳川譜代の大名たちには、慶喜を推す気がなかった。保守的な彼らは、幕府の政策にことごとく干渉する慶喜の父斉昭が、油断できない人物であると考えている。

国策を誤らずに政治を運営しようとする幕府首脳は、諸大名、尊攘浪士、公家などの支持を受けて、極端な現状打破の発言をくりかえす斉昭を、危険人物と見ていた。

斉昭の真意はどこにあるか、誰にも測りがたい。彼は江戸城大奥の女性たちから疎《うと》まれていた。将軍家定も、厳しい斉昭の性格を好んではいない。

譜代大名たちは、家定にもっとも血統の近い人物を、世子に望んでいた。彼らは家定の従兄弟にあたる、紀州家当主の慶福《よしとみ》を擁立したいと考えている。

堀田は江戸を出立するまえ、水戸、越前の意向がすでに公家の間に浸透しており、幕府から朝廷の意向を伺えば、慶喜をたてよといわれかねない情勢であると聞いていた。

堀田はこの問題も、うかつに切りだせないでいた。条約勅許を聞きとどけてやるから、世子は慶喜とせよなどといいだされるかも知れないからである。

堀田らが京都で公家の感情的な応対に翻弄されているとき、条約勅許を側面から援助するよう、井伊直弼から命じられた長野主馬は、交渉の裏面の状況を探っていた。

彼は公家の今城家と、井伊家に仕えるまえに出入りしていた二条家から、幾つかの情報を得た。

両家の家来が洩らした事実により、主馬は堀田の任務が難航し、おそらく失敗するであろうと推測した。

「こんどの条約勅許は、見込みがあらしまへんやろ。なんというても、主上がお聞きいれにならはらしまへんのどすさかいなあ。それで関白はんが、主上の思召しを受けなはって、勅許を差し戻さはったわけどすなあ。

また、水戸さまと、薩摩の島津が将軍世嗣ぎに一橋はんをたてようと、いろいろはたらきかけとるそうどっせ。左大臣はんと、武家伝奏のどなたかが直書を奉って、一橋はんを世嗣ぎに立てるよう、根回ししてるそうやと聞きましたがなあ。勅命がそのうちに下りまっしゃろ」

主馬は容易ならない事態と知った。

「水戸のご隠居はんは鷹司太閤に、これからの世は攘夷と決定《けつじょう》せぬことには治まらぬ。この際に、一橋が将軍に直れば禁裏もご安堵なされる。そうなれば手前は京都へ上り、京都守護のお役を承わろうといわはったそうどす」

斉昭が、京都守護職を井伊直弼から引き継ごうというのである。

将軍世子勅裁の時期は、どうやら迫っているようであった。

主馬は江戸在府の井伊直弼と連絡をとりつつ、京都で政治の潮流を変えるための活動を、独力ではじめた。

――まず九条関白の考えを、変えねばなるまい――

主馬は梁川星巌、梅田雲浜たちよりも、公家衆との交流は深い。

彼はかつて九条家に出入りして、家臣の島田左近と親密に交際していた。

主馬は年齢も不惑を越えており、論理を追って人を説得する雄弁の持主である。

彼は島田左近を介し、九条関白に逢い、日本が直面している国際情勢から説明していった。

関白は条約に反対しているが、主上のご意向を重んじているのみで、確固とした判断に拠《よ》っていない。

彼には判断をおこなうだけの情報の蓄積がなかったので、攘夷派の儒者たちの過激な議論にたやすく影響されたのである。

主馬が、条約締結のやむをえない事情を、詳細に説いてゆくと、関白は驚くばかりであった。彼は日本の置かれている立場について、まったく無知であったので、容易に主馬に影響された。

関白は主馬の識見を高く評価し、自ら秘事を明かした。

「近頃、島津斉彬から申し入れがあってのう。太閤と左大臣が世子を一橋とするよう、内勅を頂こうと奏請しておるのやが、さようなことをいたしてよきものかのう。諸大名はそれにつき、いかように存念いたしておるのじゃ」

主馬は即座に答えた。

「手前主人、掃部頭《かもんのかみ》の存じ寄りをかねて伺いおりまするに、御血脈近き方を撰ばず、発明の方を世子に推すは、外国の流儀にござりまする。正統を尊ぶ皇国の儀にてはござりませぬ。手前あくまでも御血統近きお方を世子といたすが、天下の人望に叶うものでござりまする。それを外様大名よりの存じ寄りにても、将軍継嗣は将軍の思召しにて決めるべきものにて、それを外様大名より朝廷に内願に及ぶと申すは、何の筋道によるものか、あい分りかねまする。万一にもかようなる乱れし行いが許されしならば、禁裏と幕府の間柄がおもしろからず、国家大乱の基となるやも知れず、憂わしきことにござりまする」

主馬の雄弁は、たやすく九条関白の心をとらえた。

関白は攘夷派の代表であったのが、二カ月ほどの間に、条約勅許に賛意をあらわすようになった。

一橋慶喜を擁立しようとしていた諸大名は、関白のにわかな心境の変化にいらだちはじめた。

在京の橋本左内が、安政五年（一八五八）三月十四日に、江戸の中根雪江に送った書信に、「廷議はなはだ困難にあいなり候。そのわけは九条関白景況一転」と記している。

九条関白は、まもなく主上にもっとも近い立場にある、青蓮院宮《しようれんいんのみや》と近衛、三条の三人が、種々話しあいをするのが不穏なため、御政治向きに差しつかえるとして出仕を差しとめてしまった。

だが主上は三人が出仕できなくなると落胆され、退位を口にされるようになったため、関白は出仕差しとめの沙汰を取り消さざるをえなくなった。

九条関白が条約勅許を支持するようになると、たちまち彼が幕府から賄賂を受けたとの風説が飛び交った。

三月三日に、議奏の久我建通が関白の屋敷をおとずれ、辞表を渡した。彼は関白に対面すると、その変節を詰《なじ》った。

「殿下には舌が二枚ござる。そのひとつをお抜きなさらねば、われらの疑いは解けませぬ。殿下は幕府のいうがままに、皇国をアメリカの餌食《えじき》となさるるご所存か」

九条関白は長野主馬の説得を受けて、条約締結を認めるよりほかに、とるべき道はないと信じるようになっていた。

海外の事情に暗い公家や尊攘家では、国家の安泰を保ちがたいと知ったからである。

関白はあらたに幕府への勅答案を作成した。

「主上は三家をはじめとする諸大名の赤心を聞《きこ》し召されたいので、今ひとたび将軍より問うてもらいたい。また東照宮以来の、政治向きは幕府に一任するという制度を、ここで変革すれば、天下の人望もいかがかと案ぜられ、種々ご思案なされている」

という内容で、あくまでも幕府に対抗しようとの姿勢を捨てている。

さらに条約については勅許はないが、

「何とも御返答の遊ばされかたこれなく、このうえは関東に於て御勘考あるべきようお頼み遊ばされ候こと」

と幕府方針に任せるとの意向をうちだした。三月十一日のことである。

この勅答案は、幕府の裁量に任せるとのことで、外国人が日本に入り天下の大乱になると、攘夷論にこりかたまっている公家たちは憤激した。

三月十二日の正午、公家のうち勅答案に反対する八十八人が御所に集まった。

彼らは勅答案改作要望書に署名したうえ、関白屋敷へ押しかけ、深夜まで押し問答をくりかえした。

関白は八十八人の衆議に押し切られ、起草した勅答案を撤回せざるをえなくなった。

それまで一貫して条約に賛成していた鷹司太閤が、このときになって儒者三国大学、家来の諸大夫小林良典《よしすけ》の説得を受けいれ、九条関白に対立し攘夷論を唱えるようになった。

太閤の変心は、関白への対抗意識によるものであった。

朝廷に於て、関白の勅答案に反対する者がふえつづけた。

三月十三日には非蔵人の者五十七人、十七日には地下《じげ》の官九十三人が連署して、反対の態度を表明した。

幕府贔屓《びいき》とされていた武家伝奏二人が堀田から賄賂を受けているとの噂が立ち、三月九日、御所から退出する徳大寺公純《きんいと》の輿《こし》が、伝奏東坊城聡長《ときなが》のそれと見誤られた。攘夷派の男たちが襲いかかり、徳大寺を引き出して袋叩きにしようとした。

結局、朝議は条約不許可と決した。堀田のもとへ賄賂を用いる作戦を献言しにきた者もいたが、堀田は応じなかった。

彼は自分の企てがとりかえしのつかない失敗に終ったのを、認めざるをえなかった。

堀田が朝廷に勅許奏請を思いたったのは、そうすることで水戸の斉昭をはじめ条約反対の諸大名の口を封じようと考えたためであった。

それが二月初旬から三月中旬に至る長い京都滞在のあげく、勅許は得られなかった。

幕閣には、条約締結に朝廷の勅許は不要であるという声が高かったのに、川路とともにそれを封じ江戸を出立したのであったが、結果は深い傷痕を残す失敗に終った。

ただ不首尾に終ったのみではなく、幕府は今後、朝廷に政治上の発言権を認め、それに従わねばならない立場に置かれることとなったのである。

二百余年間、京都朝廷を政治の圏外に置いていた幕府は、自ら前例を破り、朝廷の意向をいちいち伺わねばならなくなった。

堀田はこのまま退京しては窮地に陥ると、かさねて勅許を求めたが、三月二十四日に下された返書は、拒否の姿勢を明確に打ちだしていた。

「今度の条約、とても御許容遊ばされがたく思し召し候。衆議中自然差しもつれ候時は、先件の御趣意をふくみ、精々取り鎮め談判のうえ、彼より異変に及び候節は、是非なき儀と思し召され候」

四月三日、堀田は江戸に戻る御暇乞《おいとまご》いをするため小御所に参内し、神宮と京都の警衛を厳しくせよとの御沙汰を受け、五日に江戸へ向った。

江戸の井伊直弼のもとへ、京都の長野主馬からの四月十三日付の書面が届いたのは、堀田、川路らが江戸に帰着した四月二十日の前後であった。

「堀田は西洋好みで、川路、岩瀬は賄賂を得て外国人の贔屓をしているとの噂がたち、彼らのために幕府が天下を失うに至るかも知れないため、彼らを暗殺しようとする動きがある。

その後には一橋慶喜を将軍に擁立し、紀伊の徳川慶福を西の丸（世子）に据え、お殿さまを御大老にいたし、老中以下すべてを役替えせねば、大挙して強奏すると内々評議している輩《やから》もあるように聞いた」

直弼は、堀田らが失策の責任をとって退任し、政変が近々おこなわれるであろうと見ていたが、自分が大老に就任するとは思っていなかった。

堀田らは、条約調印を待っているタウンゼント・ハリスの説得に苦慮した。

堀田は四月二十四日、西の丸下の役宅でハリスと逢い、人心がおりあわないので調印をしばらく待ってもらいたいと告げた。

幕府が条約をとりきめたのに、調印を延引させている事情が、ハリスには理解できない。

彼は延引するのは一カ月か一年か、あるいは五年もかかるのか、確答してほしいと迫った。

幕府は、将軍、閣老は条約を実行する所存であるが、反対者がいる。彼らを弾圧し、流血を見るのは避けたいので、調印を七月二十七日まで待ってもらいたいと申しいれ、ハリスは承知した。

幕府は老中連名で、調印の期日を約束する文書をハリスに手渡したが、七月二十七日に調印できる見込みは、まったくなかった。

四月二十二日の九つ（正午）過ぎ、桜田門外の井伊直弼上屋敷に、幕府御徒頭《おかちがしら》薬師寺筑前守元真《もとざね》が訪れた。

井伊屋敷では、前日に直弼の娘千代姫が、讃岐高松城主松平讃岐守頼胤《よりたね》の世子、宮内大輔頼聡《よりとし》との婚儀を終えたところであった。

翌二十三日には新聟《にいむこ》の頼聡が、井伊屋敷を訪問するとの先触れがきたため、表も奥もざわめき、支度をととのえていた。

松竹の生花、鶴亀の置物など、縁起を祝う座敷の飾り物を運び歩く家来、女中の笑声がにぎわうなか、突然の来客である。

井伊家客番小野田小一郎が迎えに出ると、薬師寺は口上を述べた。

「今日推参つかまつりし儀は、お上《かみ》の御一大事を申しあぐべきためにござりますれば、お取次にては申しあげかねる。なにとぞ御直々《じきじき》に御対面願いあげ奉る」

直弼はただちに薬師寺を書院へ招いた。

薬師寺は人払いのうえ、長時間にわたり密談をした。薬師寺は落涙して容易ならぬ様子であった。

話が七つ（午後四時）過ぎに終り、湯漬を出すと、薬師寺はことのほかよろこび、厚く礼を述べ退出した。

直弼側役宇津木六之丞の公用方日記には、密談の内容が記されている。

「水府老公、陰謀これあり。当将軍様を押しこめ、一ツ橋様を立て、御自身御権威お振いなさるべき御陰謀これあり。同志の者共より御老中方へ申し立て候者もこれあり候えども、力に及ばずとの事。

このうえは御家にすがり申立候より致しかたこれなしとて、巨細《こさい》の訳がら申し述べ悲歎に沈み申し聞く次第。容易ならざる事柄につき、只今より書状あい認《したため》、伊賀守（老中松平忠《ただ》固《かた》）方へつかわし候」

三

井伊直弼が薬師寺を見送ったあと、密書をしたため、老中松平忠固へ差し出し、一服するうち七つ半過ぎ（午後五時頃）、老中連名の御用奉書が到来した。

「いま時分、火急の用向きか。溜の間詰めの御一統にも御沙汰があったのか、使者にたずねよ」

老中内藤紀伊守の使者は答えた。

「こなたさまのみのお召しにございます」

不審に思っているところへ、井伊家の使い番富田権兵衛が江戸城からあわただしく駆けもどってきて、報告した。

「奥右筆加藤惣兵衛殿より承れば、殿様がご大老に仰せ蒙《こうむ》らるるとの儀にございまする。まことに恐悦至極に存じあげまする」

　側役の宇津木六之丞は、直弼にその旨を言上する。

「このご時節柄、困ったことになったわい」

　直弼は顔をくもらせた。

　宇津木はそのさまを見て、声をはげましすすめた。

「国家の大厄難の折りから仰せつけられし御儀なれば、なにとぞご忠勤あそばされるよう、願い奉りまする」

　直弼は顔色をあらため、答える。

「それはもっともの話である。いかにも粉骨砕身いたしても、忠勤いたそう」

「されば、天下太平に帰し候わば、早々ご辞職あそばされ候よう、願い奉りまする」

「これはいかなることか。手回し早き約束だな」

「その期《ご》に及びましては申しあげがたくなりまするゆえ、ただいまより願い奉るのでございまする」

　主従は緊張のうちにもほほえみを交しあった。

　屋敷のうちは、知らせを聞いて沸きかえった。

さっそく松平家へ翌日の新聟頼聡訪問をことわり、座敷の飾付けを取りくずすなど大混雑となった。

家中の侍たちは、思いがけない大役降下を深刻にうけとめた。

宮信敏の「涕泣輯書《ていきゆうしゆうしよ》」には、つぎのように記されている。

「家中一同涙を流し嘆息致したるとなん。君公には二百余年御恩をこうむり、安居いたしおり、ただいま御辞退申しあげ候ては、御不忠筋にあいなり候間、御請け申しあぐべく、何事もただ、それまでのことよと申されたる由。伊賀侯（松平忠固）の勧めの由にも風聞あり。家中の嗟嘆は犠牛となればなり」

二十三日六つ半（午前七時）過ぎ、直弼は将軍御座の間に召し出され、大老とするとねんごろな沙汰を受けた。

つづいて芙蓉の間で、老中列席のうえで、直弼の大老就任が発表された。

老中首座の堀田正睦が上洛して通商条約勅許を得られなかったため、幕閣に人事の更迭《こうてつ》があるとの噂が、かねてからあった。

堀田は直弼に大老任命のあった日の四月二十一日に、将軍に謁して越前藩主松平慶永を大老に推した。

「井伊家公用方秘録」には、幕府の奥右筆が井伊家使い番につぎのように語ったと記している。

「もっとも今日まで、すこしもご様子これなく、にわかの事の由、御申し聞けなされ候」

老中たちも、直弼を大老職に推す気もなく、彼がその座に就いて彼らの上司になるとは夢想もしていなかった。

だが、将軍は松平慶永を大老職に就任させるようすすめられると、一蹴した。

「公用方秘録」に記す。

「（堀田が）松平越前守様へ御大老仰せつけらるること然るべき旨、伺いにあいなり候ところ、上様（将軍）御驚き、家柄といい人物といい、彦根（直弼）をさしおき、越前へ仰せつけるべき筋これなきにつき、掃部頭へ仰せつけるべしとの上意にて、にわかに御取極りにあいなり候」

幕府閣老たちは、直弼が譜代大名の筆頭ではあるが、現在の難局を処理する政治能力など、持ちあわせている人物ではないと思っていた。

「昨夢紀事」四月二十二日の条に、外国奉行岩瀬忠震《ただなり》が、橋本左内につぎのように語ったと記されている。

「今日は閣中の様子、何とやらん心得ぬ事どもにて、明日は御三家へ御相談の上使あり。惣《そう》触《ぶれ》なんどもある由にて、すべて大老職の出来るかと思わるる形勢なれど、余らが聞き知りたることもなし」

老中たちも前日まで、直弼が大老に任ぜられるとは夢にも思ってはいなかった。

直弼が大老職に任ぜられると、幕府閣僚の不満はたかまるばかりであった。岩瀬はいう。

「よし彦根なんぞが任ずればとて、児輩にひとしき男なれば何の妨げをすべくもあらず。閣老衆もあまりにばかばかしき事をせられては、朝野の有志も欠望すべくと、それのみ苦心せるなりと、不平顔色にあらわれたり」

「昨夢紀事」二十三日の項には、つぎのように閣中の批判が語られている。

「今日掃部頭殿へ、大老を命ぜられしことは、満朝ことごとく不服にて、すでに永井鴻臚《こうろ》(玄蕃)、鵜殿戸部(民部少輔)、岩瀬肥州には、憤激に堪えかね、一統に閣老衆へ列陳せられしは、方今の事に候えば、閣老衆のうえに大権の人を御挙用あらん事は允当《いんとう》なるべく候えども、掃部はその器にあらず。かかる人を薦挙あって、かかる天下の治まるべきや。何らの御定見、何らの御趣意やと抗言詰問ありければ、閣老衆もそれはと申されたるばかりにて、はかばかしき返答もなく、かの人は眞にそなうるのみと遁辞せられて、今後はかくの如く大決断をもって計るなりと申されたるゆえ、海防掛も口をつぐみたる由」

井伊家の士風は、直弼の兄直亮《なおあき》の三十余年にわたる治世のあいだに、紊乱《ぶんらん》をきわめたといわれる。

文化、文政の太平の気風のうちに育った直亮は、失政が多く、驕奢淫靡の風俗が家中に満ちていた。

弘化、嘉永にかけて、海防が叫ばれ、志ある大名は大砲鋳造、洋式調練などに心を砕いたが、井伊家ではこのような事柄には、まったく無関心であった。

家中をあげて酒色をたのしみ、茶、和歌、鼓などを慰むばかりで、世間では「井伊の茶歌《ちゃか》凡侍《ぼん》」といわれ、嘲《あざけ》られた。

弘化四年（一八四七）二月、幕府は井伊と松平大和守に相模海岸、松平容敬、松平忠国に房総海岸の警備を命じた。

四家のうちでは、井伊家の防備がもっとも貧弱であった。警備の侍たちは、仙台平の袴に長羽織をゾロリと着て、高足駄をはき、刀鉄砲は従兵に担がせてゆく。

ちょうど祭見物に出かけてゆくような様子であるため、「井伊のお祭備え」と世間で評判された。

直弼は直亮のあとを継いでのち、藩政をたてなおそうと努力したが、家中の士風は急にはあらたまらなかった。

ペリー来航の際、浦賀警備に出向いた彦根藩士は、アメリカ水兵にみくびられたといわれる。

アメリカ水兵は、彦根藩兵の行列のまえを通りすぎるとき、士卒の頭を撫でていったが、これをさえぎる者が一人もいなかったので、他藩の者が士気の衰えを嘆いたのである。

直弼の大老就任は、幕閣はもとより、彦根家中の家来たちまで歓迎しなかった。

京都の公家たちは、江戸の状況をつぎのように判断していた。

「幕府はアメリカとの条約を破棄するわけにはゆかないので、まず調印の期限を延長し、その間に諸大名を説得するつもりでいる。そうするには、閣老だけでは御家門一統をはじめ、溜詰めの有力大名に押しがきかないので、徳川家随一の重臣彦根侯を大老に任じて抱きこみ、佐倉（堀田）、上田（松平忠固）が協力して、御三家をいやおうなく説きつけ、公儀の意見を統一したうえでふたたび上京し、是非とも朝廷の許容を得るつもりである。井伊はそのうえでまず貿易をひらき、ついで外国と戦うつもりのようである」

直弼を大老に推したのは、病身の将軍家定である。家定にそういわせたのは、水戸の斉昭を嫌う大奥の女性たちであった。


大老となった直弼は、目付岩瀬忠震が「児輩にひとしき男」と評した予想を裏切って、意外の活動をはじめた。

京都へつぎのような江戸風説が届いた。

「このたびの御大老は、なかなか以前のような、隠居番頭の如くの訳にはこれなく、当日より栄当栄当と御用談仕懸けられ、日々のぼせあがり、真赤な顔にあいなり候などと、噂いたし候」

直弼が大老に就任して、まず果すべき緊急の問題は、将軍継嗣の決定であった。

四月二十六日、直弼は将軍に謁し、継嗣に紀州侯を迎えたいとの意見を言上した。

堀田正睦は慶喜擁立を主張しようとしたが、直弼の強硬な態度に圧倒された。

岩瀬忠震も、直弼との会議のあと、「条約交渉の応援を終えたのちは、辞職のほかに策はない」と内心を洩らした。

越前侯松平慶永は二十七日、大目付兼海防掛土岐頼旨《よりむね》のもとへ中根雪江をやり、閣中の様子を聞かせると、土岐は力なく答えた。

「しばしの間にも、時勢はかようにに変りゆくものでござろうか。備中（堀田）殿なども、この頃にては顔の色もなきまでになられてござる。伊賀殿（松平忠固）はことに横柄にふるまわれ、それがしなど一橋公を西の丸にお入れいたしたいと申せば、将軍家廃立をはかる不届者のごとくに罵られし始末にござった。このうえは何の楽しみあって御奉公をつかまつるべきや。それがしが生涯も、今日を限りと存じて下城いたせし次第じゃ」

堀田正睦も、この日の会議のあと、直弼のあたるべからざるいきおいを、松平慶永に語った。

「大老の権威はことのほか強い。それがしが京都の処置を誤りしゆえ、関東の御威光も二の次になりしとて、満座のうちにてあからさまに辱《はず》かしめらるるには、ほとほと困《こう》じいる。伊賀（松平忠固）なども、これまではそれがしが味方でありしが、大老の後鞍に乗りおって、それがしを押し倒さんとする気色《けしき》にて、心外なるばかりじゃ」

直弼は会議を終えてのち、伊達宗城《むねなり》に閣老たちの評価を、あからさまに語った。

「元来備中（堀田）などは、京都の事情をくわしくも知らで、おのが曲尺《ものさし》をもって計らんとしたゆえに、かかる不覚をとったのである。また海防掛の面々は、当時の枢務要職なるに誇り、おのがままなることばかりを申したて、人もなげなる有様こそ奇怪と存ずる。上を犯す罪は逃るべきようもない。彼らが傲慢をおさえねば、老中の見識も地に落ちよう。とりわけ口達者の肥後（岩瀬）などは、条約日延のことについても、さまざま不敬の申したてもあれば、取り除かねばなるまい」

直弼は慶喜擁立派の伊達宗城に、自らの意志をあらかじめ知らせようとした。

彼はさらに積極的な行動に出た。

一橋派の推進者として、直弼より先に大老になると目されていた松平慶永へ、五月一日に会見を申しこんだ。

慶永は直弼に指定された五つ（午前八時）に、桜田門の井伊屋敷をおとずれた。

直弼は慶永に会うと、いきなり切りだした。

「越前殿には、西の丸のことはいかがお考えでおられまするか」

「それがしは刑部卿《ぎょうぶ》（慶喜）が然るべしと存じまする」

直弼は、つづけて弁じようとする慶永を抑えた。

「それはごもっとものお話と承るが、慎徳院（将軍家慶）の思召しは紀伊殿にありしゆえ、紀伊殿でなければなりませぬ。他に譲るべきこととは存じ候わず」

慶永は、頭上から押しつけてくるような直弼の態度に憤りを禁じえない。

慶永は三卿の一である田安家に生れた。越前松平家は徳川家家門筆頭である。直弼は、慶永の身分をないがしろにはできず、丁重に応対しているが、会談の内容は強引であった。

前将軍家慶の遺言に従い、継嗣は紀州家から迎えるのが当然であると、直弼の主張は明快で、反撃を許さない。

直弼は肥満した上体を反らせ、よく響く声音で意見を述べる。

「越前殿には刑部卿殿をこのうえなきお方のように申させられるが、宜しからぬ噂の聞えたることのないではない。そのうえに、御実父水戸老公はあのご気性にて、大奥の気受けがすこぶる悪《あ》しゅうござる。こののちのご和合もおぼつかないものと存ずるなれば、諸般のことより考え、継嗣は紀伊殿にいたすがよろしかろうと存ずる」

直弼はいったん言葉を切り、さらにつけくわえた。

「西の丸のことが、紀伊殿に定まったならば、越前殿にも御持論をお捨てになられ、いまに変らず忠誠をお尽しあられるよう、お願い申しあげる」

三十一歳の慶永は、直弼に追いこまれて思わず気持ちを波立たせた。

「それがし幕府に二心なきは当然ながら、かように本意と違うなれば、その場に及びいかに了簡《りょうけん》いたすか、われながらに見当がつきませぬ。これはそれがしのみにてはなく、他にも同じ思いの方々がおられようと存じまする」

直弼は、一橋派の第一人者である慶永に会い、その反撥を封じた。

同じ五月一日には、大老以下老中一同に、将軍から継嗣は紀伊に決したとの申し渡しがあった。公式の発表は、一橋派の反撥をかわすため、延期している。

直弼は五月三日付で、京都の長野主馬に江戸の情勢を知らせた。

「越前守（慶永）はじめ表方に、是非一印（一橋慶喜）を願い候者ども、人気立ち申すべきやと、閣老も大いに心配。何分老中の手に合い申さざる者どもにつき、われらに申し諭し候ようにと、たっての頼みにつき、好ましからざる儀には候えども、越前（慶永）ぐらいにこわがり申し候も、はなはだ如何の儀、われら請けあい申し候。越前守、遠江守《とおとうみのかみ》（伊達宗城）

ら呼び寄せ、だんだん話しあい候ところ、大いに折合い申し候。然《しか》しいま一両度も話し申さずては十分に参り申すまじき事と存じ候。然し、つまり子細は有るまじくと存じ候」

川路聖謨《としあきら》は五月三日に幕府に意見書を提出した。

彼は京都の公家勢力のうち、幕府に味方するのは九条関白一人のみで、他は条約反対を唱えている事態を重視し、朝廷側の希望するように、将軍継嗣は一橋慶喜をたてるべきであると主張した。そうすれば条約勅許問題も解決の見込みがあるというのである。

直弼は、かねて川路を嫌っていた。彼は長野主馬に、「川路左衛門尉儀は、姦悪の者に候ところ、追い追いよろしからざる儀もあい分り」と知らせているほどである。

直弼は小身から異数の出世をした川路のふるまいを、出過ぎ者として許さず、五月六日、彼を西丸留守居に左遷した。同日、土岐頼旨も大番頭に貶《おと》された。

さらに目付鵜殿長鋭、京都町奉行浅野和泉守を転役させる。

「井伊家秘書集録」に、直弼の果断の影響について記している。

「同志の衆は色を失い、忠義の徒は雀躍。営中静粛にあいなり候由。なお残党御刈りつくし遊ばさるべく候えども、一時に転ばし候ては、たちまち御用欠けにあいなり候につき、追い追い御一洗の思召しにござ候」

直弼の思いがけない実行力のまえに、一橋派は震撼した。

薩摩の島津斉彬は、川路に見舞いの手紙を送った。

「この節ご転役の由おどろき入り候。しかしかようの御時節、かえってご安心と存じ候」

京都の公家衆が水戸斉昭の攘夷論にのぼせあがっている今、誰が政治の楫《かじ》とりをしても失敗する。直弼もまもなく遣り損じるにちがいないというのである。

直弼は条約締結の問題では、勅諚《ちょくじょう》に従い手続きを追うことにしていた。

彼は大老就任と同時に、諸大名へ条約問題についての意見を提出するよう命じている。

閣老たちは、条約調印に勅許は不要であると見ていた。岩瀬忠震もその説をとっている。

松平忠固は、堀田正睦が京都へ了解を求めに出向いたことが、事態をいたずらに紛糾させたと非難していた。

六月になって、諸大名の意見書が提出されてきた。

「別段建議もこれなく、御沙汰次第に心得候」

「自然の節は、きっと御忠節つかまつるべく、平生《へいぜい》覚悟に候こと」

「皇国は四面海岸、いずれの地渡来も相知れず、夷人の情態はかりがたく、御国辱に至らざるよう、ご処置肝要に存じ奉り候」

「愚意申しあぐべきようこれなく。このうえ武備専要」

「国家の一大事、愚慮に及びかね候」

「何も存じつき、これなく候」

大名のほとんどが、外国に対する知識もなく、判断の基準をもっていない。

松平慶永、島津斉彬は、外国事情に詳しいだけに、条約に賛成した。

島津重豪《しげひで》の子の黒田美濃守の回答は、出色であった。

「近年異国とことのほか開け候ところ、日本の弊風、異人を犬猫同様に存じ候者すくなからざる間、異人に失礼等これなきよう、重畳御示教これありたく、ミニストル在住は時勢かくの如し。別に致しかたこれなく、ご頓着なく差し置かるべく候」

松平慶永は、黒船来航当時は斉昭と並び攘夷派の急進論者であった。

だが橋本左内、横井小楠らの論をうけいれ、自説を撤回し開国論者になっていた。

彼が幕府に提出した意見書は、つぎのようなものであった。

「方今の形勢、鎖国いたすべからざる儀、我よりも航海をはじめ申したく。商政をおさめ、貿易の業をひらき、有無あい通じ、皇国の地勢により、宇内第一の富饒に致したく、太平の文飾をはぶき、兵制お改め、貿易繁盛にゆき候儀、三港に一同し候ても不便これあるべく。京都の儀は御峻拒《しゅんきょ》、ミニストルは江戸護持院原に差し置きたく、互の市場は品川にてよろしく、外国人旅行も差し許し、大坂お開き、大諸侯右へ引越しおり候事。武具兵仗はアメリカへ贈輸の儀お願いの事」

江戸に外国人を住ませ、旅行を許し、品川に市場を設け、大坂をも開港する。新兵器をアメリカから求め、貿易で国富を伸長させるという意見である。

条約反対の意見を正面からうちだし、幕府を困惑させたのは水戸藩であった。

当主慶篤、前中納言斉昭は、調印反対の立場を明示している。

「公辺の懐ぐあいを承知奉り候者は、よんどころなしとも思うが、天下の衆目は、調印により天朝さまにも、東照宮はじめ御代々にも忠孝をいたしたと思うであろうか。

忠孝の道に逆行しては人心の帰向もいかがであろう。愚昧《ぐまい》の意見、もちろんお取り用いにはあいなるまいが、お尋ねありしゆえ、御返事申す」

尾張の徳川慶恕《よしくみ》も、拒絶の意志を表明していた。

「外夷申立て、御許容にては際限これなく、御国恥ゆえ、所詮信義を立てられ、感服いたし候ようにて、内外御安堵のこと」

直弼は、水戸、尾張の両藩に意見書の文意を改めさせることとした。

そうしなければ、勅許は望めない。

孝中の会議によって、水戸の斉昭を説得するのは、彼と親しく、開港論者である松平慶永のほかにはないと決った。

堀田正睦が慶永に会い、斉昭説得を依頼した。

慶永はこの機に、慶喜を将軍継嗣とするよう、あらためて要請するつもりになった。慶喜を継嗣に立てるなら、斉昭を説き伏せられよう。

慶永は老中松平伊賀守忠固を訪問し、継嗣の問題についてたずねた。

「それがしは条約についての意見書を改めるよう、水戸老公へ申しいれる使いを承ってござるが、さて西の丸の御事は、その後いかがあいなってござろうか。お伺いしたい」

忠固は言葉に詰ってのけぞり、額に青筋をたてたが、やがて答えた。

「兎《と》の角のとむずかしく、いまだ御考え中にてござる。いずれ近き程にはお定まりになろうかと存じまするが」

幕府内部では、継嗣は紀伊殿とすでに決っていたが、忠固は苦しいいい逃れをした。

「やつがれはどこまでも刑部卿殿の御事に御同意いたしおりまするが、将軍家の思召しもあり、大奥に差支えることとあって苦慮いたしてござります」

慶永が忠固と会った数日後の六月一日、幕府は近々御養君を御筋目のうちより決定すると公表した。

翌二日には早飛脚をたて、朝廷にこの旨を奏上した。

「表立って仰せ出され候までは、御隠密に相成りおり」

と断り書きをつけ、継嗣が誰に決したかを明かさない白紙の承諾書を送るのである。

幕府の現状を糊塗する不明瞭な手段に、一橋派の慶永らは憤慨した。彼らはそのような曖昧な文書によって勅諚を仰ごうとしても、拒否されるばかりであろうと見ていた。

だが、朝廷は簡単にこれを承認した。

天皇は条約問題に御心を向けられている。公家たちも将軍継嗣が誰になろうと関心がなくなっていた。

一橋派は予想外の展開に愕然とした。

幕府の使者は、調印を得た承諾書をただちに江戸へ送り返した。六月八日に早飛脚で出したものが、いっこうに着かない。

他の書類は六月十四日に着いたので大騒ぎになった。

承諾書が着いたのは、二十三日になってからである。十八日に世子を公表することになっていたのに、五日も遅延した。

書類を届けたのは、奥右筆志賀金八郎である。

公表は二十五日におこなわれた。志賀は七月一日に自殺する。彼は一橋派であった。

承諾書が行方不明になっていたあいだに、堀田のもとへハリスから急ぎの書状が届いていた。

ハリスは六月十七日、下田を出て神奈川の小柴沖へきていた。

四

忍藩上屋敷は馬場先門内にあるので、馬場先門の警衛は、忍藩の任務であった。

江戸城で重要な会議がおこなわれるときは、屋敷の前を通る人馬の動きがあわただしくなる。

辻々には新しい手桶に水を満し、柄杓《ひしゃく》をそえて置かれる。

大名行列が砂利を踏んで通り過ぎ、背中に氏名を書いた小旗をたてた武士の、抜き身を手に急ぐ姿もある。

昼夜を問わず駕籠《かご》が通り、夜になると、エイヤー、ホイと掛け声を残してゆく。その声が深夜には妙に淋しく聞え、上屋敷御長屋に住む藩士の子供たちは怯《おび》えて布団にもぐりこむ。

松平忠国は、井伊直弼が大老に就任したのち、幕府の行政がそれまでの空回りをやめ、着実に進行しはじめたのを、よろこんでいた。

彼は嘉永元年（一八四八）八月二日、水戸家から斉昭の子九郎麿を養子に迎えた。九郎麿は忠矩と名をあらため、嘉永三年六月に松平家に移った。

忠国は、同年九月十二日にはじめて将軍に謁し、溜の間格となる。位も四品《しほん》となり、十二月十六日には従四位侍従となった。

この祝いは江戸屋敷、国許の双方で嘉永四年二月二日におこなわれ、藩中に御吸物、御酒が下賜され、上下をあげてよろこびあった。

忠矩は嘉永七年十一月二十六日、前髪をおとして元服し、そののち家中の者は彼を若殿様と呼ぶようになった。

忠国が斉昭の子息を後嗣としたのは、海防を説き、西洋の文物を採りいれ、日本の今後の進路を正しく把握しているかに見えた、斉昭の識見を、高く評価していたためであった。

だが、その後忠国は斉昭を警戒するようになっていた。幕府御徒頭《おかちがしら》薬師寺元真《もとざね》が、外桜田の彦根上屋敷をおとずれ、井伊直弼に明かした斉昭の幕府改造の陰謀は、忠国の耳に届いていた。

直弼がひそかに伝えたためである。

将軍を押しこめ、一橋慶喜を立て、自ら幕政を掌握しようとする斉昭のたくらみは、彼の日頃の行動から見て真実であると思われた。

斉昭が国体護持をいうのであれば、なぜ現実になしえない攘夷を主張し、禁裏にまで影響を及ぼし、国論を分裂させようとするのか。

彼の過激な言動に乗じて、外様大名が利に走って幕政に反抗し、処士横議の風潮がおこってきた。

それは、国力を弱めるはたらきであると、忠国は考える。幕府の威権がふるわなくなったのは覆いがたい事実であるが、斉昭がその機に幕府の実権をつかもうとするのは、私利私慾をはかることである。

忠国は、江戸城へ評定《ひょうじょう》に出向くたびに直弼と会う。幕閣の外国通の連中に愚物といわれた直弼は、現実を正確に把握し、空論に惑わされない確固とした政治判断をする。

直弼が大老となったのち、甲論乙駁《おつばく》して容易に定まらなかった幕政の方向が、迷いをあらわさないようになっていた。

直弼の前途には、未解決の容易ならない問題が山積している。

一橋派の者が、朝廷の調印を受けた将軍継嗣の承諾書を隠したという事件も、忠国へ苦々しい思いを与えた。

彼は側室の八重園に、ひそかに洩らした。

「儂が水戸から九郎麿をもらいうけたのは、失策であったようじゃ。近頃の老公のなされようは、国を憂うる者のなすべきことではない。いまとなっては、儂は水戸と縁を切りたい」

忠国は側面から直弼を援助するつもりになっていた。

彼は御武器支配、砲術師範の井狩作蔵を井伊屋敷に常駐させ、直弼との間の連絡役をつとめさせていた。

六月十七日の夜、井狩が馬場先門屋敷に戻ってきて、忠国に報告した。

「ハリスが条約調印をせいてきておりまする。聞きいれねば、軍艦数十艘にて押し寄せるとのことにござりまする」

忠国は品川第三御台場に、川口で鋳造した八十ポンド巨砲十門のうち、四門を配備していたが、数十艘の黒船が艦砲を斉射すれば、砲台が吹っ飛ぶであろうと思っていた。

「これからは井伊殿も御心労じゃ。儂にできることがあれば、何にても手助けして進ぜるゆえ、さよう先方の用人に申し伝えておけ」

忠国は井狩に命じた。

井狩のいう通り、幕府ではハリスの書簡を受け、対策に苦慮していた。

ハリスが堀田正睦にあてた書簡の日本訳は、次のようなものであった。

「蒸気船ミスシスシッヒ渡来にて、貴所様へ大切の儀を申述候次第に至り候。

印度出張の実勢相おさまり候。

支那人ピイフー（支那国の地名に御座候）において、仏蘭西、英吉利軍勢の為、敗北いたし、英吉利ならびに仏蘭西人より相違し候趣意に伏し候よう相成り候につき、支那国の戦争相やみ候。此の儀英吉利人ならびに仏蘭西人、日本へおもむき候存意、自在に相成り候。

英吉利海軍三拾艘より四拾艘まで、江戸湾へ渡来の模様、絶え間なく、かつ仏蘭西海軍、英吉利海軍、英吉利一同の趣、承り候。

右は格別の奇事にて、日本政府において速《すみやか》に手当相成るべき儀にこれあり候。

私と日本委任の方と取扱い候条約、右海軍渡来以前にもし調印相済まず候わば、彼の者どもこの条約にて承伏いたすべき儀はおぼつかなく、かえって先だって印度、支那にての勝利に乗じ、英吉利人日本に於て広大の勝手を相望むべく候。

条約一日も捨て置かれず、調判の儀、格別大切の旨、貴所様へ誠実に申述べ候。右の趣相怠り候わばはなはだしき危難、差し起るべく候。

水師提督布恬廷（プチャーチン）日本六月八日長崎に渡来いたし候。

恭敬を尽し申述候」

ハリスは幕府を威嚇していた。

イギリスは印度の叛乱を制圧した。

清国が英仏連合軍に敗北したので、支那で作戦に使用する必要のなくなった軍艦数十艘を、日本の江戸湾へ向けてくる。

アメリカとの条約に早く調印しなければ、イギリス、フランスは日本に対し、どのように過大な要求をつきつけてくるか知れないというのである。

ハリスが条約の早期調印にこのような強気を見せたのは、六月十三日にアメリカ汽船ミシシッピー号が、不意に伊豆下田へ寄港したからである。

書記のヒュースケンと二人で、日本人に囲まれ孤独の月日を過ごしていたハリスは、歓喜した。

ながらく海外の情報に接していなかったハリスは、ミシシッピー号の船長からさまざまの出来事を知らされた。

インドで叛乱軍が武力鎮圧された。英仏連合軍は清国の首都北京に近い白河の砲台を占領し、数万人の支那人を殺傷して清国政府を恐慌に追いこみ、有利な講和条約を結んだ。

英仏艦隊はつぎの目標を日本に向けている。

ハリスはこのような海外事情を聞くと、幕府をおどし、条約調印にこぎつける機会は今を置いてないと判断した。

曖昧《あいまい》な口実を設け、調印を延ばしている幕府がもっとも恐れるのは、黒船が来航することである。

ミシシッピー号の船長は、英仏艦隊が中国から江戸湾へ来航するのは、実現の可能性の薄い噂に過ぎないかも知れないといったが、ハリスにとってそんなことはどうでもよかった。

英仏両国には、日本に対し、中国に仕向けたと同様の軍事行動をするつもりはなさそうである。

イギリス議会では、イギリス軍がアジアで武力行動をおこし、人的損害を出す戦闘をおこなう侵略が、好結果を招くものではないとの意見が、野党を中心におこっていた。

平和のうちに交渉し、貿易を拡大してゆくのがもっとも効果的な国益増大につながると見ている。

日本は遠い極東にあり、国土も狭小で資源に恵まれていない。しかも大勢の武装したサムライがおり、征服するには凶暴な彼らと戦わねばならない。

そのような国へ戦争をしかけてみたところで何の得策もなく、損害を受けるばかりである。

ハリスはそのような現実が日本側に知られるまえに、条約調印を実現させねばならない。

条約の障害となっている京都朝廷に対しても、北京で清国皇帝が受けた敗北の屈辱を知らせれば、頑迷な彼らに意味ふかい前例を見せることになる。

清国では日本と同様に、皇帝から官吏、士紳、百姓、人民に至る全国民が、攘夷をスローガンとしていた。

英仏は、清国のそのような拒絶の態度を粉砕し、膝下に屈服させれば、貿易上の大きな利益を得られると見て、開戦の口実を探していた。

彼らは、些細な二つの事件を契機として、戦端をひらいた。

ひとつはアロー号事件である。

アロー号とは清国人がつくった船であったが、香港政庁にアロー号として英国籍を登録していた。船長はイギリス人であった。

安政三年（一八五六）十月、アイルランド系イギリス人船長が、アロー号から外出して留守のあいだに、船内へ清国官兵が踏みこみ、乗組みの清国人水夫を逮捕した。

乗組員十四人はすべて清国人で、そのなかに海賊が二人、身許をいつわりまぎれこんでいたのである。

イギリス側は、アロー号がイギリス国旗を掲げていたのに清国官憲が踏みこんだのは、条約違反、国旗侮辱にあたるとして、抗議した。

二十四時間以内に、その報償をしないときは、武力に訴えると、清国政府へ最後通牒をつきつけた。

イギリス側は、アロー号船長が拒絶したにもかかわらず、清国側は強引に船内を捜索し、船員十二人を拘引し、イギリス国旗を侮辱したと難癖をつけた。

清国側では、船長は下船して不在で、国旗は掲揚されていなかった。またアロー号の船籍登録が、十日ほどまえに切れたまま、更新手続がされていなかった事実を告げ、抗議した。

つまり、アロー号は清国人のつくった船籍のない船であった。清国官憲がそれを清国船と見て当然である。

　パークス領事、ボウリング提督はこの事件をきっかけに、広東を砲撃し、城内を占領し、清国民衆の抵抗に遭うと、これを虐殺した。

　フランスは四年前に広西省西林県で、知事の命令により、天主教宣教師シャプドレーヌが拷問を受けたあげく斬首され、屍を八つ裂きにされた事件の責任を追及して、賠償を求め、イギリスとともに出兵した。

　ヨーロッパ人はアジアにきて、利益追求を急ぐとき、何の迷いもなく砲門をひらき、東洋人の屍の山を築くのをためらわなかった。

　彼らが日本を襲わないのは、まぎれもなくサムライの抵抗を恐れていたためである。

　ハリスにとって都合のよいことに、ミシシッピー号につづき、アメリカ汽船ポーハタン号が六月十四日、下田に入港した。同船には、海軍提督タットナルが乗っていた。

　まもなく北支那の作戦を終えたロシア軍艦パルラダ号が下田に入港した。

　パルラダ号には清国と天津条約を締結した海軍中将プチャーチンが坐乗していた。

　ハリスは、日本開国を自分の手で実現させたい。平和裡に開国させれば、日本のためになる。

　幕府は下田奉行井上清直、目付岩瀬忠震《ただなり》を六月十八日、ハリスに会わせた。

二人は品川から船で小柴沖に碇泊しているポーハタン号におもむいた。ハリスは同船に乗っている。

ポーハタン号のタットナル提督は、時刻が夜になっており、日没後は大砲を発射しないのが通例であるにもかかわらず、夜空を震撼させ、十七発の礼砲を放った。

砲口から噴きだす火光と雷鳴のような発射音は、二人の使者の心を動揺させた。

ハリスは井上らを迎え、簡明に要件を告げた。

「私は別にあたらしい条約内容を求めるものではない。ただ、あなたがたに降りかかる危難をあらかじめ知らせ、日本政府がこれに対応する最善の手段について忠告するだけだ。あなたがたが私の意見に耳をかさないのなら、下田に帰り約束の調印期日を待つだけだ」

いまにも幾十艘の黒船がくるようにいうハリスの言葉に、井上らは容易ならない事態に直面していると知った。

彼らは調印期日を七月二十七日まで延期しており、ここで突然調印すればまた諸大名の間で騒ぎがおこりかねないと、即決を避けようとした。

十九日朝、井上、岩瀬は神奈川から帰り登城した。

二人は老中にハリスとの交渉経過を報告する。

「かようの次第にて、英仏軍艦数十艘が渡来するやも知れぬとのことにござりまする。清国にうち勝ちしいきおいにて押しかけて参らば、応接に苦労いたすであろうと、ハリスは申しまする。

いまここにて仮条約書に調印いたさば、いかようにも骨折って斡旋いたすと申しおりまするが、いかがなされまするか」

井伊大老は、黙然と聞いていた。三奉行をはじめ、諸役の人々が、口をそろえ調印に同意を示した。

数十艘の軍艦に脅かされて調印したとあっては、国威に疵《きず》がつく。それよりも、今ただちに調印を許すのがよいと彼らはいうのである。

大老はその場で裁断を下した。

「天朝にお伺い済みにならざる間は、いかほど迷惑にあいなり候とも、仮条約調印はまかり成らぬ」

大老に同意したのは、若年寄本多越中守ただ一人であった。

他の人々は大老に再考を要請した。

「実もって容易ならざる儀、天朝より仰せ進められ候儀も、御国体を穢《けが》し申さざるようにとの御趣意につき、古制に泥《なず》みおり候ては、憂患今日に十倍致すべく、よんどころなき御わけがら御申解はいかほどこれあるべく候えども、一旦争端をひらき候ては、皇居をはじめ沿海お手当もゆきとどき申さざる事につき、調印致し相渡し候よりほかこれなき旨……」

　大老は御用部屋に引きあげ、老中たちと相談した。

　堀田正睦、松平忠固らは、調印する方針を心に定めていた。

　二人は、大老に正面から反対するよりも、一応剛情な彦根牛に同調するほうがよいと判断し、井上、岩瀬の両人を呼び出し、調印延期をはかるよう命じた。

　井上信濃守はひきうけたが、大老に念を押した。

「是非に及ばざるときは、調印をお許し下されましょうや」

「その場合はやむをえぬ」

　大老は答えた。

五

　ハリスとの交渉にふたたび小柴沖のポーハタン号に出向く岩瀬肥後守は、井伊直弼に申し述べた。

「調印の儀は、是非にも引き延ばす覚悟にて、応対つかまつりまする」

　彼はそういったが、内心では調印するのが日本のためであると考えていた。

彼は神奈川へ出向くまえに橋本左内に托した松平慶永への書状に、調印を急がねばならないとの内心を吐露している。

「この際にのぞみ、なお因循《いんじゅん》は依然たり。まことに嘆ずべきものははなはだしきものにござ候。仏英、陸続入津《にゅうしん》候えば、いかなる御不都合にも至るべきやと杞憂に堪えず。なにとぞ御鼎《てい》力《りょく》を仰ぎ奉りたく、宇（宇和島伊達宗城）高（高知山内容堂）両侯へもしかるべく御談判希《ねが》うところに御座候」

彼はすでに調印の決心をしていた。

「官吏（ハリス）調判を懇願するは幸の事なり。その願意にもとづき四十余艘の入津以前、調判もっと好機会と申すべく、この場にのぞみ不断に失し、ついに英仏の矛先に屈するは、大辱の甚しきもの。然るになお娓々《びび》の論あり。応接者もほとんど困頓《こんとん》、万々諒察希うところに候」

水戸の斉昭は、浦賀に入港したアメリカ軍艦、ロシア軍艦の艦名、船将名を知っていて、老中評定の前日に松平慶永へ密書で知らせた。

彼は本心はどうか分らないが、口ではあいかわらず強硬論をとなえている。

「アメリカ軍艦は条約催促にきたのであろう。ぐずついておれば、こちらから大砲を撃ちかけ威《おど》せばよい。威されて事が済めば、この先も難題をもちかけてきたときは、その手で解決がつく」

直弼は下城して、井上清直らの首尾を待った。

井上、岩瀬は八つ半（午後三時）頃には、ポーハタン号に到着しているはずであった。

彦根藩公用方宇津木六之丞は、直弼に城中評定の結果を聞かされ、いったん退ったが、不安がこみあげてくるまま、ふたたび直弼のまえに出た。

「このたびの儀は、公方さまにお伺い済みとのことにござりまするが、天朝の御沙汰をお待ち遊ばされず御調印をお達し遊ばさるるは、陰謀方の術中に陥ることにあいなりませぬか。すなわち、御違勅と申したてられ、讒奏《ざんそう》あそばされるようなることにあいなっては、お家の一大事にござりまする。

そうなれば、罪は御前さまおひとりにておかぶり遊ばされることになりまする。それゆえ、ただいまよりにても神奈川に急使をさしむけ、調印お差留めをなされてはいかがでござりましょう」

直弼はおちついた眼差しをむけて答えた。

「調印の儀は公方さまへ伺いしうえに指図いたせしことじゃ。いまさら差し留めるわけにもゆかぬものであろうが」

宇津木は家来として、そのうえ強く主人の再考を求められなかったが、引き退る気になれない。

　彼は強い語調で迫った。

「平常、天朝をご尊崇あそばさるる御前が、京都の御沙汰をお待ちなされず、右様《みぎよう》の御達示をなされしは、いかなる次第にござりまするか」

　直弼がこののち、反対派の槍玉にあげられ生死の関頭に立つかも知れないと、宇津木は気が気でない。

　直弼はおもむろに説いた。

「そのほうが申すところはもっともじゃ。しかし、事は急を要する。京都へ使いを走らせ勅許を待ったとて、いつのことになるやら知れぬ。いま海外の諸国の形勢は、なまやさしきものではない。大船航海術に熟達し、万里の海を越えて隣家をおとなう気易さにて、交易通商を求めてくるではないか。

　夷国の兵器軍制はみなわれよりすぐれ、国は富み、兵は強い。いま調印を拒み、彼らと戦端をひらき、さいわいに一時の勝ちを得たところで、海外が皆敵となったときは、打つ手もないであろう。

　戦に負け、領地を割譲せざるを得ぬようになれば、これほどの国辱はない。調印をことわり、この先ながく国体をはずかしめるのと、勅許を待たず国体をはずかしめざるのと、いずれの道をとるべきかのう。

ただいま海防の備えが充分でないことは、そのほうも承知しておるであろうが。しばらくはハリスの願いに応じ、日本国に害を及ぼさざる相手をえらび、通商を許すのが正道ではないか」

直弼はしばらく瞑目したのち、言葉をつづけた。

「朝廷より仰せすすめられし儀は、御国体を穢《けが》さざるようとの御趣意のみじゃ。昔より大政は関東へ御委任なされしもの。政《まつりごと》をいたす者に、臨機の権道なくば、いかにして国を治められようぞ。然《しか》しながら、そのほうが儂の身を案じてくれる意中も、充分に承知いたしておる。かくなればやむをえぬ。勅許を待たざりし重罪を問われしときは、わが身ひとつに受ける覚悟をきめておるのじゃ。察してくれ」

宇津木はそのうえ何もいえなかった。

彼は蒸暑い夜気のなか、蚊遣りのにおいのこもった座敷で、奥御殿に立ってゆく直弼を見送るよりほかはなかった。

直弼は保守的で禁裏尊崇の念があつかったが、海外情勢についての知識をたくわえている。先代直亮《なおあき》のとき藩校弘道館教授となった中川禄郎は、儒臣であるが開国論者であった。

直弼は中川を側近に置き、条約問題についても意見を求め、それを参考にして政策の判断をしていた。

直弼は決断を下していた。もはやあとへ引くことはできない。

十九日、井上清直、岩瀬忠震の両全権は、日米修好通商条約十四カ条と貿易章程七則の条約書に調印を終えた。

日没も真近い頃、ポーハタン号は二十一発の祝砲を放ち、日米委員は握手を交した。

ハリスは平和裡に日本を開国させたことに、大きな満足を覚えた。

彼は調印の数日後、香港のボウリング提督に手紙で満足の思いを知らせた。

「エルギン卿やグロ男爵が、日本にこられようとするにあたって、いまその目的は私の手によって成就せられたことを知るだろう。いまや示威のために大艦隊を率いてくる必要はなくなりました」

神奈川沖で調印がおこなわれていた十九日の夜、越前藩主松平慶永は井伊直弼の屋敷をおとずれ、自らの意見を告げた。

「調印の事はすでに禁裏へ御伺いなされたことであれば、この際は夷国の求めに従わず、天意を奉ずるのが至当と存じまするが」

直弼は答えた。

「もとよりさように存じてござるが、今日も力をつくし評定いたしした。ところが、備中（堀田）は敗軍の将でいささかも気を吐くことあたわず、伊賀（松平忠固）は激論を主張いたす。長袖（公家）の望みにかなうようにと議することも果てしなきことなれば、この表限りにて取計らわずしては、覇府の権もなく時機を失い、天下のことを誤ると申すばかり。他はひたすら畏れるばかりにて、眼前の危難を逃れんといたす。それがしに同意いたすは本多越中守ただ一人にて、ほかには味方もなく孤立の姿なれば、なにとぞ貴所らの援助をお願いいたしたい」

調印の翌二十日は、将軍が上野寛永寺へ参詣する日であったが、直弼は登城せず、暑気あたりと称して閉居した。

幕府は調印ののち、諸大名の登城をもとめ、それがやむをえなかったことを布告し、朝廷へ調印顛末《てんまつ》を奏上しなければならない。

どのような反撥がおこるか、見当もつかなかった。

直弼はその日、伊達宗城に書状を送り、諸侯に諮詢《しじゅん》をおこなわなかったことを詫びた。

「何事も小子の不行届ゆえ、御都合整わずあいなり候段、恐縮の至りに候。何分まったき御奉公もおぼつかなく候」

直弼は終日、宇津木六之丞ら腹心の家来を集め、今後の対策を練った。

これから乗り切らねばならない難局に対処するため、幕閣において結束を乱す者を除外しなければならない。

直弼がもっとも危険人物と見ているのは、松平忠固であった。彼は直弼を大老に推した人物であったが、老中となってのち、我がつよく、目にあまる傍若無人の言動が多かった。

そのうえ、直弼を失脚させる陰謀をたくらんでいるという噂があった。それを聞きこんできたのは、忍藩井狩作蔵である。

彼はそれを主君忠国に告げた。忠国はしばらく思案したのち、その事実を直弼に通報させることにした。

「容易ならぬ陰謀じゃ。いま井伊殿が大老をしりぞかれたなら、あとを継ぐ器がおるまい」

直弼は知らせを受けると、ただちにお庭番に探索させ、噂が事実であるのをつきとめた。

いま一人の異端者は堀田正睦であった。

堀田はながく外事掛をつとめ、ハリスとも親しく有能であるが、京都との交渉で失敗を冒してのち、発言力が弱まり、世子《せいし》に一橋慶喜を推して将軍に嫌われている。

「この二人を除けば、纏《まと》まりがよくなろう。あとは水戸との応対をどうすればよいか、案を練っておけばよい」

主従は今後の対策について、夜の更けるまで相談した。

翌二十一日、直弼は堀田正睦と松平忠固の登城を停止《ちょうじ》した。その日、京都へ飛脚で送った条約締結について朝廷へ奏聞する奏書に、五人の老中が連署した。

正睦と忠固は連署の列に加わっていたが、二十三日には正式に老中を引退させられた。

京都朝廷へ宿次《しゆくつぎ》飛脚で送った奏書の内容は、つぎの通りであった。

「一筆啓達致し候。外国御取扱い方の儀につき、御使備中守差しのぼされ、委細の事情言上に及び候ところ、勅答の趣もこれあるにつき、なおまた三家以下諸大名へお尋ねこれあり。追い追い差しいだし候御答書等叡覧《えいらん》にいれ、そのうえ御処置これあるべき思召しのところ、もはやアメリカ条約お取りむすびこれなく候ては、あいなりがたき場合に至り、実にやむをえざる事次第につき、再応仰せいだされ候。日合《ひあい》もこれなく御余儀なく御決着にあいなり候わば、ふかく御斟酌《しんしやく》思召し候えども、先般来仰せ進められ候趣をもって、今度条約御取りかわせこれあり候。右御余儀なき次第、別紙の通りに候。この段まず取りあえずよろしく奏聞あるべき旨、仰せいだされ候。

恐惶謹言

六月二十一日

脇坂中務大輔安宅《やすおり》判

内藤紀伊守　信親判

久世大和守　広周判

松平伊賀守　忠固判
堀田備中守　正睦判

広橋大納言殿
万里小路《までのこうじ》大納言殿　」

堀田正睦、松平忠固にかわって、太田資始《すけもと》、間部詮勝《まなべあきかつ》、松平乗全《のりやす》の三人が老中に任ぜられた。

いずれも直弼と親しい人々である。

直弼は太田、間部の二人には、あらかじめ老中に推す内意を告げていた。

間部は六月十二日に参覲《さんきん》したとき、直弼から太田と二人を老中にしようとの意中をあかされた。

太田、間部は天保年間に老中であったが、堀田正睦と意見が衝突して引退していた。

間部は太田の意向を聞き、ともに老中となったのである。

幕府の条約調印が諸大名に知らされると、尾張、水戸、越前ら諸侯が激怒した。

一橋慶喜は、家老が幕府の沙汰を聞き、城から帰って知らせると、顔色をかえた。

彼は家老たちに憤懣を爆発させた。

「卿、御渡しの御書取御一覧あって、勃然として御顔色変りて仰せ出《いだ》されけるは、事すでにここに及びては、寡人《かじん》ら黙止傍観の時にあらず。

それについて承るが、そのほうどもは違勅という事は、あるべき事か、あるまじき事か、いかが心得候やとの御事ゆえ、御家老どもも、天下誰あって勅命を違背つかまつるべきと申しあげれば、卿、そのほうどもも爾《し》かおもうなれば、もはや相談することもなし。これよりお城へ参りて大老ならびに老中どもあい揃い、当館に参るべき旨を申し伝えよ。しかしこの節、幕府御用繁多にて参り得ずば、明朝こなたより登城に及びてもよろしき由を申すべし。また、水野筑後守に所用あれば、早く参れと申しつかわすべし」

慶喜は自邸に大老を呼び寄せようとしたが、さすがに直弼は応じなかった。御用繁多であるため、明日登城してほしいと使者の一橋家家老に伝えた。

慶喜は翌朝、田安慶頼と同道して登城した。彼は単独で直弼と対面し、挨拶をする。

「せんだっては大老職になられ、容易ならざる時節、大儀千万のことである」

直弼は辞を低くして返答する。

「不肖の私、存じ寄らざる重任をこうむり、おそれいり候えども、精々粉骨つかまつるべき心得にござりまする」

慶喜は聞く。

「このたびの仮条約調印のことは、そこもとも承知のうえのことか」

直弼は平伏して答える。

「恐れいり奉る」

「将軍家台慮《たいりょ》を伺いしうえのことか」

「恐れいり奉る」

直弼が有無の返答をしないので、慶喜はいらだった。

「それでは事の子細は分らぬ。さだめてそこもと不承知なりしを、備中（堀田）伊賀（松平）の両人が計らいしことであろう。いかがじゃ」

直弼はようやく頭をもたげ、答えた。

「私も同意つかまつり候ことゆえ、恐れいり奉りまする」

「それはもってのほかのことじゃ。将軍家御違勅ということにならぬのか」

「私もさように存じ、はじめのほどは拒みましたが、多勢に無勢、詮方なく同意いたしました」

「ご違勅ともあるべきことを、奏書にて奏上するとは何事ぞ。御軽蔑の筋にもあたるではないか」

「いちいち恐れいり奉りまする。いずれ私どもの内、早々に上京つかまつり、申訳つかまつりまするによって、これまでの儀は幾重にも御免下さりませ」

「このほうの立場より、ご奉公と存じて申すことなれば、明日にも出立《しゅったつ》あってよろしかろう」

「かしこまりました。早速評議つかまつりまする」

直弼は恐れいり奉るをくりかえすのみで、問題の内容にはまったく触れない。

慶喜が議論を持ちかけられないうちに、条約問題を認めたかたちになってしまった。

しかたがないと、慶喜は鉾先《ほこさき》を向けかえる。

「御養君の御沙汰もあったが、いずれにきまったか」

直弼は顔をあからめ、頭を下げた。

「恐れいり奉りまする」

「なに、まだ決定《けつじょう》にはならぬのか」

「恐れいり奉りまする」

慶喜はいらだった。

「何故申されぬ。備中から聞けば、いよいよ紀伊殿にお決りになられたとか」

「さようでござります」

直弼ははっきりと答える。

慶喜は突然先手をとられ、祝いの言葉を述べないわけにゆかなくなった。

「それは恐悦至極。世上にてはこのほうなども取沙汰いたされしゆえ、気にいたしておりしが、それにて安堵いたした。紀伊殿には先般御登城の節お見かけ申したが、なかなか背も大きいようじゃ。そこもとは大老として、よく輔佐の任を果すがよい」

慶喜は直弼の手に乗せられ、自分には世子になる野心はなかったと、いらぬことまで口にした。

直弼はたちまち満面に喜色をうかべる。

「御前（慶喜）さえ然《しか》思召されくだされば、まことにもってありがたく安心つかまつってござりまする」

「何はともあれお決りのうえは、一日も早くおひろめあってしかるべきじゃ」

「さらばいつ頃がよろしゅうござりましょう」

「明日にても然るべしと存ずるが」

直弼は指を折り数えてみる。

「明日は御正日《しょうにち》にてござりますれば、明後日にてはいかがにござりましょう」

「いずれにても早きほうが、よろしかろう」

「されば、いよいよ明後日といたしまする」

直弼は無抵抗のようでいて、終始反対の立場をつらぬき、その事実を慶喜が承認せざるをえないように仕向け、慶喜は手も足も出なかった。

慶喜は大老との対面のあとで、老中たちと会った。

慶喜がこのたびの条約調印が違勅であるというと、上席からつらなる太田備後守、間部下総守、松平和泉守は聞くばかりで口をひらかない。三人は新任で条約調印に関係がなかった。

久世大和守が重い口調で弁明しかけた。

「このたびのことは、よんどころなきお訳あいもあることにて」

慶喜は久世の言葉をさえぎり、怒声を発した。

「大和守、よんどころなきとは何事なるぞ。さだめて英仏の数十艘の軍艦のことであろう。その軍艦、いずれに渡来したのじゃ。何十艘見ゆるか」

「いや、まだ渡来つかまつりませぬ」

「そのことじゃ。五十艘も百艘も寄せきたり、手詰めの戦に及びて、運つたなくして大将分もあまた討死にいたし、このうえ一戦に及ぶなれば、大城も夷の手に陥るかと思うばかりになれば、そのときこそよんどころなくともいえよう。説客《ぜいかく》の謀言にあざむかれ、見えもせぬ船をおそれ、よんどころなしといいて、勅旨に背いてそのままに済むと思うか」

直弼に軽くあしらわれた二十二歳の慶喜の憤怒は、ようやくはけ場を得た。

慶喜は久世大和守を睨みすえ、はげしく論難する。

「東照宮御開業以来、征夷の職任を重んぜられ、尊王攘夷の御政道にて、御尊崇を朝廷につくされしを、御当代に至りて、黠虜《かつりょ》の虚喝に辟易して、御違勅ともなるべき筋に至れるは、台慮に出でたることとなるや。そのほうどもの取計らいか」

大和守は一言の答えもなく、言葉につまった。

六

慶喜の難詰に、老中たちは言葉もなかった。間部下総守はしきりに落涙していたが、そのうち太田備後守にいった。

「我々どもは今日の事なれば、何とも申しあぐべき様もござらぬが、仰せの趣きはいちいちごもっとも至極に伺い奉るべきことと存ずる。しからばただいまのところにて、京都へ御使いのことを評定いたして然るべきではござるまいか」

太田備後守はすかさず慶喜に返答をする。

「ただいま下総の申せし通り、私どもは今日老中を仰せつかりしものにござりますれば、とかくの申訳もなりかねまする。御意の趣きはいちいち敬服いたし奉りまするゆえ、早速京都へ御使いの儀を評議つかまつりまする」

慶喜はそのうえ言いつのることもできず、下城することになった。

田安慶頼は直弼に会い、将軍継嗣が紀伊殿に決ったと聞くと、喜色をあらわした。

「さてさて恐悦至極。先頃より一橋にあいなるべしとの風説ありしゆえ、自然右様にあいなっては乱の基と、ひそかに気遣いもいたしおりしが、まことに安心いたした」

慶頼は直弼の力量をたかく評価した。

「そこもとに御役仰せつけられ、上の御力となり、これまでの弊風御挽回のおはたらきはまことに見事なるものじゃ。それがし弟松平越前守（慶永）は不所存者にて、毎々意見もいたしおれど、なかなか相用い申さぬ。そこもとよりもきびしくお示しなされたい」

翌二十四日朝、松平慶永は大老を問責するため、井伊家桜田屋敷へむかおうとして、髪を櫛上げしているとき、水戸家侍臣茅根伊予介がおとずれ、側用人中根雪江に告げた。

「今日は前殿（斉昭）納言殿（慶篤《よしあつ》）が尾張殿（慶恕《よしくみ》）と申しあわせられ、徳川の御家の為筋を申しあげられるために、辰の半刻（午前九時）に御登城なされまする。つきましては越前公もお上りあってご相談あらせられるよう、お返事を頂戴つかまつりたく存じまする」

慶永はつぎのように返事をした。

「宗家の御為にと御三家の人々が御登城なさるるに、われらも加われとお誘いありしは、わが身の栄えと存ずる。何事も登城のうえ伺い申して返答に及ぶといたそう。ただこれより大老お屋敷へ参ずるゆえ、少々遅参いたすやも知れぬ。さようお返事申しあげてくれ」

紀州家は不参であるが、御三家の歴々が大老以下に条約締結につき詰問するのは、前例のないことであった。

斉昭が慶永を誘ったのは、彼が弁舌の立つ有力な同志であったからである。

慶永は早々に支度して、卯《う》の半刻（午前七時）に井伊屋敷へむかった。

直弼は慶永への応対については、あらかじめ心に決めていた。慶永は慶喜と同様の詰問をしかけてくるであろう。

前日は目上の慶喜にへりくだって応答したが、慶永に対してはそのような気遣いは不要で、政治上の論難をはねつければいい。

慶永は直弼に面会すると、早速違勅をなじりはじめた。

「仮条約の事、諸侯への詮議もなく調印をあい済ませ、奉書をもっての奏上の儀は、まさしく御違勅と申すものではござるまいか」

直弼は一言の弁解もせず、答えた。

「この儀は、まっぴら御免候え」

慶永は激昂した。

「さらばこの罪をいかにして申しなだめらるるか」

「それがしが上京いたし、申しわけつかまつる所存にござる」

「さようあって然るべし。いつ上京なさるるか」

「身の軽き者とはちがい、それぞれの支度もござろうゆえ、明日と申すようには参らぬ。いずれ老中どもと談合のうえ、取り決め申そう」

「一日も早きほうが、敬上の御趣意もあい立ち候て、天機にかない申すべし」

慶永は直弼に一蹴されたが、彼の重大関心事である世子決定の問題につき、挽回の機をつかもうとした。

世子は紀州家と決り、翌日発表される運びになっているのを知っていたが、粘りづよくいさがる。

「御養君のことは、京都へお伺いなされしと承ったが、御伺い済みとあいなってござるか」

「さよう、明日にも仰せ出されにもなるべき御都合にござります る」

「御名指しのお伺いにござったか」

「いや、ただ御養君とのみ仰せあげられてござる。これは先例にて」

「明日の仰せ出されは、さだめて紀伊殿にてござろうが、京都にてはもっぱら刑部卿（慶喜）ご贔屓《ひいき》の由《よし》承る。然るに名指しのお伺いもなく紀伊殿を立てられ候ては、京都にてはご案外に思召されまじきか。

御養君のことは御家の祝事にて、まず条約一条を御聞き済みにあいなり、御心懸かりなきところにて、御祝事の御執りおこないあって然るべしと存ずる」

直弼には、慶永の内心は分っている。

いまさらこざかしい細工をするつもりかと、彼は険しい顔色になった。

「すでに明日にも迫りたることとなれば、いかになり申そうや。紀州殿がお世嗣ぎにお立ちなされしとて、京都に何のお障《さわ》りがござろうか」

話しあっているとき、近習が出てきて直弼に知らせた。

「はや御登城の刻限にござりまする」

直弼は座を立とうとした。

「今日はこれきりにて、お断りに及びまする」

慶永は憤怒を爆発させた。

越前藩の記録はつぎのように述べている。

「掃部《かもん》（直弼）殿、今日はこれきりにて、御断りに及び候と申され、座を立ちて引き入らんとせらるるゆえ、公（慶永）掃部殿の袴の裾をむんずとつかんで押しすえたまい、よし御登城の刻限になりたりとも、唯今申し出たることは、明日にせまりたる事に候えば、今日を過ごしては何の甲斐も候わず、ここにて聞き届けたまうまじきならば、余も登城して営中に於て討論に及び申すべきか、と申させ給うに、それは御勝手次第なるべし。いまは叶うべからずといいさま、振り払って引き入られたり」

井伊家「公用方秘録」によれば、つぎの通りである。

「もはや登城時刻にあいなり候間、ぜひお断りと申しきり遊ばされ候ところ、ことのほか御立腹にて、さように候わば、ただいまより登城致すべき間、御逢い下され候ようにとお申しにつき、左様の儀は決してあいなりがたき義、時刻も移り候間、御送りはお断りなされ候旨、ご挨拶あそばされ、お引き取り遊ばされ候。

越前様にはことのほかご立腹のていにてお帰り。御中門にて御供頭に御手紙ようのもの、お渡しなされ候義を見受け候者これあり。あとにて承り候えば、水戸様に早馬にて参られ候由」

直弼が登城すると、あとを追うように斉昭父子と尾張慶恕が登城してきた。

三家三卿の登城は一定の例日に従いおこなうもので、不時の登城は前例がない。

閣老諸役人は、何事がおこったかと眼を見張った。

御坊主はおそれてわなわなと震えていた。

斉昭らは大老閣老への面会を求めた。

直弼は彼らがどのような用件できたのか分らない。

「大老老中方は、御用とあって御前へ出ておらるるところなれば、しばらくお待ち下され」

斉昭らは大廊下上の部屋で屏風の奥にはいり、詰責の打ちあわせをする。

昼が過ぎても面会の沙汰がないので、斉昭はしばしばうながす。

目付駒井左京が直弼に伺った。

「御台所より、昼飯を出させ参らすべきでござりましょうや」

直弼は声をはげましていう。

「方々は御召しもなきに勝手の登城じゃ。さだめて弁当の支度があろう。昼飯などは出すに及ばぬ」

直弼の意を受けた京都所司代酒井修理大夫が、ときどき斉昭らの席に出て、なにげなく言葉を交し、その場の様子を見て大老老中に報告する。

直弼は、斉昭らが将軍に直謁を求め建白を試みるか、あるいは大老以下を弾劾《だんがい》するか、直々の異見を申しいれられれば対応策がない。

このため、将軍へ直謁を申したてられたときは、断固拒絶する方針をとることにした。

斉昭が上の部屋で、大音声に罵る声が外に洩れた。

「今日は掃部頭に腹切らせねば、退出は致さぬぞ」

殺気満ちあふれるうち、未《ひつじ》の半刻（午後三時）となった。

ようやく大老以下が上の部屋に出てきた。

斉昭はいう。

「今日は各々がたへ申しいれたき子細あって登城いたした。さいわい越前も出ておるゆえいっしょに申すべしと存ずる」

久世大和守がさえぎった。

「越前守殿も御家柄の事にござりまするが、御三家方とは別段の事でござれば、この御席へお呼び入れのことは、以後の御格合いにもかかわり、如何かと存じます」

斉昭は言葉に詰り、松平慶永は話しあいの場からしりぞけられた。

五十九歳の斉昭は長時間待たされ、空腹でもあり、気力体力ともに衰えている。

弁舌の立つ松平慶永が遠ざけられると、勝敗は決したも同然であった。

斉昭は直弼と対面すると、さっそく切りだした。

「条約調印は違勅と申すものである。この儀はいかが考えらるるか」

直弼はよどみなく答えた。

「朝旨はもとより国体にかかわらぬよう、後難なきようとの点にあらせらるると拝察いたしておりまする。英仏の軍艦が渡来いたし、事情きわめて切迫。ハリスの説くところもまたおおいに利あるゆえ、調印いたしてござります。条約につきつまびらかに朝廷に奏上いたしおりますれば、かならず勅允《ちょくいん》ありと存じまする。決して違勅などと申すごときにてはござりませぬ」

斉昭は耳が遠くて直弼の言葉を聞きとるのに苦労をした。

彼は談判がはかばかしく進まないので狼狽《ろうばい》して呼ぶ。

「越前、越前」

「越前殿御同席のことは、先刻も申しあげし通りお断り申しあげます」

尾張侯慶恕が口をひらいた。

「年長の御後嗣を立つるは、朝廷の御旨と存ずる。刑部卿殿の、長にして賢なるを立てたれば、朝意をお慰めいたすこととなり、さらば調印のことも聴許せらるるでござろう」

直弼は一蹴した。

「御養君の儀は上様の思召しにいずることにて、私どもがかれこれと申しあぐべきことにてはござりませぬ」

慶恕は語気するどくいいかえす。

「さようの儀ならば、お目通りにて申しあぐるでござろう」

直弼はさえぎった。

「上様には少々御不快にて、各々様がたへご対面は、あい叶い申しませぬ。そのうえに、紀伊殿御養君のことはすでに御治定《じじょう》にて、明日にもお示しになることなれば、今日に御異議なさるるは当を失せしものと存じまする」

斉昭は声をはげましていいつのる。

「調印の儀は、朝旨に違うの形跡ありと見ゆるなれば、その勅允を得るまでは立儲《りっちょ》のお触れも御延引いたし、謹慎なされてはどうじゃ」

直弼はすみやかに答えた。

「調印の儀は詳らかに上奏いたしおりまするゆえ、かならず勅允ありと存じまする。また西の丸御世嗣をながく空けおくは、朝廷の御趣意にもとると存じまする」

「然らば、京都へ大老老中のうちより御使いを立てられ、お詫び申しあげねばなるまい」

「その儀なれば、はや間部下総守遣わさるべきをさだめられ、明日にも仰せつけらるべき由にござりまする」

斉昭は終始論を封じられ、鉾先《ほこさき》を転じた。

「越前を大老に任ぜられてはいかがじゃ」

直弼らは失笑を嚙みころす。

間部下総守が答えた。

「大老老中に限りあることは、神祖の深き思召しによることにて、御三家を立てさするもまた同様の理ならんと存じまする。いま御連枝方のうちに格別の御方があればとて、御三家を御四家にできるわけもございますまい」

斉昭らはなすところもなく、一刻（二時間）ほどの対座ののち下城した。

松平慶永は下の部屋で久世大和守に会い、条約と継嗣の問題につき論じたが、直弼、斉昭不在の場では力量を発揮できず、夕刻にむなしく引き揚げた。

その日、江戸城中で、諸侍が用もないのに松の廊下を行き来して、いくらかでも高い声が洩れてくると耳をそばだてる。

水戸の老公が大議論を開陳して、直弼を苦境に追いやる場面が見られるかと思ったからである。

話が済み、斉昭らが引き揚げてのち、老中たちが意気消沈しているかと思っていると、大老以下、呵々《かか》大笑して陽気であったので、人々は意外な思いをした。

会談のあと、大久保忠寛がこらえかねて大老に謁してたずねた。

「今日はめずらしく御三家方の不時御登城なりしが、いかなる御用の候いてござりまするか」

直弼はほほえみ答えた。

「なにかいろいろと申したてられたが、さしたることでもなかった。老公老公と鬼神のごとくいうが、思いのほかじゃ。何ほどのこともなかったわい」

老中のひとりがいった。

「老公は言葉の窮するときは、越前を呼べ、越前を呼べと仰せられ、大いに窮して越前を呼べと御座を立たれしこともあった。越前を頼みに御登城なされしか。老公といいて、おそろしきものに思いもしておったが、ご老耄《ろうもう》なされしか。今日のご様躰《ようだい》ほどおかしきことはなかった」

直弼はこの日、刑部卿慶喜にも会っていた。

慶喜は前日にも直弼と会ったが、その日は将軍対顔の例日であるので、登城して大老以下に会いたいと申しいれた。

直弼と老中一同は、奥殿竹の間で慶喜へ謁した。

慶喜は直弼を見るなり聞いた。

「昨日申し談ぜし京使のことは、誰に決したるか」

直弼は平伏した。

「あまりに御用繁多にて、いまだ評決つかまつりおりませぬ」

慶喜は顔色を変えた。

「やあ緩怠なり。しからばこれよりじきじきに申上げようぞ。その折りは誰を使いに出すかご相談もあろう。思召しだいに取りきめるゆえ、その所存でおるがよい」

直弼は慶喜が苦手であった。

理路整然として、主張すべきはするどく推してくる。

直弼はひきとめた。

「さようありては、私ども老職の役前《やくまえ》も立ちがたければ、お待ちあれ」

「そのほうどもの役前立たぬによってこそ、これより申しあぐるのじゃ」

慶喜は立って、御前へ入ろうとした。

直弼はじめ老中たちは立って十間ほども追いかけ、ひたすら嘆願した。

慶喜は足をとめた。

「さほどに申すうえは、よもやあざむきもいたすまい。これより申しあぐることは見あわすによって、是非とも今日じゅうに評決いたされよ。そのために家老どもを残しおくぞ」

慶喜は帰館してのち、子《ね》の刻（午前零時）近くなって家老が江戸城から帰ってくると、御錠口まで出て報告を聞いた。

京都への使者は、間部下総守にきまった。直弼は深夜に激務から解放された。

翌二十五日には、ようやく将軍継嗣の発表にこぎつけられる。

直弼の用人、宇津木六之丞の手記には、当日の様子がつぎのように述べられている。

「このうえは水戸方にていかようのたくらみ、これあるべきも計りがたく、越前守様今朝の御気色と申し、何とも不安心に存じおり候ところ、夜に入り候ても御退出これなく、はなはだ気づかわしく……夜に入り、殊に雨中暗夜の事にもこれあり。何としても不安心につき、その旨内膳殿（家老三浦内膳）にも申し談じ、当役にて、幹之進（宇津木）、権内（大久保）、自分、奥向きにて臼井安之丞、今村多門次参り合せおり候につき、長野主馬下馬へ罷り越し近辺心掛りの処々を見廻り申し候」

長野主馬が江戸屋敷へ出てきていたが、直弼の帰途に不穏な様子はないかと、下馬まで見廻りに出かけたのである。

御供方も士分、提灯持ちの人数が、下城の時には登城時の倍になり、厳戒態勢をとっていた。

直弼が帰ったのは亥《い》の刻（午後十時）頃であった。

「六之丞と御意これあり。生きて帰ったとの御意にて、しばらくお言葉もこれなく、お疲れの御様子」

生きて帰ったというほどであるから、直弼は終日、極度の緊張を強いられていたのである。

六月の末になって、江戸府内に急にコレラが流行しはじめた。

東海道からひろがってきたといわれたが、日本人にとって経験したことのない流行病である。

防疫の方法も知らず、罹病するものはほとんどが死ぬ。

七月になると赤坂辺りから霊岸島にひろがってきた。

「何の病気だか分らねえ。これは狐や狸が祟《たた》っているんじゃねえか」

急に発病する理由が分らず、狐狼狸《ころり》と名づけられた。

「貴きも賤しきも日夜この病いに犯されんことを愁い、門戸には諸神の守札を貼り、八つ手の木の葉を吊し下げ、町々は鎮守の神輿《みこし》を担ぎ出し、獅子頭を舞わし」

という騒ぎになった。

七

将軍継嗣の発表があってのち、江戸市中でつぎのような貼紙があらわれた。

「　家伝いえもち（家茂）

別製煉ようくん（養君）

恐れながら売りひろめのための口上

追い追い冷汗《れいかん》に相成り候折柄、天の御罰中様、おふるい遊ばされ、一時のがれに御安泰の段、するする大変至極に存じ奉り候。

従ってこのたび、徳川の橋詰に、店《たな》仕り候家餅（家茂）と申すは、本家和歌山屋にて、菊の千代（家茂幼名菊千代）と申しひろめ来り候を、このたびあいあらため、新製をくわえ、極《ご》くあめりか（ごく甘く）に仕立て趣向つかまつり候ところ、これまで京都堺町（九条家）にて売りひろめ候牡丹餅《ぼたもち》（近衛家）も、すこし流行に遅れ、強慾に過ぎ候。

三条（実万《さねつむ》）通りにて山内（容堂）柏餅をつきこみ佐倉餅（堀田正睦）もついに味噌をつけ候ところ、最初種々仕きたり候えども、このたびはまたまた家伝に極く新製を加え、江州餅米（直弼）かねほしい（金ほしい）につけこみ、長野芋（主馬）の弁舌につくね芋（島田）九条芋（尚忠）を摺《す》りおろし、ぜうきせん、あめりかなどにてこねまわし、もっとも悪製の餡《あん》をいれ、下々へはごく細末に、難儀つかまつるよう、異国へは至って甘くつかまつり、秘事役味《やくみ》あい用い候えば、諸藩の建白にすこしもおれることなし。（中略）またこの煉りようくんの儀は、家伝に色々ござ候て、中にも小石川の水（水戸）製、八橋に七つ引（一橋）と申すはもっとも上品にて、役味故障（薬味胡椒《こしょう》）を入れ候えば、血気のお方は胸をすかし候えども、御老中方の御口には合い申さず候ゆえ、やはり当時はあめりか一方に、その極上煉りにて、口にいれ候えばたちまちとけるように製しござ候ゆえ、弁者の御方、または年寄方への御進物賄賂御用（毎度御用）仰せつけられ、よろしき御役御求めのほど、ひとえに願いあげ奉り候　以上。

政法所（製造所）

東都徳川の橋詰　愚大老（御大老）」

紀州家家茂世子決定に対する水戸側の憤懣が、行間に満ちている。

条約締結についての幕府の宿次奉書が京都に着いたのは、六月二十七日であった。

主上ははなはだ御逆鱗の御様子で、ただちに勅命の御書付を下され、天子の位を退きたいとの内容で、朝臣一同は驚愕した。

主上は「条約許容の儀は、いかが致し候とも、神州の瑕瑾《かきん》、天下の危亡の基」として、許容すべきではないとの仰せであった。

譲位の御意志はあきらかにされていた。

「またこのまま帝位に居り、聖跡を穢《けが》し候も、実に恐懼《きょうく》候間、まことに以て歎かわしき事に候えども、英明の人に帝位を譲りたく候。

さしあたり、祐宮《さちのみや》（のちの明治天皇）これあり候えども、天下の安危にかかわる一重大事の時節に、幼年の者に譲り候事、本意なき事、これに依て伏見、有栖川《ありすがわ》三親王の中へ譲りたく候。この段、各々存意承りたく候事」

祐宮は五歳であった。

三親王は、伏見貞教《さだのり》、有栖川幟仁《たかひと》、有栖川熾仁《たるひと》の三人である。

主上はこの由を関東へ通達あるべき事と仰せられ、奥へ入られた。

朝臣一同は狼狽し、奥詰殿上人《てんじょうびと》を通じ出御《しゅつぎょ》を願う。関白からは、「関東に対し大老または三家のうち、早々上京いたさせるよう、御沙汰の儀はそれまで御延引賜りますよう」と願い出て、譲位の件はいったん繰延べられた。

江戸では幕府探索方の密偵が、水戸家の動静を探っていた。

井伊直弼は、つぎのような探索方の報告を受けとった。

「小石川連中（水戸）折り折り集合これある由。赤牛（大老）を天下の御為、両足とも切り取りたしなどと申しおり候由。とかく国賊共種々申しあわせ候やにて、このたびの御養君、国持大名以外の不承知これあり。

ついには国乱を生じ申すべくなどと申し触らし候由。（中略）何とぞ国賊ども残らず早々御手段これありたきことと、有志の者共、申しおり候。川路左衛門そのほか両人ほど、小石川御門へ極々《ごくごく》に忍びにて折り折り罷《まか》りいで候由。

幾重にも御油断あいならざる御時節と存じ奉り候」

「小石川連中、赤牛先生はもちろん、掛川（太田備後守）までもこのままに差し置き候ては、このうえいかようなる事ども申し出《い》ずるも計りがたき間、早々押し出す工夫つかまつりたしなどと、小石川隠居、左衛門（川路）衆申し出し、京都への手段専一と種々悪計中と申す事にござ候。十分の御用心、祈り奉りおり候」

幕府側は、水戸を国賊と呼んでおり、直弼は彼らを公然の敵と見ていた。

直弼が幕閣の会議の席上、京都の反撥を抑えるため、「事がむずかしくなったときは、承久の例もある」と極言し、満堂愕然として言葉を出すものもなかったと「昨夢紀事」に記されている。

政情騒然たるこの時期に、将軍家定の脚気《かっけ》の症状が悪化した。

井伊家「公用方秘録」七月三日の項につぎの記載がある。

「公方様《くぼう》（家定）御脚気の御症にておすぐれ遊ばされず、殿様（直弼）おはじめ御老中様にも、大奥御寝所へ召され候由」

七月四日の項は、つぎの通りである。

「殿様御はじめ、御老中様方、大奥へ召させられ、御用仰せ含めらる。右は思召しの御旨在らせられ候につき、尾張中納言様御隠居御慎《おつつしみ》、水戸中納言様急度《きっと》御慎、松平越前守様御隠居急度御慎等、仰せられ候儀も仰せ含められ候由」

七月四日には、京都から三家ならびに大老のうち一人が上京せよとの勅書が、幕府にとどいた。

直弼は家定危篤とみて、死の直前に重大な処分を願い出て、決定を仰いだ。

幕府の許しなく不時登城した御三家と、越前藩主松平慶永を罰することによって、将軍死後の水戸派の擡頭《たいとう》を未然に抑えようとしたのである。

危篤の床にある家定が、このような重大な決定をなしうるわけがなく、直弼が求めたものと、誰もが見ている。

老中久世大和守はいったん決定に賛成したが、五日早朝になって書面で直弼のもとへ意見をとどけた。

御三家に御咎《とが》めを申し出るのは大変な事である。そのうえ、将軍が大病のため、大老、老中が勝手にとりはからったと疑われては、どのような変事がおこるかも知れない。

そのため将軍が全快のうえで、決定をすべきであるというのが、彼の主張であった。

大和守が異を唱えたために、再び会議をおこなえば、折角の決定が流れるおそれがある。

直弼は用人宇津木六之丞に命じ、老中の屋敷を訪問させ、事が延引して万一他に洩れるようなことがあれば、一大事である。今日は夜中となっても決定を断行すると知らせた。

久世大和守は病気と称し登城を拒んだが、いかに不快であっても、押して登城するよう他の老中から勧告し、登城させた。

六日、午前中に将軍家定が薨《こう》じた。

家定は奥医師岡櫟仙院の治療を受けていたが、二日の日に「今日は足がひどう重い」といったので、驚いて診断した。

櫟仙院は家定が重症の脚気であるのを知り、慌てた。

「この御病いははなはだ重うございまする。七、八日頃までのお命が保《も》つかどうか、うけあえませぬ」

直弼はその日から、江戸中の町医で漢方、蘭方の区別なく、名医といわれる者を呼び集め、治療にあたらせた。

岡櫟仙院は扶持《ふち》をとりあげ蟄居させる。かわって蘭医伊東玄朴、脚気直しの名人といわれる遠田澄庵が懸命に治療にあたったが、間にあわず、六日正午まえに家定は息をひきとった。

直弼は城内騒然とするなかで、御黒書院溜りに老中を列座させ、月番内藤紀伊守から尾張中納言に隠居のうえ、戸山屋敷へ移り、穏便に謹慎するようとの沙汰を公表させた。

上使は松平肥後守が命ぜられた。尾張侯は戸山下屋敷で近親との往復、書状の通信を禁じられ、逼塞《ひっそく》しなければならない。

水戸老公斉昭にも同様の沙汰が下った。

斉昭は駒込屋敷で蟄居するのである。

上使は高松藩主松平讃岐守以下、水戸支藩の者が選ばれ、大目付池田播磨守が随行することとなった。

六日に、水戸家では上使を受け、申し渡しについて御請《おうけ》の口上を書面で渡した。

当主慶篤《よしあつ》は登城停止だけの軽い処分であったが、斉昭は安政の大地震で歪み、荒れたままになっている駒込屋敷へ移った。

越前藩主松平慶永も、隠居を申しつけられた。一橋慶喜にも処分が及んだ。登城停止である。

家定の死後数日のあいだに、直弼は政局を安定させるための策を、逐次うちだした。

三家または大老を上京させるようとの朝命には、つぎのように武家伝奏へ答えた。

「尾張、水戸はふつつかのことがあり、尾張中納言は隠居のうえ下屋敷に住み、慎むように命じた。

水戸中納言も同様に慎んでいる。紀州家は幼少である。

このためいずれも上京を仰せつけることができない。

大老は要務繁多、御用多端で急ぎ上京はできない。間部下総守を上京させるので、委細御垂問あるようお頼みする」

幕府は勅書を受けてのちも、開国の方針をつらぬこうとした。

七月二日、イギリス使節キンカルデネは軍艦三艘を率い下田に入港した。下田奉行伊沢美作守、戸田伊豆守は国書を受けとろうとしたが、使節は拒んだ。

「私は江戸に出て将軍に謁見したうえで、これを上呈するのだ」

伊沢はただちに馬を駆って深夜に常磐《ときわ》橋内の、外国掛老中太田備後守の屋敷へ急を知らせた。

太田はこれを直弼に報告した。直弼は英使との応対を、太田と間部下総守に命じた。

英艦は七月四日、品川に回航し、イギリス使節は芝西応寺に入った。江戸市中は黒船来航でまた避難騒ぎがおこった。

太田備後守は十日にイギリス使節を自邸に招き、外国奉行とともに応対し、十八日に条約に記名調印した。

四日にはロシア使節プチャーチンが江戸にきて、芝真福寺へ入った。太田は九日に彼を自邸に招き、十日にオランダ、十一日にロシアと条約に記名調印した。

十二日にプチャーチンは登城し、世子慶福《よしとみ》に謁見した。

水戸、尾張、越前の諸侯と一橋慶喜は処分に服している。

斉昭は荒れはてて庭の草も取らないままの駒込屋敷で、残暑のなか麻上下《かみしも》をつけたまま終日端座していた。

家来たちが心配して、休息するようすすめた。

「御高年におわしますれば、御上下《かみしも》を御略しなさるるとも、御雨戸を開くなりとも、炎暑をお凌ぎやすきよう、すこしずつおくつろぎ遊ばされてもおよろしきやと存じ奉りまする」

斉昭は耳をかさず、頬に汗の伝うのもぬぐわずに、戸を閉めきった座敷に、上下をつけて坐ったまま身じろぎもしなかった。彼の胸中には無念の思いがたぎっている。

慶喜は「昔夢会筆記」のなかで、謹慎の様子を語っている。

「慎隠居を命ぜられしのちは、昼もなお居間の雨戸を閉じて、ただ二寸ばかりに切りたる竹をところどころにはさみ、細めにひらきて光りをとれり。

されば縁側に出《い》でねば、暗くして書見もなしがたかりき。朝は寝所を離るるより麻上下を着用して、夏の暑きにも沐浴せず、もちろん月代《さかやき》を剃ることなし。幕府より見廻りのあるにもあらねば、寛ぎ得られざるにはあらねども、身に覚えなくして罪こうむりたるなれば、一つには血気盛りの意地よりして、かく厳重に法のごとく謹慎したりしなり」

市中にはしきりに流言が飛びかっていた。

斉昭が夜中に忍びで町なかを出歩き、上野の宮へ書信を送り、京都との連絡をとっている。駒込の屋敷へは今日も京都から飛脚が到着したなどという噂がたつので、幕府は七月二十八日に水戸の支藩と尾張、紀伊の付家老に命じ、駒込屋敷を看視させる。

幕府からは大目付、目付が巡視に出役した。

世古延世の「銘肝録」には、世間では水戸老公が駒込屋敷には不在であるとの噂が高いと記している。

「有志の者は例の流言なりとて、更に信用せず、然るところ一日、森孫天（東奉行組）予が寓居に来り、ひそかにいいけるは、この節江戸より奉行へ急報あり。その子細は老公駒込邸亡命なされ、近習の士少々召連れ、木曾街道より京都へ登りになり、このこと穿鑿《せんさく》、密々致し候よう、昨日奉行より密々、命ぜられたり」

京都では、幕府所司代、町奉行所役人が噂に躍らされ、奔走していた。

斉昭は京都に潜入し、鷹司《たかつかさ》家、粟田宮、水戸留守居鵜飼方のいずれかに滞在しているという者がいる。

また大坂城代屋敷にいるという説もある。あるいは海上を船で西国へ渡ったとまことしやかに告げる者もいた。

水戸家駒込屋敷の警戒にあたったのは、高松藩と紀州藩の水野忠央《ただなか》の手兵である。

高松藩は水戸の支藩であるが、本家といたって仲が悪かった。水野は将軍世子に慶福を出すのに努力してきた。

このため、水戸家中では不満がつのり、登城停止を受けている当主慶篤《よしあつ》が、警戒の陣容をいれかえてもらいたいと幕府に要求した。

幕府では慶篤の云い分を聞きいれず、さらに強硬な方針をうちだそうとした。

駒込屋敷で斉昭に付いている家来が、五、六百人はいる。幕府では彼らを残らず引き払わせて、その代りの人数を水戸の支藩から出させるというのである。

そうすれば、斉昭を他藩に預けるのと同様の措置になる。

水戸家中はこの内報を得て、憤激した。

彼らは斉昭の住む駒込屋敷と当主の住む小石川屋敷を、武力に訴えても死守しようとした。

「原田成徳書簡」に詳細が語られている。

「たとえ上使来り、右の台命を伝え候ても、決して御渡し申し候てはあいならず。一同必死の覚悟にて守護致し候よう、君命もこれあり、駒込屋敷へ、家老はじめ五、六百人相詰め、切り死にの覚悟にて今や遅しと上使の来るのを待ちおり候ところ、その日八つ半（午後三時）頃にも候わん、お城付より先刻の儀は、如何の訳に候や、まず御沙汰止みに相成り候旨申しきたり、一同すこしく安堵の思いをなし申し候。要するにこなたのいきおいひびき候儀にもこれあるべくや。何事にて右の事やみ候ところは、相分らず候」

水戸藩から扶持米を受けていた千葉周作、斎藤弥九郎、月岡一郎、千賀熊太郎ら、江戸の錚々《そうそう》たる剣士が、門下生多数を引き連れ、小石川屋敷に集まり、幕府の出様しだいでは血戦も嫌《いと》わぬ覚悟をきめていた。

水戸表へも早馬を飛ばし、銃隊を差し向けさせる手配がされていた。

そのような切迫した情勢を、直弼のもとへ知らせたのは忍藩主松平忠国であった。

忠国家中の砲術家井狩作蔵は、伊豆韮山の江川塾にいたとき、斎藤弥九郎と知りあい、剣術稽古を通じ懇意になっていたので、事態をいちはやく耳にしたのである。

直弼は水戸家との対立が厳しくなっても不退転の意志をつらぬき、強硬な姿勢を変えなかった。

彼は水戸、尾張、越前から自分が敵視され、命を狙われるおそれが生じているのを、充分承知していた。

彼は三家処分に際し、老中太田備後守から罪の証拠もなく親藩を処罰するのは、後の災いを招くことになるとの異議が出たとき、即座にいってのけた。

「京都を探索すれば、かならず罪状があるにちがいない。万一罪状があらわれない時には、私がその咎《とが》を引き受けよう」

その頃御用部屋の評定の際、検討する問題の内容によって担当の老中が上席に就き、大老は次席に就くのが慣例であったが、直弼はそれを無視して常に上席に坐った。

大老として自ら信ずる方向へ、老中たちを牽引してゆこうとする、強い意志をあらわしたのである。

江戸では条約調印、世子決定があってのち、つぎのようなチョボクレが流行した。

「ザマをおみやれ、天下の政事がこれで立つかえ。御養子様さえ、天下こぞって望んだ方を、よそになしおき御血筋おい（甥）の、なんのかのとて、おちいさいのに直した心は、にくいじゃねいかい。

常の時ならどうでもいいわな。こんな時には子供じゃいけねい。御発明でも十二や十三。諸人の信仰、大将軍には、とてもたたねい」

水戸派が流した、幕府攻撃の戯《ざ》れ唄である。

「国の御為や、君の御為を、おもう御人は一人もねいかい。ものけづらでは政事はできぬぞ。オラがようなるいやしいものでも、今度の調印、くやしくおもうに、慶長このかた大禄領して、妻子を安楽、衣食にことたり、十分おごって安く暮らした御恩を思えば、国の御為や、君の御為に、死ぬる命は何でもないのに、それを惜しんで異人にへつらい、機嫌とりとり調印するのは不忠であろうが、不届きだろうが、今となっては応接役人、首を切っても、おっつくものかえ。彦根（井伊）掛川（太田）しっかりしねいといかねいところだ。わるくやったら恐れ多くも違勅になるぞえ。なぜに御隠居（水戸）だまっておいでだ。日本国中、おまえ一人を力と思えば、早く出かけて手際の所望を、たのみますぞい、たのみますぞい。ホホヤレ、ホホヤレ」

松平忠国は、家臣が買いもとめてきたチョボクレの歌詞を一読して、眉をひそめた。

「これは、町人の知らぬ政事に通じた者がこしらえたものじゃ。違勅などと、町屋の者がなんで知ろうぞ」

民衆は水戸斉昭の味方ではなかった。

町人たちの間からあらわれた貼紙に、「伝家隠居散」という薬の広告がある。

一包三十五分、東都駒籠《こまごめ》翁製としている。

効能は次の通りである。

「驕慢《きようまん》年を経て癒《い》えず。寺院を潰し、大砲を鋳立て、あるいは鹿《しし》狩りを好み、士民を悩ますに用いて、忽ち鬱をひらき、毎日または一日おきに快く登城し、万事壮年の如になすこと妙なり」

江戸市民が斉昭に冷静な批判の眼をむけていたことが分る内容である。

江戸でのコレラによる死亡者は激増していた。一町内で死ぬ者が百余人、少ない町でも五、六十人という惨状である。

江戸で八月に死んだ市民の数は、一万二千四百九十二人。人別帳に籍のない無宿人の死亡者一万八千人をあわせ、三万人を超えた。

市中の医師も治療の方法を知らず、患者に近寄りたがらない始末で、梅干や酒が予防薬になり、魚類が病いを伝染させるなどと、流言が走った。

焼場は混みあい、運びこまれてくる棺が足の踏み場もないほど積みあげられている。

その頃、京坂地方でも外国人数百人が小田原海岸に上陸し、附近を略奪したとの風聞がひろがり、大坂町奉行が風説に惑わされないよう諭告する騒ぎがおこっていた。

地方でも凶作、米価騰貴のため農民の暴動打ちこわし、強訴などがあいついでおこった。暴動が最初におこったのは、米の生産地である加賀、能登であった。ついで越後、越中、丹波、摂津、石見《いわみ》、薩摩へ波及した。

加賀、能登で一揆がおこったのは、七月から八月にかけてである。

加賀百万石といわれる米作地であるのに、二月から米価があがって不穏であった。六月は雨が多かった。七月初旬といえば、新暦八月なかばであるが、米一升の値が百文をこえ、放生津《ほうしょうづ》、氷見《ひみ》、高岡で一揆がはじまった。

金沢の城下でも二千人ほどの窮民が城の向い山に登り、藩主に聞えるように、「腹がへったぞ、ひだるい」と泣きわめいた。

八月上旬から毎夕、酉《とり》の刻（午後六時）頃になると彗星が西北の空にあらわれ、戌《いぬ》の刻

（午後八時）近くになると隠れた。

夜明けまえの寅の刻（午前四時）頃にふたたび東北の空にあらわれた。

光芒は長さ三、四尺、竹箒《たけぼうき》をさかさまに立てたようである。日が経つにつれしだいに長く大きくなり、数丈の長さに延びてきた。

八

幕府は条約問題の弁疏《べんそ》をするため、老中間部下総守詮勝《あきかつ》を上京させる旨、朝廷へ返答していたが、出立を遅らせていた。

井伊直弼の家来長野主馬が、まず京都へむかい、諸方へ下ならしの工作をすることとなった。

彼は七月はじめに江戸を出立し、途中彦根に立ち寄る。天候がわるく大雨つづきであったので、半月ほど大津に滞在し、八月三日に京都に到着した。

大津では彼に協力する人々の打ちあわせをおこない、京都の情勢を探った。

主馬は京都の公家の実態を知りぬいている。公家は常に金銭にめぐまれず、格式を重んじるが利に誘われやすく、事にのぞんで表裏がある。

また識見もなく小胆で、時勢の転変に際しては、うろたえ騒ぐのみである。

市井の儒者、志士たちは、血気にはやり暴発の危険はあるが、いずれも確固とした信念、見通しを持たず、攘夷論をひたすら声高に語るのみで、烏合《うごう》の衆である。

主馬は無能な彼らを組織化して、政情を動かしかねない力を発揮させているのは、陰の煽動者である徳川斉昭だと見ていた。

主馬が京都に着いて二日後の五日、徳大寺、正親町《おおぎまち》三条、橋本、八条、三条の公家衆の屋敷に、投げ文があった。

「謹みて申上げ奉り候。そもそも井伊掃部頭《かもんのかみ》家来長野義言《よしとき》と申す者、七月上旬江戸出立。この頃御当地着到致し候。その子細、近日間部下総守上京につき、第一、九条殿下（関白）を取りつくろい、その外、処々へ取りいり、ほどよくあい計り候よう、下総守親しくあい頼み候につき、上京致し候儀、分明に候」

主馬の身辺に影のようにつきまとい、行動を看視していた者は、上京の目的までも知っている。

「同人こと当春以来、すべて三度出京いたし、島田左近（関白家諸大夫）とあい計り、外夷と条約調印の事などは、内勅の旨をもって押し張り、所存申したて候有志大名の建言は取り用いず、かつ一橋君を拒み、幼年の君を西城に取極め、尾水《びすい》二家ならびに越前を圧倒し候事どもは、紀臣（紀州家中）水野土佐守と相計り候次第、皆義言が所為にこれあり。

この度も左近を以て上をつくろわせ、更に久我卿、中山卿をはじめ、そのほか処々へ取り入り、密計を施すべき結構これある趣に候えば、御油断あいなりがたく存じ奉り候。

右、義言なる者は、邪智の小人。もっぱら阿諛《あゆ》佞弁《ねいべん》を以て、近来、掃部頭の寵遇を得て、出頭致し、種々謀計をめぐらせ、ついに関東の所置、違勅に及び候の基をひらき、恐れ多くも叡慮を悩まし奉り候次第、言語道断、実に神州一の大逆、このうえあるべからざる者に候。右この件々、当時、在江戸の者より密使さし登し、左近より義言へ差し越し候密書、殿下御直書進めらるるとの語もこれあり。

これは義言が謀計にて偽作候やも計りがたく候えども、何分容易ならざる事どもに候ゆえ、御当地に於て有志の面々言上奉り候。

御賢察のうえ、早々御配慮あらせられたく、こいねがい奉り候。頓首誠惶謹言」

署名は「大日本国有志中」とあったが、主馬が京都到着と同時に、これだけの投げ文をするのは、政局の表裏を詳しく知っている者でなければならない。

長野主馬は、当面の敵が水戸老公であると確信をふかめた。

彼は九条関白に逢い、京都の政情を詳しく聞いたのち、江戸にいる井伊家側用人宇津木六之丞に報告書をしたためる。

「この節、御大切の一条を申したてにて、御家（井伊家）を悪方《あくがた》におとし候手段、方々へ手を廻し、その中にて京地聖人者流（儒学者）のうち、御家の内聞をよく存じ候者どもより、種々の悪説申しふらし、その使いは拙者を目当てにて、右様の者は聖人の道を知らず重役の意にそむき、主人を非道に引き入れ候て国家の害をなし、既に重役よりも国害の沙汰これあることにて候えば、この以後京地に登り候わば、見つけしだいたたき殺し候わんと申すこと、証書を以て申しあげ候ようあいなりおり候間、まず当分他出致さずとの御沙汰につき、それは拙者を鼠の子と申しやるにてはござなく候や。人間はさように手易く、たたきころされるものにてござなく候と申しあげ候えども、しかし右様まで御配慮下しおかれ候ところ、さからい候ては宜《よろ》しからず候まま、当分参殿つかまつらず。

竜章（島田左近）をもって仰せ越され、なおまた火急の事は、御直書にても仰せこさるべく、拙者よりも上書苦しからずと御沙汰にござ候。

右はともあれ、かの聖人者流の輩《やから》、いよいよ御大事の邪魔いたし候わば、よんどころなく町奉行所の御沙汰にも致すべき心得にござ候。しかし、成るべきだけは穏当に済ませたき心得にござ候」

九条関白は主馬に投げ文の内容を教え、殺害されるかも知れないので、当分外出を見あわせよという。

関白は井伊直弼と親しく、公家のうちでは親幕派の頭領とみられ、敵が多い。

このため、主馬が公然と出入りするのは好ましくないので、用件のあるときは諸大夫島田左近に命じ知らせるか、あるいは手紙で用を通じあいたいというのである。

情勢は険悪であった。

水戸側が流していると推測できる幾つものデマが、市中を吹きあれていた。

そのひとつが、まもなく井伊大老が上京し、幕府が天皇に彦根への遷座を願い出るという噂である。

天皇の彦根遷幸は、異国船が畿内の海にあらわれるおそれがつよまるうち、実際にロシア軍艦が大坂湾へ来航した際、恐怖した公家たちのあいだで、その必要が唱えられた。

当時の記憶から生れたのが、大老の彦根遷幸申し出のデマである。

天皇は七月二十二日、左大臣近衛忠煕《ただひろ》に親書を賜わり、譲位の旨を申し出された。さらに七月二十七日、九条関白を召され、勅書を示され、左大臣以下議奏、武家伝奏と評議するよう沙汰された。

勅書のなかに、大老が上京したのちに天皇遷座を云々《うんぬん》するかも知れないと記されており、世上の噂を早くも聞かれていたことが分る。

勅書には、前の武家伝奏東坊城聡長《ときなが》が賄賂をうけ幕府についたとのことで、公家たちの弾劾を受けているが、厳しく処分して人心を鎮めたい。万一、彦根遷座の儀が現実のものとなっても、桓武天皇以来の平安の都を退くのは、皇祖に対し奉り申しわけないので、拒絶すべきであるから、関白らも決して同意しないでもらいたい。強いて求められるなら、伊勢をはじめ神慮をうかがってのちに決めるべきであると、風説によって叡慮を悩ませられておられる事情が、文面にあらわれている。

斉昭が裏面で操る京都での騒擾《そうじょう》が烈しくなりつつあるとき、江戸の忍藩馬場先門屋敷へ、来客があった。

昼のあいだ降った雨がやみ、肌つめたい風の吹く日暮れどきであった。訪ねてきたのは、将軍家定のもとで徒頭《かちがしら》をつとめていた幕臣、薬師寺元真である。

元真は座敷で松平忠国と向いあうと、さっそく用件を述べはじめた。

「今日下総守殿に申しあぐることは、密々を要するにつき、お人払いをお頼みいたしとう存じまする」

忠国は、小姓を遠ざけた。

「これにて、誰も聞く者はおりませぬ。何なりと仰せられよ」

「しからば、申しあげまする。水戸老公が陰謀にかかわることとなれば、しかとお聞きとり下され」

元真は懐中から一通の和綴《わとじ》の書面をとりだす。

「これをご覧下され」

忠国は膝もとに置かれた書面に眼を落した。

表紙には「水戸家来言上書」と記されていた。

「これは公儀隠密があらかじめ老公の非違を探索いたし、陰謀の内実をことごとく知りつくせしうえにて、老公腹心の家来を呼びだし詰問いたせしうえにて、差しださせたる書状でござりまする。

腹心の家来どもは、動かぬ証拠をつきつけられ、存ずるところをすこしも隠さず白状いたすゆえ、水戸家取潰しはご勘弁願いたい。主君の非をいさめずにおりし手前どもには、いかようなるご成敗を下されるともお恨みは申しあげませぬと申し述べてござった」

忠国は息を呑んだ。

「これは、弘化のお裁きの時の取調べにござろうか」

「嘉永六年（一八五三）異国船江戸沖乗り入れののちの探索によるものにござりまする」

天保十五年（一八四四。十二月二日、改元して弘化元年）五月五日、斉昭は幕命により水戸那珂湊から江戸藩邸へ戻ったところ、翌六日に致仕謹慎を命ぜられ、当時十三歳であった長子慶篤《よしあつ》が、水戸十代藩主となった。

斉昭失脚の理由は、藩政が気儘になり、藩主の驕慢がつのり、我意によって幕府の法度に触れる行為があったからである。

幕府の水戸藩政に対する詰問状は、つぎの通りであった。

一、鉄砲連発ノ事。
一、御勝手向キ不足ノ御申立テニハ候エドモ、サマデニハコレアルマジキ事。
一、松前今モッテ御望ミコレアルヤノ事。
一、諸浪人御召抱エノ事。
一、御宮御祭儀御改メノ事。
一、寺院破却ノ事。
一、学校土手高サノ事。

斉昭は、詰問事項についての反駁《はんばく》を、つぎのように述べている。

一、二、三人の浪人召抱えは、どのような大小名にもあるのに、詰問されるいわれはない。
一、弘道館土手については、築造のまえに図面まで提出して、許可の奉書を受けているのに、いまさら詰問されるのは不当である。
一、蝦夷《えぞ》地を水戸藩へ下されるようにとの内願は、天保五年以来追い追い申し出ているが、それは第一海防のため、天下のためで、次にわが藩の財政のためにもなると考えたためで、決して怪しまれるいわれはない。
一、わが藩の財政難は、蝦夷地は下されず、これまでの助成金五千両も、日光社参の時に中止となり、鋳銭を願い出ればそれも不許可というのでは、どうにもならない。財政難は決して偽りではない。
一、大砲製造、銃砲の揃打ちは、いずれも幕府の御達しを守っての実施で、日本を外夷の危険から守るためのものであるから、疑われるものではない。
斉昭は失脚の理由となった七カ条の他に、将軍から内々に疑心五カ条を提示されていた。
一、長々在国之事。付《つけたり》、簾中《れんちゅう》瑞竜山《ずいりゅうざん》参拝湯治之事。
一、水野越前守と心をあわせたるとの事。
一、国許《くにもと》に於て大砲鋳立ての事。
一、国許に於て調練、追鳥狩《おいとりがり》の事。
一、江戸表において二月二十二日甲冑目見《めみえ》の事。
この五カ条に対する斉昭の弁明は、つぎの通りであった。

第一条の「長々在国」は、天保十一年（一八四〇）一月に斉昭が水戸へ帰国し、同十五年五月、幕命によって江戸に召喚されるまでの四カ年余の在国を指すが、これは弘道館の普請指揮と全領検地のため、幕府に願い出て許されたものである。

その間に、十四年の三月から六月までは僅かながらも江戸に滞在し、将軍の日光社参の供をしている。

また簾中（夫人）の水戸帰国と湯治を願い出たことについては、先祖の墓参をさせたかったためで、人質という意味では「御守殿」すなわち兄斉脩夫人（将軍家斉の娘）と嗣子《しし》慶篤を江戸に残している。

第二条の疑念は、老中水野忠邦（越前守）と同心して異国船打払い令をやめ、天保十三年薪水《しんすい》供与令を出し、さらに異国へ通じ、異国船を招来する役割を実行したこと。さらに幕府改革の破綻の原因となった印旛《いんば》沼掘割の事業を水野とともに計画したことの二点にかかっている。

斉昭はまず自分が天保薪水令に反対し、文政打払い令に復すべきであると主張した上書をし、十カ年来、夷狄防禦《いてきぼうぎょ》についてくりかえし上書建白している事実をあげ、弁疏した。

印旛沼掘割は、町奉行鳥居忠耀《ただあき》が斉昭に資金を融通してもらうつもりで勝手に計画したものので、自分には関係がないとする。

第三条は国許水戸で大砲を鋳造したことへの疑心であるが、斉昭は天保十三年の海岸防禦強化の幕府の達しに従い、諸大名が大砲鋳造をおこなった事実をあげた。

国許の寺々の撞《つ》き鐘、濡れ仏をつぶして大砲にしたのは、無用の品を潰し、有用の備えにしたに過ぎないとする。

第四条の国許での調練、追鳥狩は、老中水野忠邦へ届出をなして実施したものであり、第五条の江戸藩邸で、甲冑を着したまま家来に謁見させた件も、老中より将軍家斉へ伺いをたて、内諾を得てはじめたものである。

いずれもいまさら疑いを向けられる筋あいの事柄ではないと、斉昭は弁明した。

この七カ条の詰問と五カ条の疑心について、斉昭は弁明したにもかかわらず、処罰を受けた。

御三家当主の処罰という重大な決断を幕府が下すには、そのための動かぬ証拠があったはずである。

だが証拠は公表されることなく処断のみがなされ、十四年の歳月が経過するうちに、斉昭についての奇怪な噂も消えていった。

忠国は薬師寺元真が示す「水戸家来言上書」を読み進むうち、斉昭が天下を狙うという過去の風評が、形をなしてふたたび眼前にあらわれてきたのにおどろく。

言上書は、斉昭の幕府再建案からはじまる。彼が再建を念願したのは三、四十年も以前のことで、有栖川宮の姫君を内室に迎えたのは、朝廷とむすぶ必要があったからである。

斉昭の再建案のうちには、恐るべき計画が含まれていた。

元真はその条項を指し示す。

「このくだりを御披見《ひけん》下されませ。老公には、上野東叡山法親王宮を大和国吉野に隠居せしめ、還俗《げんぞく》なし、南北朝の例にならい、京方と吉野方にそれぞれ主上を立て、公儀を京方、水戸を吉野方といたさんとなさるのでござりまする。

老公は関白と将軍を兼任なされ、水野越前守が執権職に就くという天下二分の計は、弘化のみぎり公儀に発覚いたせしものにござりまする」

「あい分ったぞ。当時、御公儀のお仕置きのなされようが、いかにも厳しきものと思うたが、裏にかようの訳がありしか」

忠国は息を呑む。

言上書には、重大な内容が書きつらねられていた。

斉昭は嘉永六年六月、江戸城奥向女中を使い、第十二代将軍家慶を暗殺した。斉昭はこれを自らの意志によるものではないとして、陰謀に加担していた江川太郎左衛門をも毒殺した。

さらに十三代将軍家定をも毒殺した。斉昭はこの機に子息慶喜を将軍位に就けようとし、井伊大老にさまたげられ果さなかった。

忠国は眼を疑うばかりであった。

「これは根も葉もなき風聞にてはござらぬか。かようの非違を、水戸老公がくわだてられようわけもあるまいが」

「さようの儀にてはござりませぬ。老公は、言上書に記す通り、水戸が天下の大軍を一手に引き受けし時の備えに兵器をたくわえ、また一方に秘策をめぐらしてござりまする。

すなわち、嘉永六年、異国船江戸沖乗り入れのとき、大森浜手には松平大膳大夫、浜御殿には立花左近将監《しょうげん》、佃島には松平阿波守がそれぞれ陣を敷かれ、その軍奉行が老公にてござりました。

その際、各備え場ごとに腹心の者数人を置き、万一騒動出来《しゅったい》のときは鉾《ほこ》をさかしまにして公儀にむける心算にて、その際アメリカ国は水戸の尻押しをいたす密約をいたしおりしとのことにござりまする。

老公はアメリカの尻押しを受け、念願を遂げしのちは、一時琉球、壱岐《いき》、対馬、佐渡、隠《お》岐《き》、大島、八丈島を貸し与える約定《やくじょう》をなせしものにござりまする」

「さほどの大陰謀を企てしに、なにごとも起らざりしは、不審ではないか」

「やはりその場にのぞみ、踏みきりがたき事情がありし様子にござりました」

「さようであろう。水戸家中のみにて公儀に敵対をなしうる力があるわけもない。これはまことであろうかのう」

「お疑いはごもっともなれば、のちほど公儀にて探索いたせし証拠をご覧に入れまする」

斉昭が日本改革の方針として示しているのは、つぎの諸条項であった。
一、天皇を伊勢に都せしめ、伊勢神宮の宮司となし、政治に関与せしめない。
一、寺院をすべて破却し、その所有地を没収する。
一、諸国の神社神職を優遇し、名実ともに神国とする。
一、参勤交代を廃止する。
忠国は言上書をまえに、心をかき乱されるばかりで、言葉も忘れていた。

九

長野主馬は、京都町奉行小笠原長門守、伏見奉行内藤豊後守と協力して、水戸の策動に対応することとなった。

九条家との連絡は島田左近、宇郷玄蕃《げんば》に依頼し、久我、中山両家にも伝手《つて》をもとめて接近した。

主馬の手足となってスパイの役をつとめたのは、鹿苑寺《ろくおんじ》（金閣寺）代官多田源左衛門、その妻村山可寿江、その子帯刀《たてわき》、三度飛脚問屋大黒屋庄次郎、目明し文吉らである。

庄次郎は高倉御池下ルに住み、江戸日本橋瀬戸物町、水戸家御用達三度飛脚問屋島屋左右衛門の京都店として営業していた。

彼は水戸家公私の書状、諸荷物の運送をおこなっていたので、主馬は大金を投じ彼を味方としたのである。

このの ち水戸家機密文書のいくつかが、庄次郎の手から主馬に渡ることになる。

目明し文吉はかつては無宿者で、腕に二カ所の前科を示すいれずみがあり、それを消すため南無阿弥陀仏の六字名号をあらたにいれずみしていたといわれる。

彼は京都町奉行与力渡辺金三郎、同心高屋助蔵、大河原重蔵らに抜擢され、主馬のためにはたらくようになった。

京都で尊攘をとなえる志士の領袖《りょうしゅう》は、丸太町に住む梁川星巌と、柳の馬場二条上ルの雲浜《うんぴん》梅田源次郎である。

二人の住いは、志士のクラブのような有様になっている。

星巌は詩人で、在京志士のあいだに人望が高かった。

彼の嘉永七年（一八五四）元旦の詩に、つぎのようなくだりがある。

「皇統連綿万々の春。普天率土《ふてんそつと》浄くして塵なし。もし港をひらきて妖顎《ようがく》を容るれば、おなじ左衽《さじん》の人たるを免れず」

梅田は若狭小浜の出身で、山崎闇斎の学派につらなる山口菅山に学んだ。

安政五年、旧主である小浜藩主酒井若狭守が所司代に任ぜられると、同藩の旧友坪内孫兵衛に書を送り、警告した。

「御国の殿様、彦根侯に御同意なされ候ては、朝敵と申すものにて、万世逆臣の罪名を御こうむりなさるべく候。

御家中の者も、あいすみ申さず候。これらの事は、靖献遺言《いげん》にてお覚悟これあるべく候。……御上使御登りにあいなり候わば、また大もめと存ぜられ候。

殿様はいかがのお心得にてお登りに候や。御家来衆、殿様を皇国の罪人に致され候ては済み申さず候。一統、腹をお切りならせられ候お覚悟よりほかこれなく候」

梁川、梅田の攘夷派二領袖を中心とする尊攘志士の主な顔ぶれは、つぎのような人々であった。

頼三樹三郎。絵師宇喜多一蕙《いっけい》。同松庵。儒医池内大学。療病院祈禱師六物空満。信州松本の大名主山口兵部、近藤茂左衛門。薩藩西郷吉兵衛、有馬新七。江戸浪士藤森弘庵。飯泉喜内。勝野豊作。

水戸藩京都留守居鵜飼《うかい》吉左衛門。おなじく幸吉。同家中山本貞一郎。桜任蔵。鮎沢伊太夫。長州藩京都留守居宍戸九郎兵衛。吉田松陰。福原与曾兵衛。久坂通武。

伊勢松坂世古格太郎。近江西川善六。尾張尾崎八右衛門。備前藤本鉄石。肥後轟武兵衛。同山笠準太。

これらの志士たちの尊攘運動を支援する宮家家臣は、つぎの人々であった。

鷹司家の小林民部権大輔。高橋兵部権大輔。三国大学。兼田伊織。

近衛家老女村岡。一条家の入江雅楽頭。若松杢権頭。

有栖川宮家の飯田左馬。青蓮院宮伊丹蔵人。山田勘解由。

三条家の丹羽豊前守。森寺因幡守。おなじく若狭守。富田織部。

久我家の春日讃岐守。西園寺家の藤井但馬守。

京都の尊攘派のあいだでは、主馬の上洛以前にあらたな動きがおこっていた。

薩藩日下《くさかべ》部伊三次という者が七月に入京して、水戸へ直接に勅諚《ちょくじょう》を下させようといいだしたのである。

日下部は薩摩藩士海江田連《むらじ》の子である。連は江戸屋敷にいるとき事件をおこし、追われて水戸高萩の寺に入って、姓を日下部とあらためた。

のちに連は水戸藩校の師範となったが、水戸藩士とならず浪人のままでいた。

その子伊三次は水戸藩士となったが、弘化年間に幕府から慎を命ぜられた斉昭のために、雪冤《せつえん》運動をするうち、水戸藩をはなれて薩摩藩士となった。

当時としてはめずらしい経歴の持主である。

日下部は七月に、旗本阿部四郎五郎の家来勝野豊作とともに上京し、三条実万《さねつむ》に会おうとした。勝野は藤田東湖、高橋多一郎らと交わりのふかい尊皇の志士である。

日下部は江戸をはなれるまえ、友人につぎのような計画を洩らしている。

「俺は三条公を存じている。三条公と井伊大老は親しい間柄である。それで三条公から大老に書面で、井伊が罪を謝して大老を辞任するか、尾、水、越三侯をゆるすか、どちらかの方策を講じてもらうよう、お願いするつもりだ」

日下部はどうして三条実万と知りあったのか。

彼には三条に近づくためのいくらかの縁故があったが、はなはだしい身分の懸隔のある三条と親しいというのは誇張であった。

日下部は上京するまえ、水戸藩高橋多一郎、鮎沢伊太夫、荻清左衛門らに語った。

「自分は三条公より井伊にすすめ、大老を自ら退かしめ、また朝廷より尾水越三卿の幽閉を解く勅諚を、幕府へ下されるよう周旋したい」

高橋らはおおいに賛意を表した。

「さような結構なお考えは、是非実行していただきたい。天下のために奮発されるよう期待する」

高橋らは下谷《したや》の料理屋で日下部の送別会をひらいた。

水戸藩家老安島帯刀《あじまたてわき》は詳しい事情を知らなかったが、鮎沢らに誘われ、送別会に出た。座敷へ入ってみると、四、五人がきていて何事かささやきあう様子が不審であった。

安島はあやしんで聞いた。

「日下部氏はいかなる用向きで上京されるのか」

日下部の同志の一人が答える。

「井伊大老を退けるために、上京いたします」

「そうできればまことに結構なことである」

安島は宴会がはじまると、しばらく同席していたが、なんのために招かれたのかはっきりしないまま引きあげた。

彼はあとで人に話した。

「自分はいやしくも水戸藩家老である。何ほどの用もなく妙な場所へ連れだされ、利用されたようで不愉快至極であった」

尊攘浪士たちの無責任な気風の一面をあらわした挿話である。

日下部が上京したのは、越前、水戸、薩摩の有志が彼を京都で策動させようと考えてのことであった。

日下部は上洛すると、薩藩の縁故を頼り、近衛家に歌道の門人という名目で出入りをはじめた。

水戸藩京都留守居役鵜飼吉左衛門とも会い、たがいの意見を交換する。

伊丹蔵人の世話で、粟田青蓮院宮にも進謁した。三条家へは、旧知の同家の臣富田織部の紹介でたびたび出入りし、入説《にゅうぜい》した。

「朝廷より尾水越三卿の罪状を幕府へ詰問され、三卿の謹慎を解かれるよう御沙汰ありたい」

という日下部の嘆願は、三条実万の耳に届くことになった。

日下部を扶《たす》け、力を貸して京都における活動を順調ならしめたのは、鵜飼吉左衛門である。

鵜飼は近衛家の老女村岡と、同家に親しく出入りしている僧月照の二人を知っていた。

村岡は嵯峨大覚寺門跡の諸大夫、津崎筑前守の娘で、吉左衛門の養父幸吉の妻と姉妹である。

また、鵜飼の部下小瀬伝右衛門の次男が僧になっており、月照の従弟であった。

日下部は京都に到着して薩摩屋敷に出入りするうち、おどろくべき情報を得た。

彼が七月に入京してのち、鹿児島国表から家老、用人ら重職の人々が続々と京都へ到着していた。

日下部は、藩士に聞いた。

「藩公の江戸参観を九月にひかえ、そのお支度のために重役がたが京都へおのぼりなされるのか」

藩士は内実を洩らしてくれた。

「お殿さまは八月のはじめに鹿児島をご出立なさってござい申《も》す。今度の公儀のなされようを詰問なされんがため、兵隊三千人を引きつれ京都へおこしなさるっとでごあんそ」

島津斉彬は、自ら率兵上京し、禁裏を守護し、朝廷から幕政改革の勅命を受け、公武一和、内外の国是を定めようと考えているというのである。

斉彬は水戸の斉昭とちがい、開国を是とする大名であった。日本が開国しなければ、このち国際社会に加わることができないと見ている。

彼が将軍継嗣に一橋慶喜を推したのは、日本の危機を乗りこえ、外圧に対抗するために最適の人選であると判断したためである。

薩藩の実力は、幕府にも予測できなかった。

琉球を中継点として外国と貿易をおこない、西洋の器械を導入し、軍艦を購入し、外国式の軍隊調練をおこなっている。

暴虎馮河の勇をふるい、攘夷を唱えているが内実は貧しい水戸藩とは比較にならない実力があると見ていい。

薩藩では斉彬上京の噂を厳秘にしていたが、いつか外に洩れ聞え、京都の尊攘浪士たちを狂喜させた。

幕府と対抗しうる実力をもつ斉彬が上京して、幕府施政の非をあらためさせるのである。

京都の民間有志が、斉彬を中心としての政治の急転回を期待していた矢先に、思いがけない出来事がおこった。

斉彬が突然卒去したのである。

七月八日、斉彬は鹿児島城の南、下荒田の天保山の浜辺で練兵を閲した。

炎暑のさなかで、斉彬は前日から気分がすぐれなかったが、たちまち暑気にあたり、帰邸すると下痢をはじめ、床に就いた。

病状は急速に悪化し、十六日の明けがたに世を去った。行年五十歳であった。

斉彬は末期の床に舎弟久光を呼び、遺言をした。

「儂が志を継いで、公武のために力を尽してくれ。また跡目はお前の嫡男又次郎（のちの茂久）に継がせよ」

斉彬の死が京都に知らせられたのは、七月二十四日であった。

禁裏では、斉彬によって混乱する政情が一転しうるものと期待していたので、朝野に落胆の声がひろまった。

「賜勅始末」に、つぎの記載がある。

「七月下旬、薩の早報ありしかば、京師《けいし》の有志の士、耳をそばだてつ。その報に曰く。七月八日、候少しく病いあり、しかるに次第に病勢進み、十六日に卒去あらせられたりと。これを聞いて皆愕然、事すでに去る。

有志の士、為さん所を知らず。あるひと伊三次（日下部）について江戸の情を問うに、伊三次、水戸の気勢なすことあるに足れりという。

ここにおいて勅命を水戸に下し、以てその力を尽さしめんとするにしかずとの議ありしとぞ」

斉彬卒去とともに、京都の情勢は一変した。

梁川、梅田らは、日下部伊三次の案をとり、水戸家へ内勅降下を実現させようとした。

幕府は七月七日にロシアと条約を決め、十八日にイギリスとも条約締結をした。フランスからも条約締結を申しいれてきた。

幕府はその経緯のみを朝廷へ知らせてくる。

天皇は八月五日に関白を呼び、関東の施政がかさねがさね不埒《ふらち》であるので、かねがねから申し聞かせた通り、譲位したいと仰せだされた。

日下部が三条前内大臣に目通りを許され、所論を熱心に説いたのが、斉彬の急死によって上下不安にかられていた情勢のなかで、効果をあらわした。

「三家の慎みご宥免《ゆうめん》を、勅諚をもって仰せいだされ、一橋慶喜卿を江戸城本丸にお入れ申し、現将軍を御養君として西の丸へお移し申しあげまする。

それがかなわぬときは、老公（斉昭）を副将軍として御後見役となされるよう、仰せ出されたく、願いあげまする」

三条実万は左大臣、右大臣、内大臣に日下部の所論への意見を徴した。

八月十一日、池内大学が三条家をおとずれ実万に面会すると、意外な知らせを得た。

三家の一件についての勅諚を水戸家へ下す相談が、朝廷の会議で急速にまとまったのである。

朝廷では譲位を仰せ出されるまでに悩まれた主上のご不満を、水戸への賜勅によって緩和しようとはからった。

朝議が急速に賜勅に決定したのは、近衛左大臣、三条前内大臣らが内々に相談しておいて、評議にのぞんだためであった。

九条関白は、幕府にことわりなく、水戸家に勅諚を賜るのは、前例のないことであると反対した。

朝廷は大名との直接交渉を幕府から禁じられている。

御趣意書の内容もあまりにきびしく、いますこし緩和できないかというと、広橋、万里小路両伝奏は答えた。

「皆々その辺の意味申しあげ候えども、さ候わば、過日も仰せいだされ候通り、譲位の事、かつそれにつき種々御難題仰せ出され候ゆえ、この事は幾重にもお断り申し願い候ゆえ、この別紙（賜勅書）御趣意のところに御治定にもあいなり候ゆえ、とても御思召し、留められ候事はかないがたし」

水戸に賜勅の件は、八月七日に朝議をまとめたうえ、近衛が天皇の御前へ召し出され報告した。

一条忠香の日記には、その経過が記されている。

「段々墨夷《ぼくい》一件御沙汰これあり。左府（近衛）勘考の条、内々申しあげられ、御満足の御様子にて、かねてより仰せ下され候御譲国の儀は、今日御絶念の御事なり。右府、忠香、三条らありがたく拝聴。敬《つつし》みて承り候こと。大安心。大安心」

水戸藩京都留守居役鵜飼吉左衛門は六十一歳で、病床に就いていたので、水戸家への内勅を長男幸吉知明に托し、江戸表へ伝達させるよう両伝奏に願い、許された。

幸吉は三十二歳。剣術、砲術に長じ、在京志士のあいだに信頼されていた。

勅書を伝達する役目は重大である。途中で幕府側に奪い取られては、すべては水泡に帰する。

彼は斎戒沐浴して、死を賭しても水戸藩江戸屋敷まで勅書を届けねばならないと決心した。持参する勅書は白木状箱に納め、箱の表に「水戸中納言殿。万里小路大納言、広橋大納言」と記したものに幾重にも上包みをかけ、身につけた。途中で刺客に襲撃されたときは、同行する日下部伊三次とともに戦い、斬り抜けねばならない。

幸吉は出発に先立ち、非常な幸運に恵まれた。

「荷持ち人足は、大黒屋に揃えさせるがよい」

吉左衛門は息子の従者を、水戸家用達の大黒屋庄次郎の店から雇おうとした。

鵜飼父子は、庄次郎が長野主馬の配下となっているのを知らなかった。

幸吉はいったん父の指図に従おうとしたが、出立の刻限が迫っていたので、伏見駅人馬継《つぎ》立《たて》所で雇うことにした。

もし庄次郎の店で人足を雇えば、彼の生命は断たれ、勅諚は水戸家に到着しなかったのである。

内勅降下の事実は、島田左近から長野主馬のもとへ伝えられていた。主馬が幸吉らを途中で要撃する危険は覚悟しておかねばならない。

日下部は幸吉にいった。

「いざというときは、儂が討手と斬りむすぶゆえ、貴公は戦うことを思わず、ひたすら逃げ走れ。内勅を敵に奪われたなら、その罪は死してもつぐなえぬ」

幸吉は出発に先立ち、「鵜飼幸吉は勅諚を奉じ、明八月九日卯の半刻（午前七時）、中仙道をとって江戸に参る」といいふらした。

そのうえで、家来を伏見の人馬継立所へ走らせ、大坂蔵屋敷の役人小瀬伝右衛門が江戸に下るという先触れ人足状を差出し、六地蔵、大津宿から東海道各宿場へ触れさせた。

旅支度がととのうと、幸吉と日下部は八日夜酉の下刻（午後七時）に京都を出発した。

日下部は小瀬伝右衛門と称する幸吉の従者のようによそおい、ともに汚れた垂れ駕籠で町を出て、人家の絶えた辺りから、歩くことにした。

頭上には数丈の尾を引く箒星《ほうきぼし》がかかっている。

幸吉たちは箒星を仰ぎつつ日ノ岡峠にさしかかったとき、道傍から名を呼ばれ、思わず刀の柄《つか》に手をかけた。

菅笠をかぶり、旅僧の風態をして幸吉たちを待っていたのは、三条実万と親しい左中将阿野公誠《きんみ》であった。

阿野は告げた。

「この先、彦根を過ぎるまでは街道をとらず、間道をゆくがよい」

幸吉たちは道を変えた。

三条実万は、長野主馬が彦根藩の刺客数人を愛知《えち》川堤に配置していることを知り、難を逃れさせたのである。

幸吉と日下部は旅籠《はたご》にも泊らず、野宿をかさねて八月十六日の深夜に、江戸に着き、水戸藩邸に近い小石川春日町の旅人宿に入った。

幸吉はただちに藩邸におもむき、勅書を届けた。

十

水戸藩主徳川慶篤《よしあつ》は、勅書が下ったと知ると、身をきよめ、衣服をあらためてこれを受けたが、幕府の意向をはばかり、ただちに開封すべきかを迷い、駒込屋敷に謹慎している斉昭に使者を走らせた。

使者の茅根伊予介が、そのときの様子をつぎのように記している。

「八月十六日の深更に鵜飼幸吉が江戸に到着した。彼は八月八日に勅諚が下ったので、即刻京都を出てきたとのことであった。

それで種々評議のうえ、七つ刻（午前四時ごろ）過ぎに家中の執政衆と重役一同が出仕した。

その場でいろいろと相談して、駒込邸の斉昭公の思召しを内々にお伺いしたうえで、勅諚を開封することとなった。

私が使者を仰せつけられ、駒込へ出向き申しあげたところ、早速開封して御受けするようとの思召しであったので、ただちに帰ってお殿様に申しあげた」

慶篤以下諸臣一同は衣服をあらためた。

家来たちは敷居の外にひかえ、慶篤が開封して、茅根が拝読した。

「余、仰せつけられ、これを読む。公御始め恐悚《きようしよう》感激、それぞれ申しあげ御前を退く」

勅諚は世にいわれる戊午《ぼご》の密勅であった。

密勅というのは、勅諚を正式の手続きをふまず、武家伝奏、万里小路正房の私邸で授けたためである。

密勅の内容は、容易ならないものであった。条約調印が禁裏の意向を無視したとして、幕府を問責している。

「水戸尾張両家慎しみ中の趣聞こし召され、かつまたその余の宗室のむきにも同様の御沙汰の由《よし》、聞こし召し及ばれ候。右は何らの罪状に候や」

と問いかけ、

「大老、閣老は、三家三卿、家門、列藩、外様、譜代とも一同群議評定し、国内治平、公武合体の実をあげ、徳川家を助け内をととのえ、外夷の侮りを受けぬようにいたせ」

と命じている。

勅諚は斉昭ら三家三卿に対する謹慎の幕命を無視し、彼らに幕府をたすけ政治に関与せよといっているのである。

勅諚には、武家伝奏からつぎのような副書《そえがき》が添えられていた。

「別紙

勅諚の趣、仰せ進ぜられ候。右は国家の大事はもちろん、徳川家を御扶助の思召しにて候間《あいだ》、会議これあり。御安全の様、勘考あるべき旨、出格の思召しをもって仰せ出《いだ》され候間、なお同列の方々、三卿、家門の衆以上、隠居に至るまで、列藩一同にも御趣意あい心得られ候よう、向々へも伝達これあるべく仰せ出され候。

以上

八月八日　」

慶篤はただちに広橋、万里小路両伝奏あての請書をしたためる。

鵜飼幸吉は十八日の夜四つ半（午後十一時）に慶篤に目通りをして、請書をあずかり、近衛、三条両家への口上を聞いたうえで、御紋付と帷子《かたびら》を頂戴した。

幸吉はその夜のうちに江戸を出立し、京都へむかった。

幕府は水戸家への密勅と同内容の勅諚を十九日に受けた。

朝廷では二通の勅諚の一通を八月八日に鵜飼父子に渡し、幕府禁裏付大久保伊勢守には十日に渡した。

本来であれば水戸家あての勅諚は、幕府を通じて下さねばならなかったが、途中で握りつぶされるおそれがあると見たのである。

慶篤は、八月十八日が前将軍家定葬送の当日であったので、十九日に密勅を尾張、紀伊両家と田安、一橋両卿に伝達し、幕府へは密勅を受領した旨を届け出て、老中の来邸を要求した。

「一書を呈し候。秋冷の節、いよいよ御健固御奉職、雀躍せしめ候。さてこのたび、両伝奏より勅諚の趣、仰せ出され候ところ、公辺の御為、御大切の儀につき、とりあえず御相談申したく候あいだ、御繁多にてこれあるべく候えども、今日にも拙家へ御出いたされたく、もっとも大切の儀ゆえ、御一人にてはかえって如何と存じ候間、御同列の内一人、御同道にいたしたく候。この段、早々書外面晤《めんご》を期し候。以上」

老中たちは水戸家からの書状を見て、水戸家に下された勅諚の内容がどのようなものであろうかと、不安にとらわれた。

朝廷を背景にする水戸家が、勅諚を楯《たて》にとり、幕府に対抗する勢力として世間に認められるようになるかも知れない。

老中太田資始《すけもと》、間部詮勝はただちに水戸家へ出向いた。

間部らは将軍家定の死因は、毒殺によるものと推測していた。

幕府隠密の探索によって、斉昭が奥医師岡櫟仙院と通謀し、家定に毒を呑ませたらしい事情が、報告されている。

大老井伊直弼はあいにく病気で屋敷にいたが、水戸家に勅旨降下と聞いて、一刻もはやく内容を知らねばならないと、太田、間部に指示した。

情勢しだいでは、ただちに水戸へ幕軍をさしむけ、斉昭一派を制圧しなければならないと直弼は決心している。

太田、間部は水戸家小石川屋敷に出向き、慶篤から勅諚を見せられると、いくらか気を安んじた。

幕府へ下された勅諚と文言が同一であり、これによって水戸藩は、当面過激な政治行動に出ることはあるまいと判断したからである。

当時、江戸ではコレラ大流行の恐怖におののく市民たちが、さまざまの風説を流していた。

水戸家江戸詰め藩士鈴木大の日記の八月六日のくだりに、つぎのような巷《ちまた》の噂を記している。

「水戸老公は駒込屋敷で謹慎せず、お馬を召し、調練にはげんでいるようだと、世間ではいっている」

「八月四日夜、本郷あたりに瓦版を売る者がおり、大声で水戸様と紀州様が大喧嘩の次第であるというので、道沿いの店々、行路の人々があらそって何事であろうと求めてみると、ただ玄関を二つ書いてあり、紀州様、水戸様と片書きしているのみであった」

水戸城下でも、斉昭が幕府の実権を握るという噂がひろまっていた。

「間部老中が高松侯にあかした秘事であるが、老公が京都へ入説《にゅうぜい》なされることによって、青蓮院宮、三条実万、中山忠能《ただやす》らが勅使として江戸に下向し、水戸老公を幕府の後見とすることが実現するであろう」

水戸屋敷で慶篤と会った二老中は、水戸家も突然下った勅諚をどう取扱ってよいか迷っているのを知った。

直弼は二人の報告を聞くと、即座に緊急会議をひらくことにした。

「明日、抜《ひら》き評定をいたさねばなるまい。勅旨の奉行は公儀において評定いたすゆえ、水戸家中より列藩への披露は見あわするよう沙汰いたし、事のひろまるのを防がねばならぬ」

直弼は斉昭が勅旨に力を得て、幕府の譴責《けんせき》を無視し行動に出るのを警戒した。

抜き評定とは大事を議するとき、まず広殿の四方の襖《ふすま》障子をひらき見通しにする。そのうえで会議の場所を広間の中央にさだめ、余人が接近して盗み聞きするのを防ぐようにすることである。

直弼は登城して評定をおこなったが、勅諚の請書を京都へ送るのみで、時を稼ぐこととなった。

八月八日に将軍家定の死を発表したことでもあり、御中陰のさなかであるため、将軍家から御請の儀を申しあげるのははばかりありとして、太田備後守ら老中三人が請書に署名した。

また京都へ間部老中を派遣する件についても、公方様御大病、薨去《こうきょ》あったため、やむをえず遅延していると、別紙へ記した。

直弼は動きをつつしみ、京都、水戸の動静を知るために情報を待った。

抜き評定をおこなった日に、太田、間部の二老中は小石川水戸屋敷へ再度おもむき、命じた。

「これまでに勅諚を達せしものはいたしかたないが、こののち列藩へお達しには及ばぬゆえ、この旨お心置き願いたい」

水戸家では、三連枝の藩政干与の解除も許されなかったので、憤激の声が高まった。

江戸屋敷奥右筆《ゆうひつ》、高橋多一郎が、藩命によって密勅の写しを水戸へ運んだのは、八月十九日であった。

その夜、密勅の内容を聞かされた水戸藩大番頭大森多膳は、「今夜の一事天降りたるにて、はなはだ吉事」としたためた書面を、藩士に出している。

大森が密勅拝見のため登城するとき、空には光芒五、六尺にも及ぶ彗星《すいせい》がかかっていた。彗星が関東地方の空にあらわれたのは八月初旬で、日毎に南へ移り、光芒がしだいに長くなっていった。九月初旬には空中に直立したように見え、長さ十余丈に及んだ。

江戸のコレラによる死者の数は、安政二年の大地震をうわまわり、「安政五年八月、諸寺院より流行病死亡人書上げ」によると、総数は一万二千二十八人に達していた。

人心不穏のさなか、水戸藩では在国家老、用人、奉行など重職の人々の意見をあつめたところ、弘道館教授会沢正志斎ひとりが慎重論をとなえ、他は朝旨遵奉、勅諚伝達を主張した。

なかにはつぎのような激論を吐く者もいた。

「井伊直弼に暴政、違勅の罪をとがめ、登城停止せよ」

水戸家中では、水戸家に下った勅諚の列藩への回達を幕府が許可しないのは、違勅であるとの意見がたかまった。

水戸家小石川屋敷では、幕府の返事をまたず、早々に諸大名へ回達するのがよいと衆意が一致した。

京都へ家老の安島帯刀が上ることになった。諸大名の副書もできあがったとき、用人の桑原治兵衛がとめた。

「やはり御公儀のお許しを待つのが道に叶うと存じまするが。勅書と申しては御家はじまって以来、かつてためしのない一大事で、なかなかたやすくお考えあそばすことにてはございませぬ。

ことに天下はご承知のごとく容易ならぬ難局に陥り、御家とてもこれがためにいかなる御場合に立たせらるるも知れねば、よくよく成敗を御熟慮あそばす方然《しか》るべしと存じまする」

桑原は小石川屋敷の側用人である。

水戸で同役の久木直次郎も桑原とおなじ意見であった。

八月二十八日、老中太田、間部が慶篤をたずねた。

勅諚を諸大名に直接示したいとの慶篤の談判要請に応じたのである。

二老中は意外なまでの高姿勢でのぞんだ。太田が口上を述べる。

「勅書回達のことは断然おやめなされよ。元来この勅書の出所について、怪しむべき事なきにあらずと存じます。近日下総守（間部）上京のうえにて、委細奏聞つかまつりまするゆえ、それまでは御回示御無用になされたく存じまする」

太田が勅書の出所を疑うといったのは、井伊大老のもとへ、京都の長野主馬から書状が届き、密勅降下の事情が判明したからであった。

主馬の書状はつぎの通りであった。

「またぞろ右四人（近衛左大臣、鷹司右大臣、三条前内大臣、徳大寺公純《きんいと》）の悪計にて、今月七日御参内、水府への勅命御治定相成り候ところ、殿下（九条関白）御不承知につき、十分にはゆきとどき申さずといえども、いよいよ御不承知に候ては、違勅の廉《かど》をもって、御職とりあげ候下だくみのこと相分り、大体に成し置かれ候ところ、別紙のとおり水府への勅諚は、近衛左大臣殿、鷹司右大臣殿、一条内大臣殿、三条前内大臣殿、二条大納言殿、徳大寺大納言殿、鷹司大納言殿の御名を記し申され、このなかには、関白殿も議奏衆も御名これなく候えば、かの御方々水戸への申しわけと相見え申し、かつ右御連名の方々、右様まで骨折りに候えども、その中に御名いでざる方々同心これなきゆえ、十分には相成り申さずとの御見込に候えども、実は殿下（関白）の御名これなく候ところは、後日、公辺に出で候とき、御所用これなくても然るべき一証にて、御為かたに御座候」

関白の副署のない勅諚に従う必要はないという、主馬の意見である。

直弼は型式に遺漏ある勅諚が効力のないものとは思わなかったが、水戸側が策略を弄《ろう》した結果下されたものであると知ると、猛然と反撥した。

二人の老中は、翌二十九日夕刻にまた小石川水戸屋敷をおとずれ、強硬な幕府の意思を伝達した。

「勅書伝達は、幕府の扱うべきことでござれば、朝廷への相談は、すべて詮勝（間部）に委《まか》すがようござる」

慶篤は即座に反論した。

「そのような申しつけは違勅でござろう。ただちに列藩へ伝達いたす」

奥右筆頭取新家忠右衛門と小瀬某が、慶篤に命ぜられ、次の間の襖の外で応酬を聞いていた。

はじめのうち二老中は、

「何分諸侯へはお見あわせ下されい」

などと下手《したて》に出て頼んでいる。

慶篤は高飛車な物腰で応じる。

「勅命なれば、いたしかたもない」

老中たちは、「ごもっとも、ごもっとも」と答えていたが、やがて太田老中が座を立って慶篤の傍へ寄り、何事かひそひそとささやき、もとの座につく。

すると、いままでさかんに論じていた慶篤の声が急に静まり、二老中はまもなく退出した。

「桜田義挙録」の記述によれば、つぎのようなかけひきがあったようである。

「太田はなかなか老練な爺にて、このとき、御前がそのように強情をお張りなされると、掃部頭は御前をも慎《つつしみ》隠居にして、讃岐守（高松藩松平頼胤《よりたね》）に水戸相続を仰せ出さすかも分りませんぞ、とおどかしたものと思われる」

幕府は翌三十日、水戸に重臣の更迭を命じ、慶篤、斉昭の側近を入れ替えさせようとした。

幕府探索方は、水戸家中の動静を詳細に探知している。

勅諚を下されたのは斉昭の陰謀であるとして、家老岡田信濃守、大場弥右衛門、武田修理を隠居させたのである。

「中納言殿御為筋あいならざる儀にもあい聞え候あいだ、隠居仰せつけらる」

という名目である。

家老安島帯刀、尾崎為貴が、かわって表家老となった。

隠居をさせられた家老たちは、藩中激派の代表格であったので、彼らのあとをつぎ幕府に従順な鈴木石見守《いわみのかみ》、太田丹波守が執政となった。

また幕府は、紀州藩附家老水野忠央《ただなか》、尾張藩附家老竹腰正富らの水戸藩政への干与はやめさせたが、高松、守山、府中三支藩主に水戸家監政を命じた。

水戸の士民は、幕府の措置を知ると憤激した。

彼らは江戸へ向いはじめた。

「老公と殿のため、奉勅と雪冤《せつえん》を達せねばならぬのじゃ。そのためには命もいらぬ」

家中の非役の藩士、部屋住みの二、三男が主になって決起した。

井伊家の探索方報告書「水戸風聞」には、つぎのような記載がある。

「去月はじめよりまた一段人気立ち候趣にて、追い追い御国許《くにもと》を抜けがけに発足いたし候者これあり。

右は小金宿にて差しとどまり、当月（九月）八日九日頃より同宿に五百人余も止宿いたし候由。

同宿は水戸殿御鷹場内にもこれあり。宿内に旅館これあり。

右場所相守り候家来日暮豊次郎と申す者定住いたしおり候につき、右旅館内へも百二、三十人も止宿いたしおり候由」

小金宿には、数軒の旅館があった。

その一軒が日暮豊次郎の経営する水戸御殿、あるいは日暮御殿と呼ばれるものであった。

双刀を帯び、殺気立った若侍が五百人もいなかの宿場に屯《たむ》ろしておれば、戦争でもおこりかねない雰囲気になる。

「水戸風聞」に記載されている探索結果には、つぎのようなものがある。

九月十一日に「小金御旅館へ指留候族《やから》」は、士分の者雨宮百介以下百五十二人として、その名を列挙している。

九月十三日、関東取締出役安原寿作は、小金近辺に屯集している者の人数が、千人ほどにふくれあがり、松戸、流山にも多数集結しているとの探索結果を報告した。

同月十六日、水戸藩から小金に出張している役人が、日の丸に水の染形付布団およそ三百枚を取り寄せた。

十九日には江戸表に先行していた者どもが小金に下向し集結したので、総人数は千二百人から三百人に達した。

十九日朝には、杉浦羔二郎という者の指図で、小金町の職人に弓張提灯九張を注文した。

このような記録から見ると、井伊の探索方がおびただしく水戸領内へ入りこんでいた事情が分る。

「石河明善日記」には、虚無僧《こむそう》姿で水戸領内を探索する挿話が語られている。

水戸弘道館助教石河幹脩は、藩命によって出府する弘道館教授頭取青山佩弦斎に、石川義俊とともに随従し、九月五日水戸を発足し、六日に取手宿に着いた。

青山は二人をいましめていう。

「この節第一事は勅諚のことである。国（水戸藩）を亡ぼしても回達するこそ武士の本意、国亡びても名は残るものである。一同家を出たときより死を期して上ることゆえ、このたびは生きて帰る了間《りょうけん》はない。

他事は有司の任である。われらの申したては勅諚のことのみである」

この頃、水戸から江戸へむかう若者たちのあいだで、幕府の方針を悲憤のあまり、自刃する者が続出していた。

大　獄

一

水戸側の記録によれば、「自殺ならびに手負い失心の族《やから》」は、つぎの通りである。
九月八日。
高浜において割腹。野村新二郎。
府中において割腹。高橋忠之介。不死。
新宿において割腹。吉川辰次郎。
九月十三日。
小金において割腹。水庭彦之允。
九月八日。
小金において割腹。梶八次郎。
九月十三日。

小金において割腹。立原源太兵衛。不死。

九月十四日。

小幡において立川伝次郎。割腹。

九月十一日。

城下並杉町において割腹。佐久間貞介。

城下梅香において入井。大内藤蔵。

江戸白山において乱心。手疵《てきず》。福田清之進。近藤常介。鵜殿長蔵。吉村某。乱心。川上捨三郎。

割腹。野口村百姓恒蔵。

水戸藩参政が小金駅に出張したときの見聞を、友人に知らせたつぎの書状がある。

「忠憤のあまり上衝《じようしよう》。自尽まことに感動いたさず候ものはこれあるまじく、立原源太兵衛腹切り候を、ただちに脇におり候族《やから》兄弟どもにて取りおさえ候につき、自尽を決し舌を噛み、何分にも承知致さず。

久金（久木直次郎。金子孫二郎）にも参り、精々申し諭《さと》し候えども、忠志の至願あい達し候えば、それにてよろしく、あとの儀は至願何分達し候よう、御尽力願い候までとて無言にて舌を喰い、まことにもって何とも言語に述べがたく候ことにござ候。

これは十三日暁、七つ（午前四時）ごろのことにて、取りおさえ候てより昼ごろまで舌を喰い候えども、いかようにも助け申したく、同志のやから、精々介抱いたし候ことに候ところ、気分尽き候てより治療いたし候えども、いかようにも助け申したく。十三日夕七つ（午後四時）頃にも候や、水庭彦之允存分に自殺。

さてさて遺憾千万に存じ奉り候。いかようにも忠気凝り、実にもっていずれにも情態書き取るに述べかね候」

水戸家中の昂奮する侍たちの様子を記した、つぎの書簡もある。

「このうえ両主人の身のうえ、いかようの儀これあるもはかりがたく、片時安んじかね候あいだ、あるいは馳せのぼりおり、警衛つかまつりたくと申す者もこれあり。あるいは死をもって諫書《かんしょ》を捧げ候と申す者もこれあり。主人へ一統嘆願いたしたくと申す者もこれあり。

その間に剣客らは国讐《こくしゅう》たる諸侯を討ち捨てたくなどと申す者もこれあり。

議論区々《まちまち》にて、おのおの平生懇意等申しあわせ、あるいは五人あるいは十人二十人別に押し出し参り候ことに候えども、家老ら一時に退役ゆえ、取押えもとどきかね、かつ無理に取りおさえ候につき、旅店にて憤懣のあまり割腹いたし候者も数人にこれあり。

遺書ならびに次第書これある者もこれあり候あいだ、とくと御覧下さるべく候」

小金屯集の人数はしだいにふえるばかりである。

藩庁はこれらの士民が暴発しないよう、たびたび諭書を発し、鎮撫につとめた。

九月五日には、国元家老が慶篤《よしあつ》の命をうけ、小金へ出向いた。

九月六日には藩庁が達示《たつし》を出し、七日には杉浦羔二郎らが慶篤自筆の書状をたずさえ、小金に下向した。

十五日になって、幕府が水戸家老に士民が大挙南下した理由を糺《ただ》してきた。水戸藩中の事情は探索ずみであるが、暴動がおこる危険を未然に防ごうとしたのである。

慶篤は十六日、家老宇都宮憲綱を幕府に出向かせ、尋問に答えさせるとともに、老中太田資始《すけもと》、内藤信親を招き、三支藩主の藩政干渉が家中騒擾《そうじょう》の原因になっているので、その解除を求めた。

幕府は十九日、干渉の解除を認めたので、慶篤はその機に家老、教授頭取らを小金宿に出張させ、諭書を下して屯集の士民に帰藩を命じた。

同日、謹慎中の斉昭も、側近の三輪信善を小金につかわし、引き揚げるよう内意を伝えさせた。

家老の太田らは、屯集した士民の頭《かしら》となっている者を集め、説諭したが、激昂した男たちに反論された。

士民のひとり斎藤叢は、勅書伝達のことについて建言し、強硬な意見を述べる。

家老太田は斎藤を懐柔しようとした。

「おぬしの儀は、筋道が通っておる。帰府のうえは、委細を言上いたそう」

斎藤は太田の言葉が切迫した事態を緩和するための遁辞であると察し、眼をいからせ、言いつのった。

「貴殿がさようの儀を言上いたすとも、君公がもしお聞きいれにならねば、いかがなさるるおつもりか。この場にてご決心をお聞かせ願いたい」

斎藤のような身分の低い藩士が、家老にこのような乱暴な態度で迫れば、切腹を命ぜられかねないが、非常時であるため、上下の秩序は崩れている。

太田は確答をためらい、無言のまま座を立とうとした。

「お待ちなされ。貴殿は偽りを口にされしか。それならば許さぬ」

藩状を慷慨《こうがい》して自殺者の続出している時である。

一座の空気は殺気立っていた。

家老が藩主の命令を伝えるとき、面接する者は、刀を後ろにおくのが作法であった。

斎藤も一間あまりうしろに刀を置いていたので、鳥のはばたくような動きでそれをとる。

斎藤の兄利貞は徒目付でその場に居あわせたので、弟を大喝してとめた。

「待て、何をいたすか。場所を心得よ」

座敷に詰めかけていた斎藤の同志は、総立ちとなった。

「ご家老の存念を聞きたい。おのしどもは公儀の犬か」

「卑怯者は叩き斬れ」

「太田は血祭りとして、江戸へ攻めこむべし」

叫び罵る声が沸きたち、血気の若侍たちは刀の柄に手をかける。

このままでは斬りあいも避けられないと見た鎮撫使の側用人久木久敬は大音声で告げた。

「殿にして、貴殿らの意見をお容《い》れなされぬときは、家老衆一同は首をくって死ぬるわい」

一座の者は呆然として鳴りをひそめた。

当時の侍は、公言したことをかならず守る。現代の政治家のように食言をしないので、久木の言葉が斎藤たちの胸に沁みたのである。

小金宿に屯集した士民は、君命に抗しがたく、国許へ退去することになった。

彼らはその日を境に、水戸へ戻りはじめた。

井伊家「水戸風聞」には、つぎのように記されている。

「九月十七、八日頃には小金町にまだ七、八百人は滞在しており、江戸表から布団を四百枚ほど持ちこんだようである。これは夜具の不足分である。

だが二十三日朝の様子では、一両日中に皆引き払う様子である」

小金から帰国せず江戸に潜入し、京都にむかう志士も多かった。

斎藤叢も京都へ脱走したひとりである。

勅諚降下のあと、事態は水戸家の力により幕府を抑えようとした公家たちの予想したようには展開しなかった。

斉昭は駒込屋敷に逼塞したまま動きをあらわさない。

水戸が諸藩に勅諚伝達をしなければ、その趣旨は諸大名に伝わらず、幕府ににぎりつぶされたも同様の結果になる。

公家たちは幕府の出様を警戒しはじめた。

梅田雲浜は青蓮院宮に書面で警告した。

「幕府は京都を守護するとの名目で、多数の兵を上洛させ、朝廷をおさえる姦計をめぐらしている」

勅諚降下にたずさわった公家のうち、近衛家は尾張徳川家、島津家、津藩藤堂家へ勅諚の内容をひそかに通報した。

水戸藩が行動に出るのを待つ余裕がなくなっていた。

一条家は熊本細川家、備前池田家、土浦土屋家。

三条家は土佐山内家、福井松平家。

鷹司家は加賀、長州、阿波の諸藩へそれぞれ勅諚の内容を知らせた。

公家たちは有力な味方を求めようとするが、諸藩は沈黙している。

中山忠能《ただやす》、正親町《おおぎまち》三条実愛《さねなる》は長州藩に密書を送り、万一の異変がおこったときには、京都警衛に尽力してもらいたいと依頼した。

長州藩政務役周布《すふ》政之助は、上洛して禁中で三条実愛と懇談した。

公家たちは幕府が何らかの手段で彼らのうえに弾圧の手をのばしてくるのではないかと怯《おび》えるばかりである。

朝廷側の不安がたかまっているとき、関白九条家の諸大夫宇郷玄蕃が、議奏久我建通にひそかにある秘事を洩らした。

「過ぐる七月の末に関東から書状が届いてござりますが、殿下にはこれを披露いたさぬようにと、両御伝奏にかたく口留めなされ、お隠しいたされておりまする」

建通はこのことを近衛左大臣に告げたので、禁中に波紋がひろがった。

事情は天皇にも聞えたので、九条関白に糺すと、一切存じ寄りはないと答えた。

そこで近衛左大臣が広橋、万里小路両伝奏を呼び問いただすと、二人はうちあけた。

「関白におかれては、世上をいたずらに騒がすことになるゆえ、決して披露せぬようにとお留めなされしゆえ、お言葉に従いし次第にござりまする」

九条関白が隠した文書は、三家の謹慎を解くようにとの朝命が下るのを阻止しようとした幕府が、奏聞を望んだ、水戸斉昭の陰謀を書きつらねた風聞書であった。

関白はそれを上覧にいれる時機ではないと判断して隠していたのである。

両伝奏は、さらに別の事実もうちあけた。

八月二十七日に朝廷に到着した幕府老中の返答も関白が隠し、近衛左大臣が申しいれてようやく披露したというのである。

さらに勅諚降下の際、関白がその内容を緩和する意味の添書を付したことも判明した。

天皇は左大臣以下に、九条関白の辞職をさせるべきかを問い、一同は辞職はやむをえないものであろうと奉答した。

さっそく内勅が二条権大納言斉敬《なりゆき》に下され、九条関白尚忠は辞職を願い出よと指示される。

関白を更迭《こうてつ》するには幕府の承認が必要であるが、天皇はその手続きを無視した。

九条尚忠は九月二日に関白を辞退し、四日に内覧を辞退した。

内覧の辞退はただちに聞きとどけられたが、関白の辞退は幕府の承認を受けねばならない。

幕府側は所司代酒井忠義が、強硬に申しいれた。

「関東の御返事を待たせられず候ては、御為筋如何と私職分において、ふかく恐れいり奉り、何分にも御差しいそぎの御筋もござ候わば、幾度も私へ仰せ下され次第、即刻急使をもって催促つかまつり候よう致すべく候間《あいだ》、この段両卿にもお含みおき下されたく、区区微衷、何卒朝廷の御為、およろしきようにと存じ奉り、かくの如くにござ候。

御推覧のほど、ひとえに願い奉り候」

老中間部詮勝《あきかつ》は、朝廷との間にわだかまる諸問題について答弁する幕府代表として、すでに江戸を出立していた。

所司代の酒井は、上京してくる間部と連絡をとり、その指示を仰ぐ。

幕府では水戸家の策動について、探索をかさねていた。

幕府探索方は、山本貞一郎という人物の行動を探っていた。

京都で有名な目明し文吉が山本の身近に張りこみ、監視をつづけている。

山本は信州松本の出身で、水戸家中に知己があり、交際するうちに水戸藩目付から頼まれはたらくようになった。

彼は砂村六次と改名して上京し、公家の諸家に出入りしている。

山本の兄近藤茂左衛門が町奉行所付の役人をしていたので、手蔓《てづる》を容易につかめたのである。

山本は安政五年五月に上京したのち、搢紳《しんしん》家に近づき、尾水越三家の赦免、越前の松平慶永を大老に用いる運動をはじめた。

彼の策動の内容は、幕府側におよそつかめていた。

山本と交遊のある蘭方医中野碩山という人物に、探らせていたのである。

中野は忍藩松平忠国の侍医河津省庵の高弟であった。彼は省庵からの依頼で山本の言動に注意していた。

その結果、中野は山本がおどろくべき計画を練っているのを知り、所司代に報告した。

「山本は、京都より勅使を下し、これまでの慣例に従う江戸伝奏屋敷へは入れず、品川の旅館に泊ってのち、ただちに江戸城へ入らせ、大老の官位を停止《ちょうじ》いたし、尾州、越前二侯の謹慎を解き、登城を命ずる企てをいたしおりまする。

勅使はその後、尾張、水戸二侯に案内をいたさせ水戸屋敷に入り、斉昭の謹慎を赦免いたすのでござりまする。

すなわち、邪魔が入らぬように当人にじかに宣旨を手渡すのでござりまする。

勅使の警固には、尾張、水戸両家より百人ずつの侍を下馬先へ出す由《よし》にござりまする。なお山本は水戸の目付、竹村儀兵衛、杉浦仁右衛門に頼まれ、京都に上りしものと申しおりまする」

山本の計画は実現しなかったが、成功すれば幕府に大きな衝撃を与えうるものであった。

井伊家公用人宇津木六之丞は、京都にいる長野主馬に、井伊大老の強硬な方針を指示している。

「かねて間部侯にもお聞きこみあらせられ、奸賊《かんぞく》手先の者ども召捕りにあいなり、きびしく御吟味。

右にて奸賊手を引き候よう相成り候わば、重畳《ちょうじょう》。さもこれなきときには奸賊どもを締めあげ、隠謀白状いたさせ、君側の悪人、お除きにあいなり候よりほかこれなく。

さ候わば、将軍家我意のおふるまいなどと奸賊ども申し唱え候えども、何分危急に迫り候御場合につき、御所司代へもお談じ、御英断なされ候ようと仰せ進められ候」

直弼は、九条関白の辞職は何としてもくいとめねばならないと考えていた。

幕府の立場を代弁してくれる九条関白が失脚すれば、たちまち京都における水戸の立場が力を得て、事態が急転直下、幕府の形勢は不利に傾いてゆくからであった。

京都にいる長野主馬は、関白辞職の問題がおこってきたので、懸命の諜報活動をつづけていた。

彼は身辺の警戒を厳重にしている。いつ志士に襲われるかも知れないからである。

夜間外出の際には、供侍、中間《ちゅうげん》のほかに、身辺に忍びの者二、三人を歩かせる。

毒殺を警戒して外出先で食事もめったにとらない。

彼は高倉通り御池下ルの三度飛脚問屋大黒屋庄次郎方で、志士たちが水戸へ送る秘密書状を点検していた。

彼はそのなかから必要なものは写し取る。

水戸藩御用をつとめる大黒屋には、あらゆる秘密連絡の書状があつまってくる。

水戸家と在京志士との間の策動の様子が、手にとるように分った。

主馬はついに、大黒屋の荷物のうちから梅田雲浜の書状を入手した。

「この筆蹟は、いつか見たことがある。そうじゃ、儂のことを堂上五家に悪口した投げ文の文字じゃ」

主馬は雲浜の所業を見やぶる。

また彼が定宿としている俵屋和助のもとへ投げこまれた脅迫状は、一条家諸大夫の手先としてはたらく中原幸兵衛が書いたものと判明した。

三条実万諸大夫森寺因幡守も、中原の一味であった。

主馬は在京の志士たちの謀略の中心に梅田雲浜、梁川星巌がいるのをつきとめた。

梅田は青蓮院宮に出入りしており、梁川は近衛左大臣、三条前内大臣と親しい。

「この二人を禁裏からはなせば、浪士と公家のまじわりを断てよう」

主馬は新所司代酒井忠義に、断固とした措置をとるよう要請した。

「悪謀をなす浮浪人どもを一網打尽にいたさずとも、頭《かしら》をなす幾人かを捕縛いたさばようござりまする。すみやかに処断をお下しくだされ」

酒井は京都町奉行岡部土佐守と協議した。

岡部は性急な行動を制止した。

「京都では書生の勢いがつようござるゆえ、うかつに手を出さば、あばれだしかねませぬ」

酒井は岡部の意見をいれ、梅田の捕縛をためらう。

主馬は江戸の宇津木六之丞に、酒井の煮えきらない方針を報告した。

「所司代殿は九条関白が内覧を御免になり、近衛殿が扱うことになったので、近衛殿の手先の人を召捕って怒らせれば、いかなる大変になるやも知れないと、梅田捕縛に二の足を踏んでいる。

しかし、このうえ近衛左大臣の内覧によって、いよいよ関東の趣旨が通らないことになれば、間部侯が上京されてもその甲斐もないことになる。

この先、水戸老公や一橋殿へ勅命が下るようなことがあっても、服従なされるお考えであろうか。

そうなってふたたび勅命が出れば、幕府は朝敵となる。これを穏便におさめるには、まず梅田を召捕り、白状させて仲間の者四、五人をお召捕りになるのがよい。

そうすれば悪謀の公家衆も自然と前非を悔いて鎮まるのではなかろうか。

そうでなくても、たとえ騒ぎがおこってもかまうことはない。

国家のため、朝廷のために不義不忠の謀叛人を罰せられることは、何も恐れることはないのである」

二

九月七日の夜、梅田雲浜の浪宅を五、六十人の捕吏が取り巻いた。

雲浜はそれと気づいて逃れようとしたが、すでに遅かった。

雲浜は早糞で知られており、捕吏に追われ、狼籍者に斬りかけられたりすると、疾走して逃げる途中、脱糞する。

追跡する者はそれを踏み、足をすべらせることがあったという。

放胆な雲浜も油断をつかれ、なすところもなく捕縛された。

近衛左大臣を後楯にして、京都の尊攘派のうちで重きをなしていた梅田を捕縛したのは、伏見奉行内藤豊後守正縄であった。

内藤は七月に直弼から御所向取締を命ぜられていた。

梅田の寓居には妻と三人の子供のほかに、下男下女と萩藩の赤根武人がいた。

梅田と同時に逮捕されることになっていた梁川星巌は、九月二日にコレラで病死した。

長野主馬は、つぎの狙いを鷹司太閤家諸大夫の小林良典と、水戸藩士鵜飼吉左衛門、幸吉父子につけていた。

主馬は水戸の姻戚の鷹司家の諸大夫と、勅諚降下に重要なはたらきをした鵜飼父子を捕縛し拷問すれば、斉昭の暗躍を裏づける証拠がつかめると確信している。

彼は九月十三日の夕刻に京都を出て、十四日の午後に醒ヶ井に着いた。

醒ヶ井本陣には上洛途中の老中間部詮勝が宿泊していた。

主馬は本陣の奥座敷で詮勝と対面し、夜半まで京都の情勢について懇談した。

「かように差し迫りし形勢なれば、鵜飼父子をこのままにいたしおかば、ふたたび水戸へ勅諚が下る仕儀とあいなるやも知れませぬ。

いま水戸家へのご遠慮が過ぎ、鵜飼を捕縛いたさねば、そのうちには水戸より勅命なりと申して一揆を起すことにあいなるやも知れませぬ。

鵜飼さえ取りおさえなば、水戸に悪謀をなさしめざることにあいなると存じまする。

鵜飼父子を捕縛いたし、八月八日に偽りの勅諚を持つ幸吉が変名して江戸に下向いたせし内実を吟味いたさば、陰謀もおのずから露顕いたすものと存じまする。

　されば、それを申したてて近衛左大臣が政務内覧を、御公儀にて不承知といたすこともできまする。

　これまでの慣例にては、摂家宮家の御使にても宿場にては杖払いをつけ、厳しく守護いたすは、すべて天朝を尊崇し奉るがゆえにござりまする。

　それを仮りにも勅諚なるに、幸吉ごとき者にお渡しなされ、道中にては名を偽り盗賊と異ならざるふるまいをいたすかの者の手にて水戸に下されしは、朝廷の威をおとしめる非礼違法はなはだしきものにござりまする。

　これを左大臣家の責めに帰せずして何といたしましょう。鵜飼父子を召捕るのみにて左大臣家にては事の荒立つを怖れ、かならずや内覧を辞退いたされようと存じまする。

　そこで鷹司殿御家来の小林、兼田をも召捕らば、近衛殿もまた安穏には終るまいとお考えになられましょう」

　間部は前日の十三日に、美濃加納駅から井伊大老に出した書状で、つぎのように述べている。

「このうえは斉昭に切腹を仰せつけ、慶喜を水戸、紀州のいずれかへ押込め、京地の敵は残らず糺明し、閉門、押込、隠居などに処するので、東西呼応して一味の捕縛に努められたい」

間部は自分の覚悟をつぎのように披瀝した。

「私儀モ此度《このたび》ハ天下分目《わけめ》之《の》御奉公ト存《ぞんじ》、一命ニ掛相勤《あいつとめ》候心得ニ御座候」

彼は主馬の進言を得て、なお尊攘派弾圧の意をかため、条約調印の弁明をおこなうよりも、志士、堂上方への威嚇を先に断行することに決した。

間部はただちに京郡西町奉行へ、鵜飼父子捕縛の命令を下した。

十八日朝、西町奉行から鵜飼父子に召出しの差紙《さしがみ》がきた。

父子が出向くとそのまま捕縛され、奉行所裏門から駕籠に乗せられ、六角牢屋敷揚り屋に送りこまれた。

父子の従者が奉行所の門前で駕籠をとめ待っていたが、どれほど経っても出てこないので門番に聞いた。

「手前どもの主人は、いつ退出いたすのでござりましょう」

門番はすげなく答えた。

「お前がたの主殿《あるじ》は、いましがた御用弁になり、牢屋敷へ送られたわえ」

従者はおどろき、やむなく空駕籠を運び立ち去った。

鵜飼幸吉は、捕縛の不当を詰《なじ》って やまなかった。

「拙者父子は水戸家家来で、町奉行の支配を受ける身分ではない。なにゆえ捕えしか。ただちに解き放たねば、本藩より談判を願うといたそう」

役人は幸吉に事情を告げた。

「このたびのことは、町奉行の指図にてはなし。御老中、間部下総守さまの御下知によるものゆえ、神妙にいたすがよい」

父子が六角の獄舎に繋がれたのは、十九日の未明であったといわれるが、二十日には吉左衛門が就縛の直前に日下部《くさかべ》伊三次、安島帯刀に送った密書を持った飛脚が、草津宿の附近で幕吏に捕えられた。

主馬はその内容を見て、雀躍する思いであった。

密書は、志士の間で計画されていた「除奸」の方針についての詳細であった。

主馬は密書のあらましを、江戸の宇津木へ急報している。

「同人より江戸表へ差しつかわし候手紙、その飛脚、今日途中にて御召捕りにあいなり、いずれも十八日認《したた》めなり。

さて容易ならざるは数通の内、別紙の一通に御座候。

間部侯御暴政（弾圧）とあい聞え候わば、打払い、沢山城一戦に取潰し候などと、薩藩の西郷と申すに別紙の通りに御座候」

密書のうちでとりわけ主馬をおどろかせたのは、十六日の夜に薩摩の西郷吉兵衛（隆盛）が語った計画であった。

それは薩長土の兵により間部老中を打ち払い、沢山城（佐和山城）を襲撃するという恐るべき内容である。

また鵜飼吉左衛門は、公家の動静に通じており、幕府の強硬な姿勢に軟化した堂上方が、志士たちの計画に加担するか否かに迷い、意見の分れている事情が記されていた。

「追々の書状類あい届き候や。

密事認め分もこれあり候ところ、いかがこれあるべきと心配いたし候。

さて三条前内府公は甚だごたごたにて、殆ど当惑。世子（三条実美《さねとみ》）も大いに気を揉《も》み、去る六日には涕泣《ていきゅう》つかまつり候て申しあげ候につき、とくと御呑込の様子につき、またぞろ若御所へもその由《よし》申置き候趣のところ、八日御集参には更に役に立ち申さず、御変心の由」

三条父子は間部が上京して、いかなる態度に出るかを警戒していた。

近衛左大臣も弱気になっている。ただちに陰謀を実行するよりも間部の上京を待ち、その意見を聞いたほうがよいというのである。

密書には、鷹司家諸大夫の小林良典の暗躍の詳細も記されていた。

吉左衛門は鷹司、三条、近衛三家との連絡役をしてくれた月照和尚が、どこかへ去ったので、直接に小林と話しあうようになったと述べている。

吉左衛門は小林に一挙のことを相談したところ、いかにもむずかしいが方法はあるといった。直弼を暗殺すればよいというのである。

「しかし赤鬼のほうへ一発切込みいたすものこれあり候えば、ただちに綸旨《りんじ》を出すことは安きとの内話もござ候。御勘考下さるべく候」

公家たちは、このように秘事が露顕したのも知らず、間部が上京しても二十八日まで参内を許さず、将軍宣下をしばらく延期させ、そのあいだに御三家の家老たちを京都へ召し寄せる計画を練っていた。

九月十七日、間部詮勝は京都に入ったが、宿舎妙満寺に入ると外出せず、武家伝奏に到着の旨を申し出なかった。

朝廷では間部の出様を案じ、たずねると病気であるという。

妙満寺の周囲には、小銃をたずさえた彦根藩兵が出張して、警戒にあたっていた。

いつ尊攘派の襲撃を受けるかも知れない情勢で、焼討ちをされたときの手筈もととのえている。

長野主馬は京都市中の隠れ家にいて、所司代、町奉行と連絡をとり、情勢を探索させていた。町方の間諜が容易ならない風聞を伝えた。

「薩摩、土佐、長州より軍船を出し、御所を守護申しあげ、彦根城を乗っ取って街道をふさぐとの陰謀ありとのことにござりまする」

主馬はおどろき、大坂から西国筋へ与力同心をむかわせ、事の真否をたしかめさせた。

主馬は外出しないが、ひそかに九条関白諸大夫島田左近から、朝廷内部の動向を聞いている。

妙満寺の間部詮勝も動かず、参内の気配を見せない。彼は公家たちの動揺する内情につき逐一主馬から報告を受けていた。

間部が入京して間もない九月二十二日の昼間に、鷹司家諸大夫小林良典が捕縛された。

町奉行所から与力同心が大勢の捕吏をともない鷹司家に出向いた。

「小林なる者は、先日取りおさえし鵜飼が密書のうちに彦根城攻めを浮浪人どもへそそのかせし由記しおるにつき、奉行所へ召し連れ糺問いたす。お引渡し下されよ」

鷹司家ではとっさの応対をどうするか迷ったが、とりあえず奉行所の要求を蹴った。

「小林はただいま病いにて起床できませぬゆえ、お引渡しはなりかねまする」

鷹司家から近衛家へ、ただちに事態が通報される。

鵜飼吉左衛門の密書が幕府側に渡ったとあっては、どのような大事件に発展してくるか知れない。

奉行所では小林の屋敷を急襲し、在宅していた良典を有無をいわさず縛りあげ、連行した。

主馬は、江戸の宇津木に報告書を送った。

「その後、二十二日、鷹司諸大夫小林民部大輔、白昼お召捕りにあいなり、これにて悪謀の様は明白にあいなるべく、その後御築地《ついじ》（御所）内の挙動相考え候ところ、悪謀方一統恐怖、左府公（近衛）もふるいだし、同夜左右（近衛、鷹司）三条（実万）等参内のみぎり、例の暴政の旨申したてられ候趣に候えども、なにさま手出しあいならず、二十三日夜、太閤殿（鷹司屋敷）へ堂上方六人、御寄りあいにて大恐怖。

なかには有体《ありてい》白状の方然るべくと申され候もこれあり。

一列の中よりたしかに殿下に候か、三条殿はいよいよ以て大ふるい、昨日所司代衆へ岡田式部（冷泉《れいぜい》為恭）をもって異心これなきの旨申すべくの為、関東御為方書取等出来《しゅったい》。

かの山本貞一郎手帳をはじめ、鵜飼の手紙に三条翻心のことどもこれあることを申しつけ、それにて少し安心との趣、水老（水戸斉昭）を悪謀と申したてるなど、抱腹に堪えかね候ことどもにござ候」

間部はあいかわらず参内しない。

彼は妙満寺にいて、朝廷を威嚇する方針をとりつづけた。

幕府は密書により判明した謀議加担の人々を、あいついで捕縛してゆく。

宮中画院寄人《よりうど》の宇喜多一蕙《いっけい》、松庵父子。鷹司家の兼田伊織。西園寺家の藤井尚弼らが引きたてられてゆくと、公家は傲慢《ごうまん》な態度を豹変させ、戦々兢々と間部の出様をうかがうようになった。

主馬はさらに露骨な弾圧方針をすすめた。

十月十九日、幕府の強硬策に怯《おび》えた朝廷は、九条関白の辞職をとりやめさせた。

江戸では十月二十二日、一橋派に協力していた越前橋本左内が捕えられた。

町奉行所与力が常磐《ときわ》橋福井藩邸に出向き、左内の引渡しを求めた。

与力らは長屋に踏みいり、左内の部屋を捜索して証拠の品を押収しようとしたが、左内は手早く重要書類を隠匿した。

日記、手紙を探しだそうとした捕吏は、それがまったくないので左内を詰問した。

「なにゆえ日記、書状がないか。隠したのであろう。白状いたさねば牢問《ろうど》いにかけよう。命とひきかえにても隠すか」

左内は冷然と捕吏を見た。

「日録の類など、書きつけたためしはない。また手紙の類も手許にはとどめぬ。何となれば、返答を要するものは来状に付紙《つけがみ》をいたし返しやるならわしじゃ。

また家信につきては、裏に返事をしたため送り返すゆえ、これも手許にとどめることはない。

近頃きた書状ならば、机の引出しを見ればよい」

奉行所与力は左内と日下部伊三次、勝野豊作との間柄を詳しく取り調べた。

日下部と勝野はすでに江戸で捕えられていた。勝野は元土浦藩士で、京都で堂上方と交っていた人物である。

二人の行動が発覚したのは、九月十七日に元土浦藩士飯泉喜内が町奉行所に引かれ、押収された書状に彼らの日頃の行動が記されていたためであった。

左内は飯泉のような遺漏がなかった。捕吏が踏みこんできたとき、たまたま国表の長谷川甚平という藩士から手紙がきていた。

長谷川は百人ほどの同志をあつめ、江戸に出て、幕府の咎めを受け謹慎中の主君松平慶永を奪い返そうと企てていた。彼は主君の指揮を仰ぎ西下して彦根城を焼き、京都に入って諸侯に檄《げき》を発し、義兵を募ろうと、誘いをよこしたのである。

左内はとっさの機転でそれを畳の裏に隠し、幕吏の眼にふれさせずにすんだ。

幕吏は左内を連行しようとするが、確かな証拠がつかめない。

「手紙の類が一通もなきは、納得できぬ」

役人たちは左内を執拗に追及する。

「そのほうが隠せしか。さればもし後より判明いたさば、累は主人にまで及ぼうぞ」

左内はおちついて答える。

「なきものを出すわけには参るまい」

左内は夕刻から深夜まで取調べられたが、逮捕の裏付けとなる証拠を与えなかった。

彼は翌日親戚の者に付添われて奉行所に出向く。やがて帰宅を許されたが、藩邸長屋で謹慎を命ぜられた。

十一月二十一日になって、宇和島藩若年寄の吉見左膳が、幕命によって捕えられた。

吉見は藩主の伊達宗城の側近で、慶喜擁立に力をつくし、橋本左内をはじめ、水戸藩の有志と交流を保ち、日下部伊三次ら志士たちとも親しかったので、訊問を受けることになったのである。

京都では十二月になって、逮捕者が急増した。

十二月四日、鷹司家諸大夫牧義脩が捕えられた。六日には、武家伝奏より三条家に申しいれがあり、家令丹羽正庸、柳田光善、同光行、富田織部、森寺常安、同常邦。有栖川宮家来豊島泰盛、飯田左馬らが呼び出され、縛に就いた。

八日には鷹司家家司、二十六日には久我家の春日潜庵。さらに青蓮院宮家の山田勘解由《かげゆ》、伊丹蔵人。近衛家の老女村岡、一条家の入江則賢、若松永福ら、投獄された者は三十数人に及んだ。

「安政雑集」によれば、梅田雲浜は六角牢屋敷で、同志をつぎのようにはげました。

「我ハ幕府ヨリ目指サレテイルカラ、所詮イノチハ無イモノト覚悟シテ居ル。オ前ハマダ若イカラ、ドンナ呵責《かしやく》ヲ受ケテモ阿呆ニナッテ、再ビ事ヲ挙ゲルヨウニスルガ宜《よ》イ」

間部詮勝は上洛してのち、十月二十四日にはじめて参内し、九条関白と武家伝奏に条約調印の経過について疏明《そめい》し、六通の疏状を提出した。

九条関白は幕府の威権を後楯にして、ふたたびその地位を不動のものとしていた。

間部の疏状にはつぎのようなことが記されていた。

「外交の事につき、親藩のうちにも容易ならざる陰謀を企て、堂上方などに入説して幕府の政事を批難し、外患に乗じ内乱をおこそうとの非望を抱く者がある」

「水戸斉昭は一橋慶喜を西丸継嗣をして、我意を逞《たくま》しくし、内謀を企てようとした。また外交のことについても、斉昭は元来夷人と内通して、その議論は和戦いずれとも一貫しない。

条約調印のやむなきに至ったのは、すべて斉昭の陰謀に相違なきものである。

のみならず、前将軍の死因すら疑わしい。

当将軍も紀州屋敷に住いの節と、西丸に移ってのちもそれぞれ両三度危急の場に及んだことがある。

これも斉昭の所業である。

「井伊大老が病気で登城できない隙に乗じ、堀田正睦、松平忠固が海防掛井上清直、岩瀬忠震に命じ条約調印したが、その根源は幕府を非分に陥れようとする、斉昭の姦計である」

幕府が水戸藩弾圧という大目標にむかい、動きはじめているのは、この内容によってもあきらかであった。

十二月になって、京都での逮捕者が江戸へ送られることになった。

小林良典、兼田伊織、三国大学、鵜飼吉左衛門、同幸吉、池内陶所、宇喜多一蕙、同松庵、近藤茂左衛門らである。

彼らは唐丸駕籠に乗せられ、与力同心が周囲を抜身の槍、鉄砲、切火縄をたずさえ護衛する。

途中、慶喜を支持している尾張侯が、囚人の奪回をはかるかも知れないといわれていた。

囚人たちは脱走しないよう、木綿で駕籠に縛りつけられた。

江戸馬場先門屋敷にいた忍藩主松平忠国は、直弼から斉昭の陰謀につき逐一通知をうけ、十一月二十三日、ついに養子九郎麿忠矩を解縁した。

忠矩は四品《しほん》侍従にまでなっていたが、

「御病気ニテ往々御奉公御執《おとり》ナサレカネ候ニツキ、双方御熟談ノウエ、御願イ御実家へ復帰」

という結末をむかえたのである。

万延元年（一八六〇）三月三日、江戸城外桜田門外で大老井伊直弼が襲撃をうけ暗殺された。上巳《じょうし》の節句で登城する途中を狙われたのである。

積雪のなか井伊家の五、六十人の行列へ斬りこんだのは、水戸脱藩者ら十八人である。五つ（午前八時）過ぎであった。大名行列を見物するふりをしていた彼らは、刀とピストルを用い襲いかかり、悽惨をきわめた乱闘をくりひろげ、直弼の首をとった。

直弼は幕府の権力回復をひたすら志し、安政の大獄によって反対勢力を薙ぎ倒した。梅田雲浜、橋本左内、頼三樹三郎、吉田松陰ら多数が投獄され死んだ。

彼は開国をしたのち、国力充実を待って攘夷をおこなう念願を抱く、幕府における最後の強力な保守派リーダーであった。

彼が世を去って、老中の座にあるのは安藤対馬守ひとりを例外にしてまったく無能な者ばかりになった。

開国を機に政情は動揺をつよめてきた。幕府に代って海外から押し寄せてくる圧迫に対抗しうる新勢力はまだあらわれていないが、幕府の権威は衰弱するばかりである。
日本の前途は風声ただならない闇にとざされ、暁はまだ遠かった。

参考文献

大沢俊吉著『松平家四百年の歩み』（講談社製作、一九七〇年／恒文社復刻、一九八五年）
小島慶三著『北武戊辰小嶋楓處・永井蠖伸斎傳』（小島株式会社、一九七四年）
鮫島志芽太著『島津斉彬の全容』（斯文堂出版、一九八九年）
仲田正之著『江川坦庵』（吉川弘文館、一九八五年）
有馬成甫著『高島秋帆』（吉川弘文館、一九八九年）
大佛次郎著『天皇の世紀』〈全17巻〉（朝日新聞社、一九六九〜一九七八年）
『行田市譚』（行田市、一九五八年）
『行田市史』
『川口市史』
『水戸市史』

解説

菊池　仁

本書『開国』の最重要人物である井伊直弼《なおすけ》の銅像の話から始めよう。ＪＲ京浜東北線桜木町駅を野毛方面へ出て北西に進み、紅葉坂《もみじざか》を登って神奈川県立青少年センターの脇を入っていったところに〝掃部山《かもんやま》公園〟がある。動物園のある野毛山から続く丘陵の一部で、横浜港を一望できる位置にある。生粋のハマっ子で自宅が同じ西区であった筆者にとっては馴染みの公園であった。

紅葉坂の方から県立音楽堂の脇を抜け、公園入口の石段を登ると広場があり、広場の奥は一段高くなっていて、そこに井伊直弼の銅像が建っている。正四位上左近衛権中将の正装に身を包んだ井伊直弼はあたかも港を睥睨《へいげい》するように立っている。現在のその雄姿からはうかがい知ることは不可能だが、この像自体の歴史も井伊直弼の生涯を引き写したような波瀾に富んだものだった。

掃部山は、江戸時代には不動山、明治に入ってからは鉄道山と呼ばれていた。日本に初めての鉄道が、新橋、横浜間に敷設されるときに、この地が事業の拠点となり、鉄道建設のために来日した外国人技師の官舎が設けられたからである。鉄道開通後は、機関車用の給水地となった。

井伊直弼の死から二十年ほど後の明治十五年（一八八二）頃から、旧彦根藩の士族らが直弼の記念碑建立を計画する。白羽の矢が立ったのが〝鉄道山〟と呼ばれていたこの丘であった。彼らからすれば「開国」の立役者はわが殿であり、その拠点の象徴は〝横浜〟以外になかったのであろう。彼らは〝鉄道山〟を買収し、井伊家の所有とした。それ以後、この丘は直弼が名乗った「井伊掃部頭《かもんのかみ》直弼」に因んで〝掃部山〟と呼ばれるようになったわけである。

記念碑は横浜開港五十周年にあたる明治四十二年（一九〇九）に除幕式が行われる予定だったが、旧攘夷派の流れを汲む人々らの圧力によって中止が命じられる。というのは当時の神奈川県知事は、長州藩士周布《すふ》政之助の子・公平であった。周布政之助は藩財政を建て直した村田清風の路線を継承し安政の改革を推進した長州藩の大物。桂小五郎を登用したのもこの人物である。当然のことながら、周布政之助の子である公平も吉田松陰を処刑した直弼に好感を抱いているわけはなく、直弼の銅像建立に際して除幕式の中止を申し入れた。旧彦根藩の士族たちはそれを無視して除幕式を断行したが、その夜、何者かによって銅像の首が斬り落とされてしまう。なんと井伊直弼は二度も首を獲られてしまったのである。〝開国〟を契機としたドラマは、明治末期になっても、遺恨という形で続いていたのである。

これだけではない。第二次大戦中の昭和十八年（一九四三）には、政府の金属回収指示によって、銅像は供出され、その行方は戦後もわからずじまいという。受難続きの銅像である。

その後、大正三年（一九一四）に掃部山は庭園部分と銅像を含めて井伊家から横浜市に寄贈され、整備の後に同年秋に、〝掃部山公園〟として開園した。

さて、現在の銅像は昭和二十九年（一九五四）に新しくされたものであるが、この銅像にも謎がついて回っている。碑文によれば、「昭和二九年開国百年祭を催すに方り、記念行事の一環として、開国に由緒深き井伊掃部頭の銅像再建と掃部山公園の整備を企画し、ひろく市民の協賛を求め、ここに復旧の業を興した」とある。末尾に、神奈川県、横浜市、横浜商工会議所、横浜市長平沼亮三書と記されている。

なにが謎かというと、なぜ、開港五十周年の建立の時に強い反対を表明した神奈川県がこの段階で急に施工主として名を筆頭に連ねているのか、ということである。実は、気になって調べてみてわかったことなのであるが、掃部山の土地の一部が県の所有に移っており、現在は横浜市が無償で県から借りた形となっている。

これが何時からで、どういう理由によるものなのか、また、県の所有している土地が銅像の建っている部分なのかどうか。この経緯について触れた文章がなく謎のままである。考えてみると妙な話なのである。

しかし、これは筆者の考えすぎのようである。筆者は開国百年に際し、新たな銅像建立の話が出、賛否両論の井伊直弼の銅像建立には及び腰であった横浜市（というのは横浜市港湾局のホームページに掲載されている「横浜港物語」には井伊直弼の事蹟については何ら触れられていないのである）に対し、今回は県が強力に働きかけた、つまり、二度も首を獲られ、なおかつ供出までされてしまった直弼の怨念が、県庁の建物に取付き、それを祓う意図で県が主導したと憶測したわけである。

実際は、昭和二十九年に出された公文書である「開国百年祭実施計画」に「井伊掃部頭銅像の建立並びに掃部山公園整備の大綱について」とあり、県と市と横浜市商工会議所が推進団体となり進めたものである。その際に掃部山公園を拡張する必要があり、拡張部分の土地を県が横浜市に無償で提供したようである。

筆者の憶測の方が話としては面白いんだけど……。

井伊直弼は心情的には決して開国主義者ではなかった。それゆえ、横浜港を一望できる掃部山が、居心地の良いものかどうかは判然としない。しかし、直弼は祖法だからといって鎖国を通せる時代状況でないこともよく承知していた。なんとしてでも外国との衝突を避けることが最優先課題であった。勅許《ちょっきょ》を待たずに〝日米修好通商条約〟に調印したが、朝廷をないがしろにしていたわけではない。朝廷を崇拝していたが、国を統治するのは将軍家、つまり徳川幕府でなければならないという揺るぎない信念を持っていた。直弼の断行した〝安政の大獄〟はそうした保守的思想の顕現だったが、皮肉なことにこれが幕府の崩壊を早めることになった。歴史はアイロニーに満ちているものだが、この時代ほど露わな時代はなかったであろう。数奇な運命をたどることとなった直弼の銅像がその象徴といえよう。

嘉永六年（一八五三）六月三日、アメリカ東インド艦隊司令長官ペリー提督の率いる艦隊が、江戸湾に姿を現した。帝国主義化を進めるアメリカの太平洋進出に伴う極東来訪であったが、このペリーの東漸によって日本は否応なしに〝開国〟と〝近代化〟への嵐のような時代に呑み込まれていくことになるのである。

本書は、この嵐のような時代を「開国」という歴史上屈指の転換点を示す出来事をモチーフとして描いたものである。「開国」を主題とした作品には、佐藤雅美『開国　愚直の宰相・堀田正睦』、清水義範『開国ニッポン』、佐々木譲『くろふね』等があるし、直弼にスポットを当てたものとしては船橋聖一『花の生涯』が著名である。

本書は数ある「開国」を主題とした幕末ものの中でもひときわ異彩を放っている。それは天保十四年（一八四三）から書き起こし、万延元年（一八六〇）の桜田門外ノ変までの十七年間を、激流のような時の流れを主役に、「開国」にかかわった人々を〝群像劇〟として捉えたその視点にある。作者は周知のように剣豪小説と人物伝記を得意としてきたが、本書では「開国」というモチーフを底流として、その坩堝《かんか》の中で起きたドラマを複数の視点で描くことに果敢に挑戦している。その試みは見事に成功した。

時に冒頭の「遠雷」にそれは言える。物語は、天保十四年、前年に上総《かずさ》海岸の守備を命ぜられた武州忍《おし》十万石の藩主である松平忠国が、二貫目玉筒、一貫目玉筒の試射をおこなうため、上総富津《ふっつ》の海沿いを騎馬でいく場面から幕を開ける。

さりげない書き出しだが、読み終わると、作者がなぜ、「開国」をモチーフとした本書にあまり聞いたことのない忍藩の藩主である松平忠国を起用したかがわかる仕組みとなっている。ラストが井伊直弼の暗殺だけに余計、際立ってくる。

作者は松平忠国を前面に押し出すことで、当時の沿岸警備がいかに無防備に等しいものであったか、また、日本の大筒が西洋のそれと比較していかにお粗末であったか、を露わにする。そして、砲弾作りに腐心する忠国たちの姿を、微に入り、細をうがって描いていく。この一連の場面はディテールが効いていて圧巻である。

つまり、「開国」とは、二百数十年来の幕藩体制の崩壊の最後のドラマであり、それはそのまま近代日本が誕生する陣痛の苦しみを味わうことでもあった。砲弾作りはその象徴である。そしてもっとも重要なことは、この砲弾作りには、アジアの東端の島国日本が、不可逆的に資本主義とそれを支える文明、及び軍事力が支配する有機的な世界史に包含され、そこに編入させられていく画期であったことも暗示しているのである。

たとえば、作者が「遠雷」のラストに用意した江川坦庵の次のセリフに注目して欲しい。

《「西洋では海陸戦ともに、実戦によってあらたな工夫をし、それらの砲術兵書が年々渡来して参る。儂は大金をなげうち、これらを求め、新たな兵器を模索しておるが、兵器の道は日進月歩じゃ。この道に免許皆伝などというものがあれば、気休めに過ぎぬ。おのしや儂が用いておる兵器が、あと五年も経てば使いものにもならぬ、旧式になりさがるにちがいない。それゆえ、おのしどもは郷里へ戻ってのちも、気を弛《ゆる》めることなく勉学いたせ」》

砲術の急速な発達について説いたものであるが、これは「開国」を契機に日本がいかに厳しい世界に編入されていくかを説いたものとしても理解できる。日露戦争以降、太平洋戦争までの道程を見ればそれは明らかである。

本書を読んであらためて感じたことである。それは、既刊『小説　渋沢栄一』にしても『勝海舟　私に帰せず』にしても、現在の日本に対するクリエイティブな姿勢が根幹にあるということだ。実にうまい作品である。

――文芸評論家

この作品は一九九三年六月日本経済新聞社より刊行され、
一九九六年八月文春文庫に収録されたものです。

幻冬舎文庫

●最新刊
水没
青函トンネル殺人事件
安東能明

ファッションデザイナー・三上連は、少年の頃、ある人間を殺して青函トンネルの中に隠した。それから25年、パリで活躍する彼のもとに脅迫状が届く。帰郷した彼を待っていたのは……。

●最新刊
円満退社
江上　剛

東京大学を出て一流銀行に勤めるも出世とは無縁。うだつの上がらぬ宮仕えを三四年続けてきた男が、定年退職の日に打って出た人生最大の賭けとは？哀歓に満ちたサラリーマン小説。

●最新刊
愛するということ
小池真理子

恋愛。この苦しみからどうやって逃れようか。どれほど大きな悲しみ、猛烈な嫉妬、喪失感に襲われようとも、私たちは生きなければならない。快感と絶望が全身を貫く、甘美で強烈な恋愛小説。

●最新刊
宵待の月
鈴木英治

半兵衛は戦では右に出るものがいないほどの剣の達人。しかし、亡くなった家臣を数えては眠れぬ夜を過ごしていた。「生きたい」という想いと使命の間で揺れ動く、武士の心情を描いた時代小説。

●最新刊
剣客春秋　濡れぎぬ
鳥羽　亮

相次ぐ辻斬りの下手人は一刀流の遣い手。その嫌疑が藤兵衛にかけられた矢先、千坂道場に道場破りが現れた——。藤兵衛に訪れた人生最大の試練を描く人気時代小説シリーズ、待望の第四弾！

開国《かいこく》

津本陽《つもとよう》

平成19年12月10日　初版発行

発行者――見城徹

発行所――株式会社幻冬舎

〒151-0051東京都渋谷区千駄ヶ谷4-9-7

電話　03(5411)6222(営業)

03(5411)6211(編集)

振替00120-8-767643

印刷・製本―中央精版印刷株式会社

装丁者――高橋雅之

万一、落丁乱丁のある場合は送料小社負担でお取替致します。小社宛にお送り下さい。

定価はカバーに表示してあります。

Printed in Japan © Yo Tsumoto 2007

幻冬舎文庫

ISBN978-4-344-41053-4　C0193　つ-2-17